Alexandre Dumas

Das Halsband der Königin

Alexandre Dumas

Das Halsband der Königin

Bearbeitet und übersetzt
von Christel Gersch

Rütten & Loening
Berlin

Titel der französischen Originalausgabe
Le Collier de la reine

ISBN 3-352-00364-5

1. Auflage 1990
Rütten & Loening, Berlin
Ausgabe mit Genehmigung des Aufbau-Verlages Berlin und Weimar

Einbandgestaltung Gerhard Bunke
(140) DRUCKZENTRUM BERLIN
Printed in the German Democratic Republic
Lizenznummer 220. 415
Bestellnummer 618 556 5
DDR 5,20 M

Zwei unbekannte Damen

Der Winter 1784 war hart und lang.

Für den Reichen sind Eisblumen am Fenster ein Luxus der Natur, der den Luxus seiner Räumlichkeiten erhöht. Für ihn hat der Winter seine Diamanten, seine Damastweiße, sein silbernes Spitzenwerk. Jedes Unwetter betrachtet er vom behaglichen Kaminfeuer her als willkommenen Dekorwechsel, den der ewige Maschinist, den man Gott nennt, für ihn veranstaltet. Wem die Düfte eines köstlichen Diners in die Nase steigen, der erfrischt den Geist von Zeit zu Zeit gern durchs halboffene Fenster an der eisigen Schneeluft draußen, um unter den Gästen an schimmernder Tafel mit desto mehr Witz zu brillieren, falls er welchen hat.

Aber wer hungert und friert hat keinen Sinn für die Pracht der Natur. Er flieht den Himmel ohne Sonne und also ohne Lächeln für den Unglücklichen.

In jenem Jahr strömten die Armen aus den Dörfern in die Städte, wie der Winter die Wölfe in die Dörfer treibt. Von Januar bis Mitte April litten und starben an Kälte und Hunger von reichlich fünfhunderttausend Einwohnern dreihunderttausend Menschen allein in Paris, wo unter der Ausrede, daß keine Stadt mehr Reiche berge als diese, für die Elenden nicht die mindeste Vorsorge getroffen worden war.

Kein Brot mehr, kein Holz mehr, um Brot zu backen.

Die Stadt hatte ihre Wintervorräte binnen Monatsfrist verschlungen. Kluger Voraussicht unfähig, zeigte sich der Vorsteher der Kaufmannschaft außerstande, verfügbare zweihunderttausend Klafter Holz aus dem Umkreis in die Hauptstadt befördern zu lassen. Seine Entschuldigung, wenn es fror: die Pferde kämen auf dem Glatteis nicht von der Stelle; wenn es taute: Karren und Tiere blieben im Schlamm stecken. Das Holz wurde mehr und mehr rationiert. Vor den Holzhandlungen sah man ebenso lange Schlangen wie bald darauf vor den Bäckerläden.

König Ludwig XVI. gab alles Geld seiner Privatschatulle für Almosen aus, Königin Marie-Antoinette spendete fünfhundert Louisdor zur Linderung des Elends, eine Summe, die freilich in keinem Vergleich stand zu den Millionen, die Angehörige des Hofes in jener Zeit der permanenten Finanzkatastrophen für nichts verschlangen.

Weiterhin wurden durch zusätzliche Steuern drei Millionen zur Erleichterung der allgemeinen Not aufgebracht. Klöster, Hospitäler, öffentliche Bauten und Denkmäler hatten den Obdachlosen Asyl zu bieten, und nach dem Vorbild der königlichen Schlösser wurden die Torwege der Palais den Armen geöffnet und auf den Ehrenhöfen Platz um ein großes Feuer gewährt.

So hoffte man, das Frühjahr zu erreichen. Aber setzte auch hin und wieder schon Tauwetter ein, so daß Menschen, Tiere und Fahrzeuge im Wasser ertranken, da die Pariser Straßen nicht über Gossen und Abflüsse verfügten und der geschmolzene Schnee in Massen der Seine zuströmte, so verwandelte scharfer Nachtfrost alles wieder in einen diamantenen Spiegel. Paris war übersät mit gestürzten Menschen, Pferden und Wagen.

Lebensgefährlich waren die schweren Kutschen und flinken Kabrioletts für die Fußgänger in den schmalen Straßen und Gassen der Innenstadt. Tag für Tag häuften Tausende von Arbeitern Schnee und Eis längs der Häuser auf. Da die Karren nicht ausreichten, diese Wälle abzutransportieren, verschwanden die kleinen Läden bald dahinter. Wer aber in den nun noch verengten Straßen ein Gefährt nicht rechtzeitig hörte, wurde erbarmungslos gegen die Eismauern geschleudert und zerquetscht.

Die Herrschaft der Aristokratie hatte unterschiedliche aristokratische Arten, einen Wagen zu fahren, hervorgebracht. Ein Prinz von Geblüt jagte daher, ohne auch nur einen Warnungslaut zu geben; ein Herzog, ein Edelmann, eine Operndame fuhren gestreckten Galopp; ein hoher Beamter oder ein Finanzier Galopp; der Stutzer lenkte eigenhändig sein Kabriolett wie auf der Jagd, und der Jockei auf dem Rücktritt schrie erst: „Vorsicht!“, wenn der Herr einen Unglücklichen schon niedergerissen hatte.

Da raffe sich auf, wer noch kann.

Die Polizei sah sich endlich veranlaßt, diejenigen, die Hunger, Kälte und Überschwemmungen entronnen waren, vor den Rädern der Noblen zu schützen. Man forderte ihnen Geldbußen ab, wenn sie arme Fußgänger verletzten.

Nie war das Elend so groß wie Ende März, Anfang April, denn noch einmal war unerbittliche Kälte eingefallen. Paris erklärte sich besiegt und ließ den Winter gewähren. Seinem Charakter getreu, sang es Spottlieder auf den Tod durch Kälte und Hunger. Auf der mehrere Fuß tief gefrorenen Seine tummelten sich die Eisläufer. Müßige erbauten aus Schnee kühn aufragende Obelisken, wahre Kunstwerke der Vergänglichkeit, und mancher brotlose Literat versah sie mit schmeichlerischen Versen auf die Mildtätigkeit des Königs.

An einem klaren Frosttag fuhren über den Cours-la-Reine und die äußeren Boulevards, wo der Schnee seine jungfräuliche Weiße bewahrt hatte, vier elegante Schlitten mit geschmückten Gespannen der Porte Saint-Denis zu. So mancher sah sie voll Bewunderung vorüberfliegen, die eigene Not vielleicht für Sekunden vergessend.

Von der Kirche Sainte-Croix-d'Antin schlug es eben fünf Uhr, als die Gefährte hielten. Auf das Zeichen einer der beiden Damen, die in dem zweiten Schlitten saßen, entfernten sich die übrigen Schlitten durch die Rue Saint-Denis, während der zweite in Richtung des Boulevard de Ménilmontant weiterfuhr.

Daß jene Personen Damen waren, ließ sich einzig an den hohen Aufbauten ihrer reich gezierten Frisuren erkennen, auf denen ein kleiner Federhut wippte, so dicht waren sie in kostbare Pelze vermummt. Die eine der beiden, die größere, hoheitsvollere, die auch das Zeichen gegeben, hielt den Kopf stolz im scharfen Fahrtwind und preßte ein feines Batisttuch vor den Mund, denn mit der beginnenden Dämmerung hatte auch die Kälte wieder zugenommen.

Die Kreuzung, an der man schließlich hielt, war menschenleer. In dieses entlegene Viertel wagte sich um die Abendzeit kein Bürger mehr ohne Stocklaterne und Begleitung: der Winter hatte die Zähne von drei- bis viertausend Hungerleidern verwegen geschärft.

„Weber", redete die größere Dame den Kutscher an, indem sie ihn auf die Schulter tippte, „wie lange brauchen Sie, das Kabriolett an den Ort zu bringen, den ich Ihnen nannte?"

„Madame nimmt das Kabriolett?" fragte der Kutscher mit unverkennbarem deutschem Akzent.

„Ja, ich möchte durch die Innenstadt zurück, um die Feuer in den Höfen zu sehen. Und in den Straßen wäre man mit dem Schlitten übel dran. Zudem ist mir ein wenig kalt geworden, Ihnen nicht auch, Kleine?" fragte sie ihre Begleiterin, was diese bejahte.

„Nun, Madame, eine halbe Stunde werde ich wohl brauchen", sagte Weber.

„Gut, um Viertel vor sieben stehen Sie bereit, Weber", entschied die Dame, sprang leichtfüßig aus dem Schlitten und reichte ihrer Freundin die Hand. Als beide den Boulevard überquerten, knirschten ihre feinen Absätze im festen Schnee, dann verloren sie sich in einer dunklen Straße, während der Kutscher hörbar auf deutsch jammerte: „So ein Leichtsinn, mein Gott, so ein Leichtsinn!"

Ein Interieur

Trauen wir dem Gedächtnis des Lesers zu sehr, wenn wir hoffen, er werde sich noch der Rue Saint-Claude erinnern? Jener einsamen, wenig reinlichen, wenig bebauten, aber ehrbaren Straße im Marais-Viertel, wo der große Physiker Joseph Balsamo mit seiner Lorenza und seinem Meister Althotas gewohnt hatte und wo noch so manche Person dieser Erzählung anzutreffen sein wird?

Freilich, Balsamo war unterdes spurlos verschwunden. Sein Haus, das die kleine Straße einst durch seine hohen Fenster mit nahezu aristokratischem Lichterglanz erfüllt hatte, stand jetzt schwarz und verödet. Blickte ein Neugieriger durch das Schlüsselloch im Torweg, sah er nur mehr ringsum brandgeschwärzte Mauern, und vielleicht strich, ihrer unumstrittenen Herrschaft sicher, eine fette Ratte gemächlich über den verwahrlosten Innenhof.

Doch überlassen wir vorerst dieses Gebäude seinem Verfall und wenden wir uns einem schmalen weißgetünchten Nachbarhaus zu, wo wir in der fünften Etage zu tun haben. Durch ein finsteres Stiegenhaus und zum Schluß sogar über eine schlichte, an die Mauer gelehnte Holzleiter gelangen wir in den obersten Stock. An der Tür hängt ein Rehfuß zum Läuten. Durch einen kahlen Vorraum gelangen wir in ein Zimmer, dessen Ausstattung unsere Aufmerksamkeit verdient.

Steinfliesen statt eines warmen Holzfußbodens, grob angepinselte Türen, zerschlissene, ausgemergelte Polstermöbel. Indes lenken eine Kerze und eine Lampe auf dem Kaminbord unseren Blick auf zwei Porträts, die an den Wänden hängen. Das erste, das unter einem Barett ein längliches, fahles Gesicht mit matten Augen und einem Spitzbart über einer Halskrause zeigt, erkennen wir leicht: es ist Heinrich III., König von Frankreich und Polen. Auf dem unteren Rand des abgeblätterten Goldrahmens steht zu lesen: Henri de Valois.

Das zweite Bildnis, jüngst vergoldet und ebenso frisch wie das andere verstaubt, stellt eine junge Frau mit intelligenten, dunklen Augen, einer feinen, geraden Nase, energischen Backenknochen und einem Mund dar, der Gefühle klug zu beherrschen weiß. Ihr Haupt ziert ein Gebäude aus Haaren und Seidenbändern, das im Vergleich zu dem flachen Barett des Königs wie eine Pyramide neben einem Maulwurfshügel erscheint. Unter diesem Porträt liest man in schwarzen Lettern: Jeanne de Valois.

Zwischen Kerze und Lampe, möglichst weit den Fenstern, durch die der eisige Wind pfiff, saß an einem schäbigen Eichentischchen eine junge Frau, mehr als schlicht gekleidet, den Kopf in der aufgestützten Linken, und kontrollierte die Adressen mehrerer versiegelter Briefe. Blicken wir sie genau an: diese Frau ist das Original des soeben beschriebenen Porträts.

Jeanne de Valois, haben wir gelesen. Sie war also aus königlichem Geschlecht? Jenem Geschlecht, das der große Henri Quatre vom Thron gefegt hatte? Wie aber war sie in dieses Elend geraten, während der übrige Hochadel des Landes am Hof zu Versailles das annehmlichste Wohlleben genoß?

Offenbar war der jungen Frau dieser Widerspruch selbst unerträglich, denn ihren gemurmelten Worten ließ sich entnehmen, daß all die Briefe, die sie in den feinen klammen Händen bewegte, hart gesagt, Bettelbriefe um Geld an verschiedene Persönlichkeiten des Versailler Hofes waren, daß sie seufzend im voraus summierte, wie wenig diese Bittgesuche ihr eintragen mochten, und daß sie von dem wenigen erhofften Geld noch ein Erkleckliches an Droschkenfahrten zu persönlichen Vorsprachen zu wenden gedachte.

Plötzlich aufhorchend, unterbrach sie ihre Rechnereien.

„Frau Clothilde“, wandte sie sich an eine alte Dienerin, die vor dem erloschenen Kamin sich die Hände rieb, „es läutet.“

„I wo, Madam“, war die Antwort. Diener armer Leute sind wenig diensteifrig.

„Es läutet, gehen Sie nachsehen“, beharrte die Dame.

Widerwillig schlurfte die Alte hinaus.

Jeanne raffte hastig die Briefschaften zusammen und ließ sie in einer Schublade verschwinden.

„Wohnt hier die Gräfin de La Motte?“ hörte sie draußen eine vornehm klingende weibliche Stimme fragen.

„Die Frau Gräfin de La Motte-Valois, ja“, bestätigte Frau Clothilde, „sie ist zu leidend, um auszugehen.“

„Sie können heraufkommen, Madame, wir sind hier richtig“, ließ sich dieselbe Stimme vernehmen.

Rasch setzte sich Jeanne in einen Lehnstuhl, um den Besucherinnen den Ehrenplatz auf dem armseligen Sofa anzubieten.

„Wen darf ich melden?“ fragte Frau Clothilde.

„Eine Dame der Versailler Wohlfahrtsstiftung“, antwortete eine andere Stimme. Wir haben sie bereits gehört, als sie dem Kutscher Weber ihre Befehle gab.

Jeanne de La Motte-Valois

Jeannes erste Sorge, als sie schicklicherweise aufblicken durfte, war die, ihre Besucherinnen mit flinken Augen prüfend zu betrachten.

Die Ältere mochte etwa dreißig, zweiunddreißig Jahre zählen.

Sie war von beachtlicher Schönheit, wiewohl der hochmütige Ausdruck ihrer Züge sie um einen Teil ihres Liebreizes beraubte. Im übrigen hatte sie den Pelzkragen hochgeschlagen und ihren Platz so gewählt, daß ihr Antlitz von der Lampe beschienen wurde.

Die Jüngere, von bezaubernder Anmut und Schönheit, zeigte sich weniger scheu.

„Madame“, eröffnete sie das Gespräch, – „ich sage Madame, denn ich glaube, Sie sind vermählt?“

„Ich habe die Ehre, die Gattin des Grafen de La Motte zu sein, eines ausgezeichneten Edelmannes.“

„Nun denn, Madame, man hat uns, Ihre Situation betreffend, Dinge mitgeteilt, die unsere Teilnahme erregten, und wir sind gekommen, Genaueres darüber und über Sie selbst zu erfahren.“

„Meine Damen“, begann nach wohlgesetzter Pause die Angeredete, „Sie sehen hier das Bildnis Heinrichs III. Er war der Bruder meines Ahnherrn. Ich bin in der Tat, wie man Ihnen mitgeteilt haben dürfte, vom Blut der Valois.“ Mit stolzer Bescheidenheit erwartete sie weitere Fragen.

„Ist es wahr, daß Ihre Frau Mutter ursprünglich Concierge eines Hauses in Bar-sur-Seine war?“ fragte die ältere Dame.

Jeanne errötete, erwiderte aber sofort: „Das ist wahr, Madame. Meine Mutter, Marie Jossel, war überaus schön; mein Vater, ein direkter Abkomme der Valois, verliebte sich so sehr in sie, daß er sie heiratete. Aber – es ist beschämend, das sagen zu müssen, Madame – meine Mutter hat dem erlauchten Namen, den sie derweise gewann, keine Ehre gemacht, vielmehr hat sie meinen Vater ruiniert, bis er schließlich im Spital der Ärmsten der Armen, im Hôtel-Dieu hier zu Paris, verstarb.“

Beide Damen stießen vor Überraschung einen leisen Schrei aus, während Jeanne gefaßt, mit gesenktem Blick, sitzen blieb. Die Ältere musterte sie eindringlich, und da sie aus Jeannes schlichter Haltung auf keinerlei Hochstapelei oder Unlauterkeit schließen konnte, fuhr sie fort:

„Nach allem, was Sie uns da sagen, Madame, müssen Sie großes Unglück erlitten haben, zumal Ihr Herr Vater ...“

„Oh, wenn ich Ihnen mein Leben erzählen wollte, Madame, würden Sie wohl finden, daß der Tod meines Vaters nicht das grausamste Unglück war, das mich getroffen hat, daß ich vielmehr seinen Tod als eine Erlösung aus allem Leid unserer Familie betrachte, und ich sage dies als liebende, pietätvolle Tochter“, setzte sie hinzu, als sie das mißbilligende Stirnrunzeln der älteren Dame gewahrte.

„Wäre es indiskret, Sie um weitere Einzelheiten zu bitten?“ fragte mit leisem Schauder die Jüngere.

Jeanne schlug die Augen nieder und fuhr nach einem Seufzer fort:

„Meine Mutter, wie ich bereits sagte, hat meinen Vater ruiniert, indem sie ihn veranlaßte, seinen Landbesitz zu verkaufen und mit der Familie nach Paris überzusiedeln, um hier seine Rechte geltend zu machen. Meine ältere Schwester wurde am Vorabend unserer Übersiedlung vor der Tür ihres Paten, eines Pachtbauern, ausgesetzt. Die Reise und die erste Zeit unseres Aufenthalts in Paris verschlangen unsere letzten Barmittel. Mein Vater erschöpfte sich in demütigenden Bittgängen, die alle vergeblich waren, und erkrankte. Meine Mutter hielt mir täglich vor, ich sei eine unnütze Esserin, und bald hatte sie mir unter Schlägen einen Satz eingebleut, mit dem sie mich auf die Straßen betteln schickte: Haben Sie Mitleid mit einer armen Waise, die in direkter Linie von Henri de Valois abstammt. Aber dieser Satz trug mir kaum etwas Gutes ein. Manche Leute erbarmten sich meiner, ja, aber andere wurden zornig oder drohten, mich anzuzeigen. Ich kannte jedoch keine größere Gefahr, als mit leeren Händen vor meine Mutter zu treten. Sie schlug mich dann bis aufs Blut. Als mein Vater wegen unserer Armut ins Hôtel-Dieu kam und dort starb, ging meine Mutter mit einem Soldaten, ihrem Liebhaber, auf und davon."

„Da waren Sie ganz verwaist."

„O nein, Madame, Waise war ich bei meiner Mutter. Jetzt nahm sich die öffentliche Mildtätigkeit meiner an. Eines Tages hatte ich das Glück, einer schönen jungen Dame zu begegnen, die an mir Gefallen fand. Sie brachte mich in einer Weißnäherei unter, und ich war dem Hunger entronnen."

„War diese Dame nicht Madame de Boulainvilliers?"

„So ist es, Madame; nur starb sie leider zu früh, und ihrem Gatten verdanke ich das Unglück meiner Jugend, wie ich meiner Mutter meine unglückselige Kindheit verdanke. Als er die Quittung für die Wohltaten seiner Frau kassieren wollte und ich mich dem versagte, stieß er mich ins Elend zurück. Ich heiratete Herrn de La Motte, einen einfachen, aber tapferen Soldaten. Doch da ich getrennt von ihm leben muß, weil er in Bar-sur-Aube kaserniert ist, sehe ich mich abermals der Not preisgegeben. – Dies, meine Damen, ist meine Geschichte; ich habe sie verkürzt, denn das Unglück hat Seiten, die man glücklicheren Zuhörern besser erspart."

Langes Schweigen folgte Jeannes Bericht. Schließlich verlangten die Damen Dokumente zu sehen, die das Gesagte bestätigen konnten. Jeanne entnahm einer Geheimlade ein altes, mit dem Wappen der Familie Valois versehenes Portefeuille. Die Damen fanden die Papiere in der Ordnung, dann griff die Ältere – Jeanne mit scharfem Auge ließ sich keine ihrer Bewegungen entgehen – in eine Tasche und zog eine kleine Rolle von drei bis vier Zoll Länge hervor.

„Die Wohlfahrtsstiftung autorisiert mich, Ihnen vorerst diese

Kleinigkeit anzubieten“, sagte die Dame und legte die Rolle auf eine Kommode.

Jeannes Blick streifte das Geschenk. Es sind Taler, dachte sie; mindestens fünfzig Taler, wenn nicht hundert. Aber für fünfzig war die Rolle zu lang, für hundert zu kurz.

Frau Clothilde leuchtete den Damen hinaus, nachdem sie kurzen Abschied genommen.

„Wann dürfte ich mir die Ehre nehmen, Ihnen zu danken, meine Damen?“ fragte Jeanne den Davoneilenden nach.

„Man wird Ihnen Nachricht geben“, rief die Ältere.

Jeanne hastete zu der Kommode. Dabei stieß ihr Fuß an einen Gegenstand. Augenblicks hob sie ihn auf und betrachtete ihn unter der Lampe. Es war ein flaches goldenes Döschen, das Schokoladenpastillen enthielt. Aber das wache Auge der Finderin erkannte, daß da ein doppelter Boden war. Endlich entdeckte sie die Geheimfeder, und sichtbar wurde das Porträt einer Frau: strenge, fast männlichmajestätische Züge, eine hohe Frisur nach deutscher Art. Den Dekkel der Dose zierte ein Monogramm, in dem ein M und ein T verschlungen waren und das ein Lorbeerkranz umrahmte. Die Ähnlichkeit der älteren Besucherin mit der abgebildeten Frau war unverkennbar. Jeanne wollte den Damen nachlaufen, aber zu spät. Das Haustor fiel ins Schloß. Durch die Rue Saint-Claude enteilte ein Kabriolett.

Jeanne verwahrte die Dose, dann öffnete sie, am ganzen Leibe bebend, den zweiten Gegenstand ihrer Neugier.

„Fünfzig Doppellouisdor! Hundert Louisdor! Oh, so reiche Damen werde ich wiederzufinden wissen!“

Belus

„Madame“, empfing Weber die Damen an dem Kabriolett, „ich hatte Scipio bestellt, weil er sanft und leicht zu lenken ist, aber Scipio hat sich gestern eine Sehne gezerrt, so blieb nur der schwierige Belus.“

„Tut nichts, Weber“, sagte die Ältere, „ich habe eine feste Hand. Aufgesessen!“

Damit bestiegen die Damen das Kabriolett, und Weber nahm den Rücktritt ein. Schnell wie der Blitz jagte Belus mit dem Wagen davon.

„Nun, Andrée“, begann die Ältere, „was halten Sie von dieser Gräfin de La Motte-Valois?“

„Ich halte sie für arm und unglücklich.“

„Doch wohlerzogen, nicht wahr?“

„Offen gesagt, Madame, sie hat etwas in den Augen, was mir mißfällt, so etwas Verschlagenes.“

„Wie mißtrauisch Sie sind, Andrée. Wer Ihnen gefallen soll, muß ganz untadelig sein. Ich fand diese Frau interessant, eindrucksvoll in ihrem Stolz wie in ihrer Demut.“

„Welches Glück für sie, daß sie Ihnen gefallen konnte.“

„Vorsicht!“ rief die Dame und zerrte das Pferd zur Seite, das beinahe einen Lastträger niedergerissen hätte.

Man hörte die Flüche des Mannes, der den Rädern mit knapper Not entronnen war, und aus der Rue Saint-Antoine ertönte aus manchem Mund ein böses murrendes Echo.

Doch wider Erwarten passierte man das populäre Viertel ohne weiteren Zwischenfall. Das Gefährt führte eine brennende Laterne mit – eine Vorsichtsmaßregel, die damals noch nicht durch polizeiliche Vorschrift allgemeine Pflicht war, und so feurig Belus ausholte, so sensibel reagierte er auf die geübte Hand der Lenkerin. In den vornehmeren Vierteln jedoch, in die man jetzt gelangte, bemerkte Weber von seinem Rücktritt aus entschieden erbitterte Passanten, die dem Gefährt nachzueilen drohten. Die Menge murrte nicht mehr, sie schrie. Die Dame, die die Zügel hielt, kümmerte sich wenig um die offene Feindseligkeit. Sie schnalzte mit der Zunge, und Belus ging vom gemäßigten zum gestreckten Galopp über. Die Passanten spritzten nur so zur Seite.

Das Kabriolett erreichte das Palais-Royal. Hier konnte Belus zunächst nur mehr Schritt gehen, denn im Hof des Palais wärmte sich eine Armee von Bettlern an großen Feuern und nahm von den Lakaien des Hauses aus irdenen Töpfen Suppe entgegen: doch weit zahlreicher als die Esser waren die Zuschauer draußen vor dem Palais. Was immer in Paris öffentlich vorgeführt werden mag, es findet massenhaft Gaffer. Sie brachten das Gefährt schließlich ganz zum Stehen. Zuerst wurden verworrene Rufe laut, dann schwollen sie immer wütender an und forderten: „Nieder mit dem Kabriolett!“

Schon griff man dem Pferd in die Zügel. Belus, solche Behandlung nicht gewöhnt, stampfte und schäumte vor Unmut.

„Zum Kommissar! Zum Kommissar mit den sauberen Püppchen!“ tobte die Menge.

Die tätlichen Angriffe und das anzügliche Geschrei von allen Seiten wurden so bedrohlich, daß die Ältere Weber auf deutsch zurief: „Wir steigen aus, Weber!“

Kaum hatten die Damen das Kabriolett verlassen, als die Masse sich darauf stürzte und es zu zertrümmern begann.

„Weber, um Himmels willen, verstehen Sie, was man uns vorwirft?“ fragte die Dame den Kutscher, der sich der Angreifer wacker zu erwehren suchte.

In dem Augenblick antwortete eine fremde Stimme: „Man wirft Ihnen vor, Madame, eine Polizeivorschrift zu verletzen, die seit heute morgen in Kraft ist und die bis zum Frühling Kabrioletts in der Innenstadt verbietet, da sie für die Fußgänger die größte Gefahr bedeuten."

Die Dame erkannte in dem Sprecher einen jungen Offizier, der offenbar nicht ohne Mühe sich herangedrängt hatte, um den gefährdeten Frauen beizustehen.

„Mein Gott, davon hatte ich keine Ahnung; aber was nun? Man zerschlägt meinen Wagen."

„Lassen Sie ihn zerschlagen und machen Sie sich aus dem Staub, wenn ich Ihnen raten darf. Das Pariser Volk ist aufgebracht gegen die Reichen, die angesichts seines Elends ihren Luxus spazierenführen. Wenn Sie nicht zum Kommissar geschleppt werden wollen, benutzen Sie den Weg, den ich Ihnen bahnen will, und verschwinden Sie."

Diese Worte wurden so leichthin gesprochen, daß die beiden Damen sich nicht darüber täuschen konnten, auch von diesem Offizier für reiche Mätressen gehalten zu werden.

„Reichen Sie mir Ihren Arm, mein Herr", sagte herrisch die Ältere, „und führen Sie uns zu einer Droschke. Weber, du bleibst! Rette mir Belus – und dich selbst, wenn du kannst."

Die Fahrt nach Versailles

Der Droschkenkutscher, den der Offizier ansprach, war auf seinem Sitz mehr erfroren als eingeschlafen.

„Holla!" schrie ihm der junge Mann ins Ohr und rüttelte ihn. „Diese Damen wollen nach Versailles."

„Viereinhalb Meilen bei dem Glatteis?" entgegnete der Kutscher. „Unmöglich! Da gehen mir die Pferde kaputt. Und wenn man heil hinkommt, muß man auch noch zurück."

„Bieten Sie ihm einen Louisdor", sagte die Jüngere leise zu dem jungen Mann.

Der Offizier machte dem Kutscher das Angebot.

„Also gut", knurrte er, „aber ich will mein Geld im voraus, das ist mein Recht."

Die Ältere begann in ihren Taschen zu suchen.

„Mein Gott, Andrée, ich habe kein Geld bei mir. Haben Sie welches?"

Die Angeredete fand ebensowenig Geld in ihren Taschen. Der junge Offizier bemerkte die Verlegenheit der Frauen. Gelassen zog er einen Louisdor aus seiner Börse und reichte ihn dem Mann. Dieser wog das Geldstück erst prüfend in der Hand, dann steckte er es ein.

„Und nun, Kerl, fahre die Damen, und zwar anständig!“

„Das brauchen Sie mir nicht zu sagen, Herr“, erwiderte barsch der Kutscher.

Unterdessen flüsterte die Jüngere der Älteren bittend zu: „Lassen Sie den Herrn nicht fort, Madame.“

„Wieso?“ sagte die Ältere. „Wir fragen den Offizier nach Namen und Adresse und schicken ihm morgen sein Geld zurück.“

„Aber wenn der Kutscher unterwegs Schwierigkeiten macht?“

„Wir haben seine Droschkennummer.“

„Das würde uns wenig nützen, wenn wir heute nacht nicht in Versailles wären.“

Nach kurzer Überlegung billigte die Ältere Andrées Bedenken. Sie erklärte dem jungen Mann in bestimmten Worten, daß sie seiner Begleitung bedürften, und der Offizier stieg gehorsam mit den Damen in den Fiaker.

Tiefe Stille herrschte in dem Gefährt. Anscheinend sind es doch Damen, dachte der junge Mann. Vielleicht haben sie sich bei einem Rendezvous verspätet und kehren jetzt beschämt und geängstigt nach Versailles zurück. Aber wenn sie von Rang sein sollten, warum fahren sie dann ein Kabriolett und kutschieren selbst, und warum haben sie dann kein Geld bei sich? Vielleicht hatte der Lakai ihre Börse? Immerhin war das Kabriolett von makelloser Eleganz, und das Pferd – das war mindestens seine hundertfünfzig Louisdor wert. Nur sehr reiche Frauen können ein solches Gespann klaglos der Zerstörung überlassen. Abenteuerinnen würden auch kein so vollendetes Französisch sprechen.

Kurz, die Gedanken des jungen Mannes wurden seinen Reisegefährtinnen immer günstiger. Der Duft erlesenen Parfüms berauschte seine Sinne. Er verglich beide Frauen miteinander, soweit das Halbdunkel in der Kutsche dies zulassen wollte, und empfand immer lebhaftere Neugier, die ihn selbst verwunderte, für die ältere, während er die aufmerksamen Blicke, die die jüngere dann und wann nach ihm sandte, kaum vermerkte. Als schließlich eine Unterhaltung sich entspann, die seitens der Damen mit so viel vornehmer Zurückhaltung als sicherer Weltläufigkeit wie fühlbarer Sympathie für ihn geführt wurde, bedauerte der Offizier ganz und gar nicht mehr, seinen Abend den schönen Fremden geopfert zu haben. Vielmehr empfand er ein nie gekanntes Glück und das Verlangen, daß diese Fahrt nicht enden möge, und er beklagte insgeheim, wie schnell die lange Zeit verflogen war, als der Kutscher meldete, daß man in Versailles sei, und fragte, wo die Damen auszusteigen wünschten.

„Auf der Place d'Armes", entschied die Ältere, und an den Offizier gewandt, setzte sie huldvoll hinzu: „Wir haben Ihnen viel Mühe bereitet. Wir danken Ihnen für Ihre liebenswürdige Hilfe. Bitte, nennen Sie uns Ihren Namen und Ihre Adresse."

Nach einigem höflichen Zögern gab der junge Mann der Bitte statt: „Ich bin Graf Georges de Charny, diene in der königlichen Marine und wohne Hôtel de Prince, Rue de Richelieu."

Als er jedoch Anstalt machte, den Damen aus dem Fiaker zu helfen, erklärte die Ältere: „Nein, Herr de Charny, bleiben Sie der artige Kavalier, der Sie bislang waren. Geben Sie mir sogar Ihr Ehrenwort, daß Sie den Wagenschlag jetzt schließen, ohne sich weiter nach uns umzusehen."

Der Befehl

Der Fiaker rollte davon. Scharfer Frostwind wehte die Glockenschläge von Saint-Louis über den leeren Platz. Es war Viertel vor zwölf.

„Mein Gott!" klagte Andrée. „Jetzt ist das Tor verschlossen."

„Sei unbesorgt, Kleine", sagte die Ältere, „wir hätten ohnehin die kleine Seitenpforte benutzt. Laurent ist unterrichtet, er wird uns einlassen."

Andrée klopfte an jene Pforte, aber zum Entsetzen der Frauen antwortete aus dem Innern nicht die Stimme des vertrauten Dieners Laurent, sondern die grobe Soldatenstimme eines Schweizers:

„Wer da?"

„Öffnen Sie!" rief Andrée.

„Ich öffne nicht, ich habe meinen Befehl."

„Wer sind Sie?"

„Sagen Sie lieber, wer Sie sind", war die schroffe Antwort des Soldaten.

„Wir sind Damen aus dem Gefolge Ihrer Majestät, wir wohnen im Schloß."

„Und ich bin ein Schweizer von der Garde und werde Sie lassen, wo Sie sind."

Weder flehentliche Bitten noch Versprechungen auf Beförderung konnten den Soldaten bewegen, seinen Befehl zu verletzen. War diese Pforte verschlossen, so waren es alle übrigen auch.

„Den Streich hat uns der König gespielt, ich bin sicher", sagte die Ältere bitter, fast verächtlich.

„Mein Gott, nach Mitternacht kommen die Patrouillen vorbei. Wenn man uns nun aufgreift, Madame?"

Die eisige Kälte machte die Situation der Damen nicht angenehmer.

In dem Augenblick näherte sich in einem weiten Pelzüberrock ein junger Mann, der sorglos eine Melodie vor sich hin pfiff.

„Mein Schwager!“ rief die Ältere leise aus. „Er wird uns retten.“

Der Graf d’Artois, erstaunt zunächst, in den ausgeschlossenen Frauen seine Schwägerin, die Königin Marie-Antoinette, und ihre engste Freundin, Mademoiselle Andrée de Taverney, zu erkennen, versuchte nun seinerseits, mit dem Schweizer zu gütlicher Einigung zu gelangen. Doch als auch seine Bemühungen an dem königlichen Befehl scheiterten, lud er die Damen ein, ihm in ein nahegelegenes kleines Haus zu folgen, das ihm gehörte.

Die Königin runzelte die Stirn, denn sie wußte wohl, daß dies eines der luxuriös ausgestatteten kleinen Lusthäuser war, wie sie derzeit jeder vornehme Herr besaß, um seine jeweiligen Favoritinnen sich dort zu halten. Aber Not bricht Eisen. Auch versicherte sie der Graf, sie werde dort von keiner Menschenseele gesehen werden, da alle Dienstleistungen so diskret vollzogen würden, daß die Damen sein Angebot vertrauensvoll annehmen könnten.

Unterwegs tauschten sich Schwägerin und Schwager über den vermutlichen Anlaß der königlichen Maßnahme aus. Der Graf d’Artois meinte, seine Gemahlin könnte diese Strenge gegen ihren leichtlebigen Ehemann erwirkt haben. Die Königin dagegen glaubte eher, ihr geschworener Feind, Monsieur de Provence, der zweite Bruder des Königs, habe dessen Eifersucht erregt, indem er ihm Madames heimlichen Ausflug nach Paris gemeldet hatte.

Derweilen war das Haus erreicht. Die Frauen staunten nicht wenig, als in der Tat kein dienstbarer Geist sichtbar wurde und dennoch Türen sich öffneten, ein köstliches Nachtmahl bereitstand, das Schlafgemach gerichtet war, und all das mittels unterschiedlicher Knopfdrücke, Klingelzeichen und geheimer Mechanismen.

„Jetzt begreife ich die eifersüchtige Unruhe Ihrer Gemahlin, Schwager“, sagte lächelnd die Königin, als der Graf mit guten Wünschen für die Nacht und der Versicherung sich beurlaubte, daß ihm noch drei weitere Häuser dieser Art zur Auswahl stünden.

„Bei Tagesanbruch wird der Befehl aufgehoben sein, dann kehren Sie unbehelligt ins Schloß zurück“, riet er den Damen zum Abschied, „wenn Sie aus jenem Schrank dort sich einen der Mäntel wählen, der Sie vollkommen verkleiden wird.“

Der Alkoven der Königin

Am Morgen klopfte Ludwig XVI. in seinem veilchenblauen Schlafrock, ungepudert, ohne Perücke, so wie er aus dem Bett gestiegen war, an die Tür zum Vorzimmer der Königin.

Die diensthabende Zofe öffnete.

„Sire …!“ stammelte sie erstaunt.

„Die Königin!“ knurrte Ludwig.

„Ihre Majestät schläft, Sire.“

„Treten Sie beiseite!“

Die Frau gab nach. An der Tür zum Schlafzimmer traf der König auf Madame de Miséry, die oberste Kammerfrau der Majestät. Sie verneigte sich tief vor dem dicken Mann.

„Sire“, sagte sie leise, „Ihre Majestät hat noch nicht gerufen. Es ist erst halb sieben. Die Königin pflegt vor sieben Uhr nicht zu erwachen.“

„Sind Sie sicher, daß die Königin schläft?“ fragte er spöttisch. Damit griff er nach der Klinke. Der Schlafraum war dunkel, die Läden waren geschlossen, Vorhänge und Stores herabgelassen.

Der König eilte zum Bett.

„Ah, Madame de Miséry, was soll der Lärm?“ murmelte schlaftrunken die Königin.

„Guten Morgen, Madame“, sagte der König mit sauersüßer Miene, während er forschende Blicke um sich warf.

„Sie sind es, Sire? Was führt Sie zu so früher Stunde hierher? – Madame de Miséry, öffnen Sie die Fenster.“

„Warum haben Sie gestern nicht empfangen, Madame?“ fragte der König.

„Wen? Monsieur de Provence?“ fragte die Königin geistesgegenwärtig, dem Verdacht ihres Gatten vorgreifend.

„Richtig. Er hatte sich angemeldet, Ihnen seine Aufwartung zu machen. Man entgegnete ihm, Sie wären abwesend.“

„Madame de Miséry, hat man Herrn de Provence gestern gesagt, ich sei nicht im Schloß?“

Madame de Miséry, die der Königin ein Tablett mit Briefen ans Bett brachte, wobei ihr Finger auf einem Schreiben lag, dessen Handschrift Marie-Antoinette sofort erkannte, gab zur Antwort: „Sire, man hat Monseigneur lediglich gesagt, daß Madame nicht empfange.“

Unterdes hatte die Königin das Schreiben gelesen: *Sie sind gestern abend um acht Uhr aus Paris zurückgekehrt. Laurent wird es bezeugen.*

„Nun, Sire“, sagte die Königin, indem sie die übrigen Briefe entsiegelte, „steht es mir nicht frei, Ihren Herrn Bruder zu empfangen oder nicht zu empfangen? Sie wissen, sein Esprit langweilt mich. Ich bin lieber zu Bett gegangen."

„Ah, und ich meinte, Sie wären in Paris gewesen."

„Gewiß war ich in Paris, aber man kommt doch von dort wieder zurück?"

„Fragt sich nur, wann, Madame."

„Madame de Miséry, wann bin ich gestern aus Paris gekommen?"

„Etwa um acht Uhr, Majestät."

„Mir scheint, Sie täuschen sich, Madame de Miséry", entgegnete der König.

„Madame Duval", wurde eine der Zofen gefragt, die im Vorzimmer warteten, „wann kam Ihre Majestät gestern aus Paris?"

„Es mag gegen acht Uhr gewesen sein", war die Antwort.

„Laurent!" rief Madame de Miséry durchs Fenster hinunter, „wann war Ihre Majestät gestern abend aus Paris zurück?"

„Um acht Uhr", rief der Pförtner von der Terrasse herauf.

Auf einen Wink der Königin verschwanden die diensthabenden Damen.

„Verzeihen Sie mir, Madame", sagte Ludwig beschämt, „ich weiß nicht, was mir in den Sinn gekommen war."

„Sire", und Marie-Antoinette zog ihre Hand zurück, die der König zum Zeichen der Versöhnung küssen wollte, „eine Königin von Frankreich lügt nicht. Ich habe das Schloß erst heute morgen um sechs Uhr betreten. Ohne den Beistand des Grafen d'Artois hätte ich wie eine Bettlerin vor verschlossenen Toren genächtigt."

Ludwig blickte betroffen.

„Sie sehen, Ihre Leute waren auf dem Posten, aber auch ich habe meine Hilfskräfte. Wünschen Sie, daß wir in dem Stil fortfahren, dann bedenken Sie, welche Auswirkungen Ihr grober Scherz auf die Würde des Königtums und die Ehre der Königin von Frankreich haben könnte."

„Madame, ich hatte also recht, Ihnen eine Lektion erteilen zu wollen. Mir war gemeldet worden, daß Sie mit Ihren Kavalieren im Schlitten nach der Stadt gefahren sind. Diese leichtlebigen jungen Herren kompromittieren Sie vor dem Volk von Paris. Sie vergessen, in welcher kritischen Situation wir uns befinden. Halten Sie es für verantwortlich, die Stadt gegen uns zu erbittern und skandalös spät in der Nacht zurückzukehren?"

„In meiner Begleitung befand sich nur Fräulein von Taverney, deren Ruf ja wohl über jeden Zweifel erhaben ist. Und in Paris war ich einzig, um mich persönlich zu überzeugen, wie die Enkelin eines großen Fürsten, eine Valois, in diesem Lande dem Elend preisgegeben ist."

Der König brach in Lachen aus.

„Ah, ich weiß, ich weiß, Sie meinen diese kleine Intrigantin. Sie überschüttet meine Minister, bedrängt meine Tanten, überhäuft mich selbst mit Bittgesuchen.“

„Wenn sie, wie ich anhand ihrer Beweisstücke feststellen konnte, eine Valois ist, sollte sie eine Pension und ihr Gatte ein Regiment erhalten, wie es sich für die Abkömmlinge eines Königshauses geziemt.“

„Vorsicht, Madame, übereilen Sie nichts. Diese kleine Valois wird mir noch genug Federn ausrupfen. Sie hat einen scharfen Schnabel.“

„Ich habe ihr vorerst hundert Louisdor gegeben.“

„Hundert Louisdor, Madame, in diesen Zeiten! Wissen Sie, wie es um die Staatsfinanzen aussieht? – Nun gut, das mag der Frau zunächst reichen. Nur keine Pension, nichts Festes. Ihr gutes Herz ist da in eine Falle gegangen, glauben Sie mir. Nun denn, ich bitte Sie für meinen Scherz, wie Sie es nannten, um Ihres guten Herzens willen um Vergebung.“

Damit führte Ludwig ihre Hand an seine Lippen.

„Nein, Sire“, sagte die Königin, „Sie sind nicht gut zu mir.“

„Was geben Sie mir“, entgegnete lachend der König, „wenn ich Ihnen beweise, daß ich nicht einmal richtig böse war, als ich zu Ihnen kam?“ Und lächend griff der König in seine Tasche, aber so langsam wie jemand, der die Geduld eines Kindes auf die Probe stellt, dem er ein Spielzeug schenken will.

Neugierig setzte sich die Königin auf. Endlich zog er ein goldgeziertes Etui aus rotem Maroquinleder hervor. Er bot es ihr dar, und sie öffnete es hastig.

„Oh, ist das schön! Mein Gott, ist das schön!“ rief sie, starr vor Entzücken.

Und sie ergriff mit beiden Händen ein Halsgeschmeide von so wunderbarem Feuer, daß in ihren schlanken Fingern eine Flut von Phosphor und Flammen zu funkeln schien.

Die Königin betrachtete die Diamanten, groß wie Haselnüsse und von vollkommenster Reinheit, mit atemlosem Staunen.

„Oh, ist das herrlich, Sire!“ rief sie endlich. „Wie kunstvoll die Steine nach der Größe geordnet sind! Der Juwelier, der dieses Kollier gefertigt hat, ist ein Künstler. Ich vermute, die Herren Boehmer & Bossange?“

„Sie haben es erraten, Madame. Nur, hüten Sie sich, meine Liebe, hüten Sie sich vor Ihrer Begeisterung, dieses Halsband würden Sie hoch bezahlen.“

„Oh, Sire!“ rief die Königin, und ihr strahlendes Antlitz verdunkelte sich. „Ist es wirklich so teuer?“

„Allerdings“, sagte Ludwig, „aber lassen Sie mir die Freude, es an Ihrem Hals zu sehen, Madame, denn erst dort erhält es seinen wahren Wert.“

Hiermit griff der König nach den beiden Enden des Kolliers und wollte es seiner Gemahlin um den Hals legen.

„Nein", sagte die Königin bestimmt, „keine Kindereien! Dieser Schmuck ist vermutlich seine eineinhalb Millionen wert. Und die Schatzkammern des Königs sind leer. Ich hörte, so viel koste ein Linienschiff. Der König von Frankreich braucht ein Linienschiff dringender als die Königin ein Kollier."

„Ihr Verzicht ist erhaben, Antoinette. Frankreich wird Sie dafür segnen."

Die Königin seufzte auf.

„Sie bedauern Ihren Entschluß?" sagte Louis. „Noch ist es Zeit ..."

„Nein, Sire, ich habe meine Worte wohl überlegt. Aber ich habe eine andere Bitte. Lassen Sie mich noch einmal nach Paris."

„Das ist entschieden billiger."

„... zu Herrn Mesmer."

Der König kratzte sich hinterm Ohr.

„Nun", ließ er sich nach einigem Bedenken vernehmen, „da Sie eine Laune von eineinhalb Millionen ausgeschlagen haben, muß ich Ihnen diese wohl bewilligen, doch unter der Bedingung, daß Sie zu Ihrer Begleitung eine Prinzessin von Geblüt wählen."

„Wäre Ihnen Madame de Lamballe angenehm?"

„Unbedingt. Und ich werde ein Linienschiff in Auftrag geben, das Sie, Madame, selbst taufen sollen auf den Namen *Das Halsband der Königin.*"

Das kleine Lever der Königin

„Heute", verkündete die Königin froh, indem sie ans Fenster trat und die reine kalte Morgenluft einsog, „will ich auf dem Schweizer See ausfahren. Vielleicht ist morgen schon der Frühling da."

In der Tat, am rosigen Horizont stieg zartgrauer Dunst auf, in den Beeten im Park zeigten sich die ersten Schneeglöckchen, von den Zweigen fiel der kristallene Reif.

Mademoiselle de Taverney wurde gemeldet. Als sie bei ihrem Eintreten die Königin lächeln sah, heiterten sich ihre Züge auf.

„Jetzt ein kleines Frühstück, liebe Miséry", sagte Marie-Antoinette, „und schicken Sie mir Léonard und meinen Schneider."

Bis der Friseur Léonard erschien, teilte die Königin Andrée mit, wie der König das gestrige Abenteuer aufgenommen. Dann, als die Königin voller Wohlgefallen an ihrem schönen Haar vor dem vergoldeten Spiegel Platz genommen und der berühmte Haarkünstler seine Arbeit begonnen hatte, zog sie Andrée ein wenig damit auf, daß sie, die doch allen Kavalieren des Hofes die kalte Schulter zeige, seit gestern einen Herrn hätte.

Andrée errötete und lächelte traurig.

„Einen Herrn, Madame?“

„Gewiß, Ihr Bruder ist aus dem Krieg in Amerika heimgekehrt, höre ich. War sein Name nicht Philippe?“

Lächelnd bejahte Andrée.

„Wie ist er jetzt?“

„Noch immer gut und schön, Madame.“

„Wissen Sie, daß ich ihn neun Jahre nicht gesehen habe? Wie alt ist er?“

„Zweiunddreißig. Wenn Eure Majestät ihn empfangen wollen, wird er gern die Gelegenheit wahrnehmen, Ihnen zu beweisen, daß seine Ergebenheit durch das lange Fernsein nicht gelitten hat.“

„Kann ich ihn gleich sehen?“

„Er könnte in einer Viertelstunde hier sein.“

„Guten Morgen, Majestät, wie haben Sie diese Nacht geschlafen?“ fragte in dem Augenblick das spöttisch lächelnde Gesicht des Grafen d'Artois in den Spiegel hinein, in dem Marie-Antoinette sich wohlgelaunt betrachtete.

„Nicht sonderlich.“

„Und wie war der Morgen?“

„Ausgezeichnet.“

Königin und Schwager lächelten sich vielsagend zu. Die Majestät, von Léonards kunstreichem Werk befriedigt, warf den Pudermantel ab, und wenig darauf führte Andrée einen jungen Edelmann mit sonnengebräuntem energischem Gesicht und straffer, ernster Haltung herein, die den erprobten Kriegsmann verrieten.

Philippe de Taverney trug einen dunkelgrauen, silberbestickten Rock, aber an seinem Körper schien das Grau schwarz, das Silber Eisen. Die weiße Halsbinde, das gepuderte Haar unterstrichen die männliche Schönheit seiner Züge.

„Es scheint“, sagte die Königin, „daß Ihr erster Besuch uns gilt, Herr von Taverney. Danke.“

Philippe sah ihr liebenswürdiges Lächeln und erblaßte leicht.

Nachdem den Höflichkeiten Genüge getan war, empfahl die Königin ihrem Schwager, des jungen Helden, der aus der Neuen Welt nun zurückgekehrt war, sich unbedingt anzunehmen.

„Monsieur Philippe de Taverney war der erste Franzose, den ich erblickte, als ich derzeit von Österreich kam“, erklärte sie, „und ich hatte mir fest vorgenommen, das Glück des ersten Franzosen zu machen, dem ich begegnen würde.“

Schwester und Bruder tauschten einen Blick, der ein schmerzliches Geheimnis zu bergen schien. Die Königin hatte ihn bemerkt und deutete ihn auf ihre Weise. Warum sollte der junge Mann nicht einer der vielen gewesen sein, die damals, 1774, für die junge Dauphine, Maria Theresias reizende Tochter, geschwärmt hatten? Und ihrer Schönheit sicher, sandte sie den Geschwistern ihr huldvollstes Lächeln zu. Sich noch immer geliebt zu glauben, welch eine Schmeichelei für eine reife Frau.

Der Graf d'Artois trat zu Philippe, während die Damen über den Besatz eines Jagdkleides berieten.

„Sagen Sie, ist Washington wirklich ein so großer General, wie man sagt?"

„Ja, Monseigneur, er ist ein großer Mann."

„Und wie haben sich die Franzosen da drüben gemacht?"

„Ebensogut, wie die Engländer schlecht."

„Herr de Taverney, Sie scheinen auch ein Anhänger der neuen Ideen zu sein, die dieser sogenannte Unabhängigkeitskampf überall verbreitet hat. Aber haben Sie je bedacht, daß wir dort nicht gegen die Indianer, nicht gegen die Engländer Krieg geführt haben, sondern womöglich gegen uns selbst?"

„Der Gedanke, daß unser Kampf eine fatale Rückwirkung auf uns zeitigen könnte, ist mir nicht fremd, Monseigneur."

„Sehen Sie, darum finde ich die Siege der Herren Washington und La Fayette gar nicht so erfreulich wie manche Leute hierzulande. Das ist Egoismus, zugegeben, aber nicht Egoismus in privater Sache."

„Oh, Monseigneur!"

„Und wissen Sie, weshalb ich Sie tatsächlich nach Kräften fördern werde? Weil Sie Ihre Rückkehr in der Stille vollzogen haben, ohne in Paris mit Pomp und Gloria sich feiern zu lassen."

Darauf küßte der Prinz der Königin die Hand, grüßte die Geschwister und entschwand leichtfüßig, wie er eingetreten war.

„Herr de Taverney", wandte sich die Königin von ihrer Beschäftigung ab, „Sie dürfen mich noch nicht verlassen. Nehmen Sie mit uns eine Tasse Schokolade, und dann begleiten Sie mich im Schlitten nach meinem geliebten Trianon. Ich möchte mich heute mit einem Amerikaner zeigen – aus Politik, verstehen Sie?"

Die Königin, der Etikette abgeneigt wie je, goß selbst die Schokolade ein und reichte dem jungen Mann die Tasse. Madame de Miséry blickte erstaunt. Philippe aber, nach den langen harten Jahren im fernen Ausland von der majestätischen Frau so von gleich zu gleich und so liebenswürdig heiter sich ausgezeichnet zu sehen, war überwältigt vor Glück, und Schwindel erfaßte ihn.

Auf dem Schweizer See im Trianon-Park

Die Lindenallee um die Eisfläche war von Spaziergängern jeden Ranges, jeden Alters dicht besetzt. Blaue und rote Bediente wanden sich hier und dort durch die Menge der reich gezierten Toiletten. Besonders gewandte Schlittschuhläufer erregten laute Bewunderung. Damen in Pelzen ließen sich von Kavalieren in sesselartigen Schlitten übers Eis fahren. Plötzlich ging ein Raunen durch die Gesellschaft.

„Es lebe die Königin!“ hallte ein Ruf, und alles machte Anstalten, die Seefläche freizugeben und sich um die Majestät zu scharen. Aber die Königin bekundete durch ein Handzeichen, daß ein jeder in seinem Vergnügen fortfahren solle.

Dennoch eilten sich die Damen und Herren der Hofgesellschaft, der Königin ihre Komplimente darzubringen.

D'Artois, selbst einer der elegantesten Schlittschuhläufer, kurvte heran und küßte ihr die Hand.

„Haben Sie bemerkt“, flüsterte er, „wie unser Bruder, Herr de Provence, mit seinem Gefolge verschwand, als Sie eintrafen?“

„Sie meinen, er fürchtet meinen Groll?“

„Er hat noch einen anderen Grund, Sie zu meiden, Schwägerin. Er hat erfahren, daß Herr de Suffren, der glorreiche Admiral, aus Indien zurückgekehrt ist und heute abend in Paris eintreffen wird, eine Nachricht, die er uns verheimlichen möchte.“

Die Königin blickte auf eine Weise um sich, daß die neugierigen Höflinge sich weit zurückzogen.

„Was verspricht sich Herr de Provence davon?“

„Ist es möglich, Schwägerin, daß Sie als Frau, Königin und Feindin seine listige Absicht nicht durchschauen? Der Held des Indischen Meeres hat Anspruch auf einen großartigen Empfang in Versailles. Da der Kriegsminister nichts von seiner Ankunft wußte – welcher Minister hätte sich je fähig erwiesen? –, wußte auch der König nichts. Herr de Provence will also, indem er den berühmten Mann mit allem Glanz empfängt, im Ruhm des indischen Helden sich sonnen und somit der Held Frankreichs sein.“

„Aber woher kennen Sie die schönen Pläne Ihres teuren Bruders?“

„Herr de Provence läßt es sich einiges kosten, alles zu wissen, was ich tue. Folglich habe auch ich meine gedungenen Leute, so einfach ist das. Jedenfalls soll uns die Nachricht nützen. Ich habe den Minister informiert, er wiederum den König. Der Minister wird es mir zu danken wissen, wenn ich demnächst einer Anleihe bedarf.“

„Dank für die Belehrung, Schwager, und Dank für Ihr Bündnis.“

Und lachend verabschiedete die Königin d'Artois, um den Schlitten zu besteigen, den Philippe unterdessen zur Ausfahrt vorbereitet hatte.

Der junge Mann hatte seine Schlittschuhe angeschnallt, Andrée neben der Königin Platz genommen, und nun begann eine Fahrt über das Eis, die Philippe, vor Stolz und Freude trunken, allmählich zu verwegener Schnelligkeit steigerte. An diesem schönen Apriltag ohnehin übermütig gestimmt, durch die Anwesenheit der Geschwister Taverney an die fröhlichen ersten Jahre in ihrem Trianon erinnert, gab sich die Königin der Wollust hin, in so kühnen Schwüngen und Kurven, von fester Hand geführt, über das Eis zu fliegen.

Vom Rande des Sees verfolgte ein kleiner Greis, einer Figur E. T. A. Hoffmanns nicht unähnlich, mit unergründlichem Blick den tollen Lauf.

Der Versucher

„Oh, Herr von Taverney", rief mit einemmal die Königin, „halten Sie an, Erbarmen, Sie bringen mich um."

Philippe gehorchte.

„Ruhen Sie sich aus", setzte sie hinzu, und schwankend entstieg sie dem Schlitten. „Ich hätte nie gedacht, in welch rauschhaften Zustand die Schnelligkeit versetzen kann."

Und hocherhitzt, ihrer Schritte nicht sicher, stützte sie sich auf Philippes Arm.

Ein hörbarer Schauder lief durch die goldbetreßte Menge und erinnerte die österreichische Kaiserstochter, daß sie wieder einmal einen Verstoß gegen die Etikette begangen hatte – einen ungeheuerlichen Verstoß in den Augen der Neider. Philippe aber, auf dieses Übermaß an Auszeichnung nicht gefaßt, zitterte und fühlte sich so betroffen, als hätte die Majestät ihn öffentlich gekränkt.

„Einen Sitz!" befahl die Königin beinahe schroff und zog ihren Arm zurück. „Mein Gott, ist es widerwärtig, ständig von Gaffern und Dummköpfen umgeben zu sein", setzte sie leise hinzu.

Man brachte ihr einen Klappsitz. Damen und Herren eilten herbei und verschlangen Philippe mit den Augen, der, um sein Erröten zu verbergen, die Schlittschuhe ablegte.

„Oh, ich merke, so erkälte ich mich", sagte die Königin, und sie begab sich erneut zu ihrem Schlitten.

Philippe erwartete ihren Befehl, doch umsonst. Wenigstens zwanzig Herren erboten ihren Dienst. Aber die Königin lehnte dankend ab.

„Nein, meine Heiducken“, sagte sie, und als die Bedienten an ihrem Platz standen: „Langsam jetzt, ganz langsam.“

Der Schlitten entfernte sich. Philippe trocknete den Schweiß auf seiner Stirn. Ein wenig betrübt, ein wenig überdrüssig und nahezu erschrocken über das Geschehene folgte er dem Gefährt mit den Augen, als er fühlte, wie ein Ellbogen ihn streifte.

Es war sein Vater, jener kleine hoffmanneske Greis. Seine Hände staken in einem Muff. Seine Augen funkelten.

„Was tust du, Narr?“ sagte er. „Rasch, rasch der Königin nach.“

„Oh, nein, Vater, nein!“

„Wieso nein? Bist du toll, deine Chance zu verpassen? Siehst du nicht, wie die Königin sich nach dir umsieht?“

„Vater, Sie machen sich über mich lustig.“

Der Alte packte seinen Sohn so hart am Arm, daß der Sohn vor Schmerz die Stirn in Falten zog.

„Hören Sie, Herr Philippe“, sagte der Alte, „Sie kommen aus Amerika, einem Land, wenn ich mich recht erinnere, wo es weder König noch Königin gibt.“

„Ich verstehe Sie nicht, Vater.“

„Und ich verstehe, daß Sie, mein Sohn, ein Dummkopf sind. Die Königin hat sich jetzt zum drittenmal umgedreht. Und wen suchen wohl ihre Augen, Herr Amerikaner?“

„Sie sehen erstaunlich gut, mein Vater“, erwiderte Philippe trokken.

„Höre, Junge“, fuhr der Greis geduldiger fort, „deine Unschuld macht dir wirklich Ehre. Da kommst du aus deiner Wildnis, siehst eine Königin vor dir und sagst dir: Man muß sie respektieren.“

„Und Sie, ein Taverney-Maison-Rouge, machen mir Vorwürfe, daß ich das Königtum hochhalte?“

„Wer redet vom Königtum? Das ist die Krone, daran rührt man nicht, klar. Aber was ist eine Königin? Ein Weib. Da greift man zu.“

„Greift zu ...?“ wiederholte Philippe errötend und verächtlich.

„Das glaubst du nicht? – Frag doch die Herren de Coigny, de Lauzun, de Vaudreuil ...“

„Schweigen Sie, Vater!“ rief Philippe erbittert. „Da ich Sie für diese Lästerungen nicht zum Duell fordern kann ...“

Der alte Taverney wich zurück und drehte sich, zornig seinen Muff schüttelnd, um die eigene Achse.

„Gut Nacht!“ sagte er. „Gut Nacht, Herr Esel! Du hast mich sehr erfreut!“

Philippe stand wie betäubt, als der Vater in seinem zu großen Pelzgewand wütend davonstapfte. Das Herz schlug ihm gewaltig gegen die Brust, sein Verstand wirbelte. Er merkte nicht, wie lange er so am selben Platz verharrte.

Da kam inmitten ihres Gefolges wieder die Königin vorüber.

„Kommen Sie doch, Herr de Taverney", rief sie, „kein anderer als Sie versteht es, eine Königin königlich auszufahren."

Benommen, wie nach schwerem Traum, lief er auf sie zu.

Suffren

Wider alle höfischen Gewohnheiten war das Geheimnis des Königs und des Grafen d'Artois gewahrt worden. Niemand wußte, wann und wie Herr de Suffren eintreffen würde.

Der König hatte einen Spielabend angesetzt.

Um sieben Uhr betrat er mit den Prinzen und Prinzessinnen seiner Familie die Salons. Die Königin führte die Kronprinzessin an der Hand, die gerade sieben Jahre zählte. Die Gesellschaft war glanzvoll und zahlreich.

Während man allgemein die Plätze einnahm, trat d'Artois zu Marie-Antoinette.

„Fällt Ihnen nichts auf?" fragte er mit ironischem Lächeln.

Die Königin blickte sich um.

„Wahrhaftig!" sagte sie. „Will er denn immer vor mir fliehen?"

D'Artois lachte.

„Nein, der Spaß geht weiter. Herr de Provence ist dem Gouverneur de Suffren zum Tor entgegengeeilt."

„Aber dann begreife ich nicht, weshalb Sie lachen. So wird er doch als erster den großen Admiral begrüßen?"

„Aber Schwägerin", erwiderte der Prinz lachend, „Sie haben keine große Meinung von unserer Diplomatie. Monsieur, unser Herr Bruder, erwartet den Gouverneur an der Barriere von Fontainebleau. Wir indes haben es eingerichtet, daß er auf der letzten Poststation in Villejuif abgepaßt wird. Monsieur de Provence kann sich in Fontainebleau die Beine klamm stehen, Herr de Suffren wird auf Befehl des Königs Paris umfahren und direkt in Versailles eintreffen. Aber gehen Sie jetzt zum Spiel."

Die Königin, als sie das Spiel aufnahm, täuschte vor, vollständig bei der Sache zu sein, um die nervöse Spannung abzulenken, die in der Gesellschaft zu spüren war, obwohl außer den Eingeweihten niemand eine Ahnung hatte, weshalb.

Philippe, der zu der Partie zugelassen und seiner Schwester gegenüber plaziert worden war, erwog wider Willen die Worte seines Vaters. Er fragte sich, ob der Alte, der immerhin die Herrschaft von drei oder vier Favoritinnen erlebt hatte, Zeiten und Sitten nicht am Ende richtiger beurteilte als er. Sollte die Königin, diese schöne, stolze Frau, die ihm so schwesterlich begegnete, im Grunde doch nur eine grausame Kokette sein, begierig, ihre Erinnerungen um eine weitere Leidenschaft zu bereichern wie ein Entomologe, der einen Käfer mehr mit der Nadel in seinen Sammelkasten heftet, ohne zu bedenken, welchen Schmerz er dem gequälten Geschöpf bereitet?

Coigny, Lauzun, Vandreuil – sie hätten die Königin geliebt und wären von ihr geliebt worden? Wie aber konnten sie dann so sorglos, wie er sie sah, in dieser Gesellschaft sich bewegen? Wenn die Königin ihn, Philippe, lieben würde, sein Glück würde ihn an den Rand des Wahnsinns treiben. Und liebte sie ihn nicht mehr, er brächte sich um vor Verzweiflung!

Prüfend blieb sein Blick an Marie-Antoinettes Stirn und Augen haften. Welches Geheimnis, oh, welches Geheimnis barg dieses Antlitz?

Unterdessen war aus den Vorsälen Bewegung vernehmlich, im Hof schlugen Gewehrkolben auf die Steinplatten, Stimmen drangen durch die halboffene Tür herein. Der König gab der Königin einen Wink, das Spiel zu beenden. Die Höflinge wechselten fragende Blicke. Kurz, binnen wenigem trat Marschall de Castries, der Marineminister, ein und fragte mit lauter Stimme: „Wünschen Eure Majestät, den Herrn Gouverneur de Suffren zu empfangen, der soeben aus Toulon eintrifft?“

Jetzt brach ein unbeschreibliches Gedränge an, die Menge strebte der Tür zu, durch die der Minister hinausgegangen war.

Um Frankreichs Sympathie für Herrn de Suffren zu erklären, um begreiflich zu machen, weshalb König, Königin und Prinzen wetteiferten, den Mann als erste zu begrüßen, genügen wenige Worte.

Suffren hatte in der letzten Periode des Krieges gegen England sieben Seeschlachten siegreich geführt. Er hatte Trinquemale und Gondelour erobert, den französischen Besitz gesichert, die englische Blockade gebrochen und den Nabob Hayder-Ali gelehrt, daß Frankreich die Vormacht Europas war. Er hatte sich nicht allein als Seemann bewährt, sondern auch als kluger Diplomat und Unterhändler. Kühn, unermüdlich und stolz, wo es um die Ehre der französischen Fahne ging, hatte er die Engländer zu Lande und zu Wasser so gehetzt, daß die verwegenen Beherrscher des Ozeans schließlich nicht mehr anzugreifen wagten, wo der französische Löwe die Zähne bleckte.

Suffren war ein Mann von sechsundfünfzig Jahren, klein, beleibt, mit feurigen Augen und lebhaftem Gebaren. Sein blauer Rock war goldbestickt. Der hohe Uniformkragen, der sein energisches Kinn umrundete, wirkte als obligate Ergänzung seines gewaltigen Schädels.

„Herr Gouverneur“, rief strahlend der König, „seien Sie willkommen in Versailles! Sie bringen uns den Ruhm, Sie bringen uns alles, was ein Held seinen Zeitgenossen auf Erden schenken kann. Ihnen gehört die Zukunft. Umarmen Sie mich, Herr Gouverneur."

Auch die Königin begrüßte Herrn de Suffren überaus huldreich, und die gesamte Hofgesellschaft bekundete Freude und Begeisterung. Als der König indes den Gouverneur in sein Kabinett ziehen wollte, um als Geograph über seine Reisen und seine Expedition mit ihm zu plaudern, verhielt Herr de Suffren mit allem Respekt.

„Sire", sagte er, „wollen Sie mir erlauben, da Eure Majestät mir so viel Güte erweisen ..."

„Sprechen Sie, Herr Gouverneur!" rief der König.

„Sire, einer meiner Offiziere hat einen so schweren Verstoß gegen die Disziplin begangen, daß ich meine, Eure Majestät allein könnten in der Sache Richter sein."

„Ich hatte gehofft", entgegnete der König, „Ihre erste Bitte beträfe eine Gunst und nicht eine Strafe ..."

„Der Offizier, von dem ich spreche, Sire, befand sich während der letzten Seeschlacht an Bord der ‚Sévère'."

„Ah, das Schiff, das die Flagge gestrichen hat", ergänzte stirnrunzelnd der König.

„So ist es, Sire, der Kapitän der ‚Sévère' hatte die Flagge gestrichen. Schon sandte der englische Admiral ein Boot aus, die Prise zu besetzen. Der junge Leutnant aber, der die Batterie auf dem Zwischendeck kommandierte, eilte an Deck und überschaute augenblicks die Situation. Sein französisches Blut empörte sich. Er schlug die Flagge mit einem Hammer an den Mast und ließ das Feuer wieder aufnehmen. Nur so ist Eurer Majestät die ‚Sévère' erhalten geblieben. Dennoch ist dies ein schweres Vergehen gegen die Disziplin gewesen. Aber ich bitte Sie, Sire, diesen Offizier zu begnadigen, und ich bitte Sie um so mehr, als er mein Neffe ist."

„Bewilligt, Herr Gouverneur, bewilligt!" rief überschwenglich der König. „Aber Sie sollten mir diesen Offizier, Ihren Neffen, unbedingt vorstellen."

„Er ist hier", erwiderte de Suffren, „treten Sie vor, Herr de Charny."

Aus der Gruppe, die den Gouverneur begleitet hatte, löste sich ein junger Offizier. Die Königin, als sie ihn betrachtete, erblaßte leicht, und Andrée, selbst in Erregung geraten, warf einen scheuen Blick nach ihr. Aber Georges de Charny trat zum König vor, ohne ringsum jemanden wahrzunehmen; bewegt verneigte er sich vor dem Herrscher, der ihm die Hand zum Kuß reichte. Dann kehrte Charny bescheiden und ein wenig zitternd zurück in den Kreis der Offiziere, die ihn lautstark beglückwünschten und ihn froh umarmten.

„Apropos, Madame", wandte sich der König an Marie-Antoinette, eher er den Gouverneur in sein Kabinett mitzog, „Sie entsinnen sich gewiß, daß ich ein Linienschiff in Auftrag gab, das einen gewissen Namen tragen sollte ..."

„Gewiß, Sire", antwortete sie freudig, „und wir wollen es ‚Suffren' taufen."

Vielstimmige Hochs beantworteten ihren Vorschlag.

Herr de Charny

Wer liebt, hat ein feines Gespür für die Regungen, die in dem geliebten anderen sich vollziehen. Philippe hatte den Blickwechsel zwischen der Königin und seiner Schwester nach dem Auftritt des jungen Offiziers bemerkt; ihm war nicht entgangen, wie die Königin immer aufs neue nach Herrn de Charny hinsah und dann und wann im Gespräch sinnend verharrte, ungeachtet der Prinzen und Prinzessinnen, die nach Verschwinden des Königs und des Gouverneurs um Ihre Majestät sich geschart hatten. Er beobachtete, wie sie hinter ihrem Fächer Zuflucht suchte, sie, die sonst alle Welt zwang, den Blick vor ihr zu senken. Er fragte sich nach der Ursache solchen Verhaltens. Er ahnte ein Geheimnis, auf das er eifersüchtig war.

Jetzt betrat ein Mann in majestätischer Kardinalsrobe, von Prälaten und Offizieren gefolgt, den Salon. Die Königin erkannte Louis de Rohan und wandte den Kopf ab, ohne ihre Verstimmung zu verhehlen. Der Kardinal verneigte sich vor ihr mehr als Weltmann vor einer Dame denn als Untertan vor einer Königin. Nach einem galanten Kompliment, das Marie-Antoinette kalt entgegennahm, schritt der Kardinal weiter, als berührte es ihn nicht, von der Königin so eisig empfangen worden zu sein. Gemäß dem höfischen Waagespiel nahmen die Tanten des Königs ihn desto herzlicher auf.

Der Kardinal Rohan war ein Mann in der Vollkraft der Jahre. Seine eindrucksvolle Erscheinung bezeugte, daß er ein geistvoller Genießer des Lebens war. Die Damen schätzten seine Diskretion; seine Freigebigkeit war sprichwörtlich. Der König liebte ihn, weil er gelehrt war; die Königin haßte ihn.

Die Gründe für diesen Haß sind nie recht aufgeklärt worden. Zum einen hieß es, Marie-Antoinette habe dem Fürsten de Rohan, als er Botschafter Ludwigs XV. in Wien war, seine ironischen Berichte über die österreichische Kaiserin nie verziehen. Nach einer zweiten Version – sie klingt wahrscheinlicher – hatte der Botschafter, als die Heirat des Dauphins und der österreichischen Kaisertochter in Aussicht genommen worden, dem König in einem Brief, den Ludwig XV. laut an der Tafel der Madame Dubarry vorgelesen, Einzelheiten über die junge Dame gemeldet, die angetan waren, die

Eitelkeit der damals noch sehr mageren Marie-Antoinette zu verletzen. Schließlich soll auch eine politische Intrige im Spiel gewesen sein. Das Botschafteramt war einem Herrn de Breteuil zugunsten des Fürsten de Rohan entzogen worden. Zu schwach, um gegen den hohen Adeligen offen in den Kampf zu treten, hatte Breteuil Abschriften, ja sogar Originale von Rohans Berichten aus Wien sich verschafft, in denen es nicht an kleinen Bosheiten über die österreichische Dynastie mangelte, und damit in der Dauphine eine Bundesgenossin sich gewonnen, die eines Tages zum Werkzeug seiner Rache werden konnte.

So war die Stellung des Kardinals bei Hofe schwierig, doch schien Louis de Rohan seiner Feindin nicht feindlich gesinnt, denn er nützte jede Gelegenheit, sich der Königin zu nähern, was nicht schwerfiel, da er der Großalmosenier des Hofes war.

Kaum hatte der Kardinal sich entfernt, als Marie-Antoinette sich wieder aufheiterte und der Prinzessin de Lamballe vorschlug, man solle das Bravourstück des soeben begnadigten jungen Mannes sich doch von diesem selbst berichten lassen.

Herr de Charny wurde zur Königin bestellt. Während der junge Offizier männlich und bescheiden bat, ihm solchen Bericht zu erlassen, da jeder andere seiner Kameraden in dem Augenblick das gleiche getan haben würde, konnte Marie-Antoinette ihn aufmerksamer betrachten als zuvor.

Er mochte ungefähr achtundzwanzig Jahre zählen, war von schlankem Wuchs und hatte kraftvolle breite Schultern. Sein fein geschnittenes Gesicht ließ Energie erraten, sooft sein blaues Auge zu einem tiefen Blick sich weitete.

Mit keiner Miene hatte er bislang verraten, daß er Mademoiselle de Taverney oder die Königin wiedererkannt hätte. Marie-Antoinette indes erzählte dem Kreis, der sich um sie gebildet hatte, die Geschichte, wie dieser junge Herr gestern zwei Damen, die in Paris sich verspätet hatten und die sie sehr wohl kenne, auf das ritterlichste aus Gefahr befreit und nach Versailles begleitet hatte, ohne – und dies sei das Lobenswerteste an seinem Verhalten – ohne im mindesten sich zu bemühen, die Namen jener Personen in Erfahrung zu bringen.

Damit reichte sie dem Offizier ihre Hand.

Während Charny, vor Glück erblassend, sie mit seinen Lippen berührte, zog sich Philippe verzweifelt in eine Fensternische zurück.

Auch Andrée war blaß geworden, doch wußte sie nicht, was ihr Bruder litt.

Die Stimme des Grafen d'Artois unterbrach diese Szene.

„Ach, de Provence", rief er spöttelnd, „wo kommen Sie jetzt erst her, Sie, der pünktlichste Mann bei Hofe? Sie haben den glänzenden Empfang des Herrn de Suffren versäumt. Es war für uns alle ein unvergeßliches Erlebnis!"

Die hundert Louisdor der Königin

Ereignisse haben die merkwürdige Eigenschaft, sich bisweilen zu häufen.

Jeanne de La Motte-Valois hatte ihren unverhofften Schatz noch nicht genügend bewundert, als es abermals an der Tür läutete. Frau Clothilde, sparsam mit ihren Schritten, behauptete wiederum, nichts gehört zu haben. Als sie schließlich doch hinaushumpelte, hörte Jeanne die Stimme eines Mannes, dann wurde die Tür geschlossen, und die Alte brachte einen Brief herein.

Jeanne betrachtete unter der trüben Lampe prüfend das Siegel: neun Goldrauten auf rotem Feld. Wer führte ein solches Wappen?

Behutsam, das Siegel nicht zu verletzen, öffnete sie den Umschlag.

„Madame", las sie, „die Person, an welche Sie ein Gesuch gerichtet haben, würde morgen abend bei Ihnen vorsprechen, sofern es Ihnen beliebte, sie zu empfangen."

Keine Unterschrift? Du liebe Zeit, dachte Jeanne, an wie viele Leute habe ich geschrieben! Wer kann der Absender sein? Ein Mann oder eine Frau? ... Die Schrift – reinliche Sekretärsbuchstaben. Der Stil – gönnerhaft und altmodisch. „Ein Gesuch gerichtet haben ..." Das soll demütigend wirken, also ist es eine Frau. „... würde bei Ihnen vorsprechen"? Eine Frau hätte geschrieben: „Erwartet Sie morgen abend." Also ist es ein Mann. Gut, aber wer führt neun Goldrauten auf rotem Feld? ... De Rohan, natürlich. Ich habe dem Kardinal geschrieben. Sieh an, der alternde Weiberheld, der Ehrgeizling Rohan will bei mir vorsprechen! Oh, unbesorgt, er soll die Tür offen finden.

Nach vielen Berechnungen, die Verwendung ihres kleinen Reichtums betreffend, nach einer fast schlaflosen Nacht begab sich Madame de La Motte am nächsten Morgen in einem Wagen, der eher ein fahrbarer Stuhl war, von einem kräftigen Auvergnaten gelenkt, nach der Place Royale. Unter den Arkaden der Südseite ließ sie vor dem Laden des Tapezierers und Dekorateurs Meister Fingret halten. Meister Fingret führte buchstäblich alles, was zur Ausstattung einer Wohnung gehörte: alte Möbel, neu aufgepolstert, Ahnenbildnisse, Spinette, Spitzendecken, Nippes, sowohl den Krimskrams wie die Kostbarkeiten früherer Zeiten.

Für hundert Taler Monatsmiete hatte Jeanne binnen einer Stunde eine Einrichtung beisammen, die ihr prachtvoll dünkte. Eine Stunde darauf war im dritten Stock des Hauses in der Rue Saint-Claude eine Wohnung, bestehend aus Salon, Schlafzimmer und Vorraum, gemietet. Und da Meister Fingret genug pünktliche

Arbeiter zur Verfügung hatte, konnte Jeanne bald die Freude genießen, vor einem geheizten Kamin auf einem guten Teppich zwischen Spiegeln und vergoldeten Wandleuchtern zu lustwandeln.

Auf ihre Toilette verwandte sie alle Sorgfalt der Koketterie. Die Tür zum Schlafraum ließ sie absichtlich halb geöffnet, damit das Fußende des Bettes zu sehen sei, das nach Versicherung von Meister Fingret einst der Pompadour gehört hatte.

Es wurde acht Uhr, neun, zehn, elf. Um Mitternacht schleuderte Jeanne wütend das Buch in eine Ecke, in dem sie vor Ungeduld weniger gelesen hatte, als die verstrichenen Stunden erlaubt hätten.

Aber bei allem Zorn gegen ihr böses Los fand sie eine Entschuldigung für den Kardinal: er als Hofmann hatte schließlich tausend wichtigere Verpflichtungen, als in der Rue Saint-Claude zu erscheinen. Zudem und vor allem kannte er die kleine Valois noch nicht. Nach einem ersten Besuch bei ihr hätte sie einen solchen Wortbruch nicht verziehen.

Sie lief vor ihren neuen Spiegel. Die Prüfung ihrer Erscheinung gab ihr so viel Selbstvertrauen zurück, daß sie lächelnd die Kerzen löschte.

Der Kardinal Rohan

Unverdrossen erneuerte Jeanne am nächsten Morgen die Vorbereitungen für den Empfang.

Um sieben Uhr abends läutete es. Sie hatte noch keine Zeit gehabt, ungeduldig zu werden. Ihr Herz schlug so heftig, daß man es hätte hören können.

Frau Clothilde meldete „die Person, die vorgestern geschrieben hat“.

Dann trat mit leichtem Schritt, in Samt und Seide, ein Herr herein, der in dem niedrigen Raum zehn Fuß zu messen schien.

Daß „die Person“ ihr Inkognito zu wahren wünschte, behagte Jeanne nicht, und sie wußte es zu vereiteln.

„Mit wem habe ich die Ehre zu sprechen?“ fragte sie in bestimmtem Ton.

Der Herr blickte sich nach der Tür um, durch die Frau Clothilde verschwunden war.

„Ich bin der Kardinal Rohan“, antwortete er dann.

Madame de La Motte erwiderte mit einer tiefen Verneigung. Darauf lud sie den Gast ein, in einem Lehnstuhl Platz zu nehmen, und setzte sich anstatt auf einen Stuhl, wie die Etikette es verlangt hätte, in einen großen Sessel.

Da der Kardinal sah, daß zwangloser Umgang erwünscht wurde, legte er seinen Hut auf den Tisch und begann, nach Jeannes Herkunft und Vergangenheit sich zu erkundigen. Er lauschte ihren Erklärungen, ohne aus seinem Eindruck ein Hehl zu machen. Er glaubte nicht an die Echtheit dieser Abstammung. Er sah, die Frau war reizend und arm, das genügte.

Jeanne, mit feinem Gespür begabt, täuschte sich nicht über seine Gedanken. Aber sie gedachte diesen goldenen Fisch nicht mehr aus ihrem Netz zu lassen.

„Man hat mir die Schwierigkeiten Ihrer Lage sehr übertrieben geschildert, wie ich sehe", sagte er, sich leichthin umblickend, „Ihre Wohnung ist recht angenehm."

„Für eine Grisette vielleicht", versetzte Jeanne.

„Nennen Sie diese Möbel die Einrichtung einer Grisette?"

„Sie werden sie kaum als die einer Prinzessin anerkennen wollen, Monseigneur."

„Sie sind also Prinzessin?" erwiderte de Rohan mit jener fast unmerklichen Ironie der Noblen.

„Ich bin eine geborene Valois, Monseigneur, wie Sie ein Rohan sind. Soviel weiß ich."

Jeanne hatte so selbstbewußt gesprochen, daß der Kardinal betroffen war.

„Madame", sagte er, „ich vergaß, daß mein erstes Wort eine Entschuldigung hätte sein müssen. Mein Versprechen, Sie am gestrigen Abend aufzusuchen, wurde durch den Empfang des Gouverneurs de Suffren zunichte."

„Monseigneur erweisen mir überaus hohe Ehre, heute an mich zu denken. Graf de La Motte, mein Gemahl, wird es außerordentlich bedauern, daß er wegen seiner militärischen Dienstpflichten das Vergnügen Ihrer Gesellschaft entbehren muß."

Der Kardinal wurde aufmerksam.

„Sie leben allein, Madame?"

„Ganz allein, Monseigneur."

„Das will viel heißen bei einer so schönen jungen Frau."

„Und auch wieder nichts, Monseigneur, wenn Sie bedenken, daß diese Frau in jeder anderen Gesellschaft als der, von der ihre Armut sie fernhält, nicht an ihrem Platz wäre."

„Madame", begann der Kardinal nach kurzem Schweigen, indem er seinen Lehnstuhl näher rückte, „ich wüßte gern, wie ich Ihnen dienlich sein könnte."

„Gar nicht, Eminenz, Sie überhäufen mich mit Ehre."

„Reden wir offen. Soeben beklagten Sie sich noch."

„Ich sehe, Monseigneur, Sie wollen mir Almosen anbieten. Ich habe Almosen empfangen, aber ich will keine mehr. Ich bin genug gedemütigt worden."

„Ihr Stolz gefällt mir!“ rief der Kardinal. „Aber Unglück entehrt nicht. Nun, wie ist es, Sie sind doch nicht am Ende Ihrer Mittel?“

Jeanne antwortete nicht.

„Gewiß verfügen Sie noch über diesen oder jenen Besitz, Familienschmuck zum Beispiel?“ Und er wies auf die goldene Dose, die Jeanne in ihrer weißen Hand gleichmütig spielen ließ. „Ein originelles Stück“, fuhr er fort, „erlauben Sie? – Ah, ein Porträt!“ rief er überrascht.

„Kennen Sie die Person, die es darstellt?“ fragte Jeanne.

„Es ist Maria Theresia, die Kaiserin von Österreich.“

„Wirklich?“ rief Jeanne. „Sind Sie sicher, Monseigneur?“

„Woher haben Sie diese Dose?“

„Von einer Dame, die gestern hier war.“

Der Kardinal betrachtete Jeanne, betrachtete die Dose und wieder Jeanne.

„Richtig gesagt, waren es zwei Damen, Monseigneur.“

„Und eine der beiden hat Ihnen dieses Stück hiergelassen?“ fragte der Kardinal mißtrauisch.

„Sie hat es vergessen. Leider weiß ich den Namen der Dame nicht, sonst hätte ich ihr die Dose umgehend zurückgeschickt. Sie wird sie bestimmt vermissen.“

„Sie kennen die Dame nicht?“

„Ich weiß nur, daß sie die Vorsteherin einer Versailler Wohlfahrtsstiftung ist. Sehen Sie, Frauen empfange ich, sie demütigen uns nicht, wenn sie uns helfen. Diese Dame hat hundert Louisdor auf meiner Kommode hinterlassen.“

„Hundert Louisdor!“ rief der Kardinal überrascht. „Verzeihen Sie, Madame, ich staune nicht, daß man Ihnen eine so große Summe gab. Im Gegenteil, Sie verdienen auf Grund Ihrer Abstammung jegliche Unterstützung. Mich wundert nur, daß die Dame von einer Wohlfahrtsstiftung kam; für gewöhnlich spenden sie entschieden kleinere Almosen. Könnten Sie die Dame wohl beschreiben?“

Und nun, da Jeanne die Neugier ihres Besuchers geweckt hatte, da sie ihn im Zweifel sah, ob Jeanne ihm nur etwas vorspiele oder ob sie tatsächlich den Besuch der Königin erhalten und ob sie die Königin wirklich nicht erkannt hatte oder sich nur den Anschein gab, ließ sich die kleine Gräfin jedes Wort, mit dem sie die hohe Besucherin beschrieb, aus dem Munde ziehen. Als Jeanne schließlich angab, die begleitende jüngere Dame sei mit dem Taufnamen Andrée angeredet worden, blieben dem Kardinal keine Zweifel mehr. Der in Versailles umlaufende Klatsch hatte ihn bereits gestern über den Ausflug Marie-Antoinettes und den anschließenden morgendlichen Streit mit dem König unterrichtet.

Um sicherzugehen, erkundigte sich der Kardinal noch, an welche

Personen des Hofes sie Bittgesuche gerichtet habe. Jeanne nannte mehrere und erklärte, daß sie keinen Erfolg gehabt hätte.

„Seltsam, daß Sie sich nie an die Königin gewendet haben!" fragte er forschend.

„An die Königin habe ich mich nie gewandt", entgegnete Jeanne schlicht. „Ich habe mich lediglich um eine Audienz bemüht, doch vergeblich."

Während Jeanne lauernd die Reaktionen des Herrn de Rohan beobachtete und sich fragte, welche Beweggründe er haben mochte, für die Handlungen Marie-Antoinettes ein so deutliches Interesse zu bekunden, begriff sie immerhin mit Genugtuung, daß sie dem Kardinal mittlerweile nicht allein vollkommen unverdächtig und aufrichtig, sondern auch sehr anziehend erschien. Er betrachtete sie jetzt mit unverhohlenem Wohlgefallen, hinter dem ein besonderes Interesse sich verbarg.

„Nun, Gräfin", sagte er endlich, „ich selbst werde Sie, wenn nötig, nach Versailles bringen und Ihnen alle Türen öffnen."

„Wie gütig von Ihnen, Monseigneur!" rief Jeanne entzückt.

Der Kardinal rückte näher, dann versank er neuerlich in Schweigen.

„Monseigneur", sagte Jeanne, „Sie wahren bisweilen ein Stillschweigen, das mich beunruhigt. Ein Mann wie Sie läßt die Höflichkeit nur gegen zwei Arten von Frauen außer acht."

„Was meinen Sie, Gräfin? Sie erschrecken mich."

Er nahm ihre Hand.

„Nun, gegen Frauen, die er zu sehr liebt, und gegen solche, die er zu wenig achtet."

„Gräfin, Sie machen mich erröten. Sie sprechen, als wären Sie mir gram."

„Nein, Monseigneur, bisher haben Sie meinen Zorn noch nicht verdient."

Damit warf sie ihm einen Blick zu, von dem der Kardinal, ein Kenner der Frauen, sich gestehen mußte, selten einen verführerischeren auf sich gezogen zu haben.

„Und ich will ihn auch niemals verdienen, Madame, von diesem Tag an, der mir das Vergnügen beschert hat, Sie kennenzulernen."

Und der Kardinal drückte einen langen Kuß auf Jeannes schlanke Hand.

„Wenn ich wüßte", fuhr die Sirene fort, „daß ich in einem so erhabenen Geist wie dem Ihrigen den mindesten Platz einnehmen könnte, würde mich das ein Jahr lang trösten."

„Ein Jahr! Das ist wenig ... Hoffen wir auf länger, Gräfin."

„Nun gut, ich sage nicht nein, Herr Kardinal", antwortete sie lächelnd.

Die einfache Anrede „Herr Kardinal" hätte den stolzen Mann

verletzen können, aber die Dinge standen inzwischen so, daß er sie vielmehr als eine Gunst aufnahm. Und der Kuß, den Herr de Rohan jetzt auf Jeannes Finger drückte, war respektvoll, zärtlich und kühn zugleich. Mit einem Rest Zeremonie verneigten sie sich lächelnd voreinander und tauschten einen Blick, der künftige Vertraulichkeit versprach.

Endlich, dachte Jeanne, wird die große Welt sich mir öffnen.

Ich habe doppelten Gewinn gemacht, dachte der Kardinal, als er seine Kutsche bestieg. Diese Frau ist nicht nur bezaubernd, sie ist auch klug. Sie wird die Königin zu erobern wissen, wie sie mich erobert hat.

Mesmer

Mesmerismus war 1784 das Wort, das vor allen anderen die Köpfe erhitzte. Es bezeichnete eine geheimnisvolle Wissenschaft, aus der ihr Erfinder eine neuartige Heilmethode abgeleitet hatte. Sie populär zu machen bemühte er sich indes nicht. Wozu? Das Volk, das von den Regierenden seit hundertfünzig Jahren nicht mehr zu Rate gezogen worden war, galt nichts im Staat; es war der fruchtbare Boden, der reichen Ertrag abzuwerfen hatte; Herr über den Boden war der König; die Ernte aber führte der Adel in die Scheuer.

Doktor Mesmer, 1777 aus Deutschland, dem Land der nebligen Träume, gekommen, hatte dort zunächst mit einer These über die astralen Einflüsse auf das Nervensystem aufgewartet. Aber seine Theorie war zu abstrakt und zu schwierig gewesen, um Erfolg zu haben, eine Vermischung kompliziertester astronomischer Fakten und astrologischer Phantastereien. Also wandte er sich dem Studium der Magnete zu. Der Magnetismus stand derzeit im Vordergrund des wissenschaftlichen Interesses, denn seine sympathischen und antipathischen Wirkungen schienen den Mineralen ein Leben, ähnlich dem menschlichen, zu verleihen. Sah es nicht aus, als reagierten sie gemäß den großen menschlichen Leidenschaften, Liebe und Haß? Man war folglich bereit, dem Magnetismus erstaunliche Heilwirkungen zuzugestehen. Mesmer verband den Magnetismus mit seiner Astraltheorie und erhoffte sich davon den großen Durchbruch. Leider traf er in Wien auf einen etablierten Rivalen, einen gewissen Hall, der behauptete, Mesmer habe sein Verfahren schlechthin gestohlen.

Als phantasievoller Mann gab Mesmer den mineralischen Magnetismus sofort auf und verfiel, dem Wirken des uns bereits bekannten Joseph Balsamo nachspürend, auf den animalischen Magnetismus. Das Wort klang neu, die Geheimnisse des animalischen Magnetismus jedoch waren schon den ägyptischen und griechischen Priestern bekannt gewesen. Doch wie dem sei, als Doktor Mesmer nach Paris kam, heilte er binnen drei Monaten ein siebzehnjähriges Mädchen von einer Leberkrankheit und einer Lähmung des Sehnervs. Und nach etlichen Widrigkeiten, die aus dem Neid von Kollegen sowie aus der Knauserigkeit des Königs und seines Finanzministers erwuchsen, konnte Mesmer schließlich in Paris festen Fuß fassen.

Die Zeit war ihm günstig. Der Mesmerismus machte Furore, gerade weil er voller Rätsel war. In Zeiten, die großen Umwälzungen vorangehen, sind die Geister in fiebriger Erregung. Ob man die Veränderung herbeiwünscht oder davor zurückschreckt, alles spürt voll Unruhe das nahe Ende des Bestehenden. Frankreich befand sich in einem solchen Stadium. Man suchte Sensationen. Wer immer sie bot, war willkommen. Das Erscheinen einer neuen Oper beschäftigte die Gemüter mehr als der Friedensvertrag mit England oder die Anerkennung der Vereinigten Staaten. Nachdem die Philosophen dafür gekämpft hatten, daß man die Wahrheit der Dinge erkenne, war man dieser Wahrheit, die zugleich Desillusionierung brachte, dieser Erkenntnisse des Möglichen leid und suchte die Grenzen der Wirklichkeit zu durchbrechen, in die Welt der Träume und Mysterien vorzudringen.

So wurden die Franzosen auf schier unwiderstehliche Weise von jenem rätselvollen Mesmerischen Fluidum angelockt, das nach Behauptung der Anhänger dieser Lehre die Kranken gesund, die Narren verständig und die Verständigen närrisch machte.

Überall sprach man von Mesmer. Was hatte er getan? Welchem hohen Herrn hatte er die Sehkraft wiedergegeben? Welcher von Ausschweifung zerrütteten Dame hatte er die Lebensgeister neu gestärkt? Welches junge Fräulein hatte er in einer Nervenkrise die Zukunft sehen lassen?

Die Zukunft – magisches Wort, die große Neugier aller Zeiten, Lösung sämtlicher Probleme! Was war dagegen die Gegenwart?

Ein Königtum, das seine Strahlen eingebüßt hatte, eine Oberschicht, die keine Autorität mehr genoß, ein Land ohne wirtschaftliche Blüte, ein Volk ohne Rechte, eine Gesellschaft ohne Zuversicht, ohne Selbstvertrauen.

All das vergessen, nur an sich selber denken, aus neuen, wunderbar anmutenden Quellen die Gewißheit längeren Lebens und unzerstörbarer Gesundheit schöpfen, dem geizigen Himmel etwas entreißen – war das nicht das Ziel des leicht begreiflichen Strebens nach dem Unbekannten, von dem Mesmer ein Stück entschleierte?

Voltaire war tot; es gab in Frankreich kein Gelächter mehr, ausgenommen das von Beaumarchais, aber es war weit bitterer als das des Meisters. Rousseau war tot; es gab in Frankreich keine religiöse Philosophie mehr. Rousseau hatte Gott bestehen lassen wollen; aber seit Rousseau nicht mehr war, traute sich niemand eine solche Aufgabe zu, ihre Schwere hätte ihn zermalmt.

Was Wunder also, daß man um Mesmers Bottich zusammenströmte, ob krank, ob gesund, wie zu einem faszinierenden Schauspiel. Wir erinnern uns, sogar die Königin wollte sehen, was alle Welt anzog.

Zwei Tage nach dem Besuch des Kardinals bei Jeanne de La Motte machte sich Marie-Antoinette in Begleitung der Prinzessin de Lamballe dorthin auf den Weg. Wie aber war auch Madame de La Motte auf die Idee gekommen, am selben Tag auf der Place Vendôme vor dem noblen Haus des Doktors Mesmer auszusteigen?

Schon dunkelte es. Das Haus war hell erleuchtet. Zwei- bis dreihundert Neugierige drängten sich um die Auffahrt, wo eine Menge Gefährte aller Art bereits standen oder noch haltmachten.

Die Kranken, fast ausnahmslos reiche Leute, fuhren in wappengeschmückten Equipagen vor, ließen von ihren Lakaien sich heraustragen, und diese vornehmen Krüppel in ihren teuren Pelzen waren kein geringer Trost für die ausgehungerten, armselig bekleideten Schaulustigen: sie labten sich an dem sichtbaren Beweis, daß das Schicksal die Gebrechen dieser Erde verteilt, ohne auf Stammbäume Rücksicht zu nehmen.

Da die Menge die adligen Herren und Damen, die bei Mesmer Heilung von den Folgen ihrer leichtfertigen Lebensweise oder von sonstigen Leiden suchten, zumeist leicht erkannte und ihre Namen laut verbreitete, trug so mancher der Ankommenden eine Maske vor dem Gesicht. Überdies war an diesem Abend Opernball, und nicht wenige gedachten, von Mesmers Künsten neu belebt, von der Place Vendôme geradewegs zur Oper zu eilen.

Ebenfalls maskiert, betrat Jeanne das Haus. Die kleine goldene Dose, die den Kardinal so erstaunt hatte, trug sie bei sich. War das Zufall?

Wer in den Vorzimmern bei den diensthabenden Geistern des Hauses sich ausgewiesen hatte, wurde in einen Saal eingeführt, in den die hermetisch geschlossenen Fenster weder das Tageslicht noch die Geräusche der Außenwelt dringen ließen. Mitten in dem Saal, unter einem Kronleuchter, der spärliches Licht verbreitete, stand der geheimnisumwobene große metallene Bottich, mit einem Deckel verschlossen.

Was enthielt er? Nichts leichter zu sagen.

Er war fast bis oben mit schwefelhaltigem Wasser angefüllt. Das Wasser konzentrierte seine Ausdünstungen unter dem Deckel. Zugleich speiste es etliche am Boden des Gefäßes umgekehrt aufgereihte Flaschen.

So ergab sich eine Kreuzung geheimnisvoller Strömungen, von deren Einfluß die Kranken sich Heilung erhofften.

Dem Deckel war ein eiserner Ring aufgelötet, an dem eine lange Schnur befestigt war, deren Bestimmung wir erfahren, indem wir einen Blick auf die Kranken werfen.

Diese, Männer wie Frauen, saßen bleich und matt rings um den Bottich in Lehnstühlen und erwarteten gleichmütig, ernst oder unruhig, daß an ihnen ein Wunder sich vollzöge.

Ein Gehilfe nahm die Schnur, wickelte sie jedem Patienten nacheinander als Ring um die kranken Glieder und bildete derweise eine Kette, durch die die Wirkung der heilbringenden Elektrizität sich fortpflanzen sollte. Überdies mußten auf Geheiß des Doktors die Kranken einander mit den Ellbogen oder Schultern berühren, um die Strömung der animalischen Fluida nicht zu unterbrechen. Dann wies der Mann, ehe er sich zurückzog, einem jeden der zwanzig bis dreißig Umsitzenden einen Eisenstab zu, der mit dem Bottich verbunden war und den ein jeder zu einem bestimmten Zeitpunkt mit der Spitze gegen sein Herz oder den Kopf oder den besonderen Sitz seines Leidens drücken sollte.

Sowie die Sitzung eröffnet war, begann sanfte, allmählich durchdringende Wärme in dem Saal sich zu verbreiten. Sie ließ die gespannten Nervenfibern der Patienten erschlaffen; nach und nach stieg sie zur Decke empor, und bald lud sie sich auf mit köstlichen Düften, denen auch die widerspenstigsten Gehirne betäubt sich beugten.

Die Zuschauer, die zahlreich in dem Saal zugegen waren, sei es aus Interesse an der Mesmerischen Methode, sei es, um die Kranken zu beobachten, sahen, wie diese der wohligen Atmosphäre sich ganz überließen, als nun von unsichtbaren Musikern und ihren Instrumenten süße, vibrierende Klänge ausgesandt wurden. Sie wirkten mit unwiderstehlicher Macht auf die Nerven. Es war, als hätte die Natur selber sie hervorgebracht, so fremd, so wunderbar, wie sie sogar Tiere zu bezaubern vermögen, Klage des Windes in klingenden Felsensäulen.

Bald mischten sich Stimmen in die zauberischen Klänge, und auf allen Gesichtern, die zuerst nur Überraschung gezeigt, malte sich nach und nach Befriedigung. Die Seele gab nach; sie verließ den Schlupfwinkel, worin sie sich verbirgt, wenn körperliche Leiden sie befallen, und breitete sich frei und beglückt über den ganzen Organismus aus; sie beherrschte die Materie.

Dies war der Augenblick, da jeder Kranke den Eisenstab ergriff und ihn mit den Fingern an den besonderen Sitz seines Leidens drückte.

Man stelle sich vor, wie auf alle Gesichter, die anfangs Leiden, Mattigkeit und Angst verraten hatten, nun vollends Glückseligkeit, entrücktes Insichversenken trat, man stelle sich das Schweigen vor, von Seufzern unterbrochen, das über der Versammlung lag!

Jeanne de La Motte hatte unter den Zuschauern einen Standort nahe der Tür gewählt, von dem sie sah, ohne gesehen zu werden. Wie alle Schaulustigen blickte sie mit besonderer Aufmerksamkeit nach einer schönen jungen Frau in der Schar der Patienten. Mit dem Eisenstab, den sie heftig an ihren Kopf und ihren Magen preßte, brachte sie sich selbst die stärksten Dosen des Fluidums bei, begann, die schönen Augen zu rollen, als ob alles in ihr verschmachtete, und ihre Hände zitterten unter dem ersten nervösen Prickeln, das die Übertragung des magnetischen Fluidums anzeigt.

Wenn sie den Kopf auf die Rücklehne warf, konnten die Anwesenden nach Gefallen die blasse Stirn, die zuckenden Lippen und den schlanken Hals betrachten, der alsbald durch die raschere Blutzirkulation sich mit Flecken überzog.

Was unter den Zuschauern jedoch einige den anderen zuflüsterten und die Aufmerksamkeit für die konvulsivisch erregte Frau erhöhte, bewegte auch Jeanne.

War dieses Gesicht, sooft es seine Züge auch verwandelte, nicht genau das jener Dame von der Versailler Wohlfahrtsstiftung, der sie ihren Reichtum verdankte? Und begierig näherte sie sich der Kranken.

In dem Augenblick schloß die Konvulsionärin die Augen, verzerrte den Mund und schlug fahrig mit den Händen um sich.

Aber diese Hände waren durchaus nicht die feinen, schmalen Hände von wächserner Weiße, die Madame de La Motte an ihrer Besucherin bewundert hatte.

Durch die Übertragung von einem zum anderen waren unterdessen die meisten Patienten von der elektrischen Krise erfaßt. Seufzer, Gemurmel, Schreie wurden hörbar; Arme, Beine, Köpfe bewegten sich unbewußt wie zuvor bei der jungen Frau. Jetzt erschien ein Mann in dem Saal. Niemand hatte ihn eintreten sehen; sein fliederfarbener Rock, sein mildes Auge, sein schönes blasses Antlitz, klug und heiter zugleich, gaben seinem Auftritt etwas beinahe Göttliches. Er hielt einen langen Stab in der Hand, mit dem er den berühmten Bottich berührte.

Er gab ein Zeichen: die Türen öffneten sich, und zwanzig kräftige Diener ergriffen gewandt die Patienten, die auf ihren Lehnstühlen das Gleichgewicht zu verlieren begannen, und trugen sie binnen einer Minute in den benachbarten Saal.

Während dieses Vorgangs, der interessant geworden durch den Paroxysmus unumschränkter Glückseligkeit, dem die junge Konvulsionärin hingegeben war, hörte Madame de La Motte, die mit den übrigen Neugierigen sich dem zweiten Saal genähert hatte, einen Mann rufen: „Das ist sie! Natürlich ist sie das!“

Jeanne wollte den Herrn eben fragen, wen er mit „sie“ meine, als sie, dem raschen Auge des Mannes folgend, zwei Damen gewahrte, die eben den ersten Saal betraten, hinter sich in einigem Abstand einen Mann, der als vertrauter Diener erkennbar war, obschon er bürgerliche Kleidung trug. Die Haltung einer der beiden Frauen, ihr Gesicht, so verhüllt es von einer Haube und einem hochgestellten Kragen war, verblüfften Jeanne derweise, daß sie nähertreten wollte. Doch ein wilder Aufschrei der Elektrisierten im Nebensaal lenkte sie erneut dorthin. Da hörte sie denselben Mann, der soeben gesprochen, dumpf und geheimnisvoll aufs neue sagen: „Aber meine Herren, sehen Sie doch, das ist die Königin!"

„Die Königin!" wiederholten erstaunte Stimmen.

„Die Königin bei Mesmer! Unmöglich."

„Und doch, die Ähnlichkeit ist unverkennbar!"

„Die Königin in einer Krise!"

Damit wandte sich der Mann weiteren Gruppen zu, denen er die gleiche Mitteilung zuraunte.

Jeanne wandte sich von dem skandalösen Schauspiel ab, das die Konvulsionärin bot, und eilte den beiden Damen zu, die jetzt voll Interesse den Bottich samt Zubehör betrachteten. Sie riß ihre Maske ab und trat erregt vor die Dame hin.

„Erkennen Sie mich?" fragte sie.

Die Frau unterdrückte sichtlich eine Bewegung.

„Nein, Madame", antwortete sie befangen.

„Aber ich erkenne Sie, und zum Beweis dafür sehen Sie dies."

Damit zog Jeanne die goldene Dose aus der Tasche.

„Sie haben sie bei mir vergessen, Madame."

„Und wäre dem so, weshalb sind Sie so aufgeregt?"

„Ich bin erschrocken über die große Gefahr, der Eure Majestät an diesem Ort sich aussetzen."

„Erklären Sie sich."

„Nicht bevor Sie diese Maske angelegt haben."

Und Jeanne drängte die Königin, die peinlich berührt zögerte, ihre Seidenmaske zu nehmen.

„Um Himmels willen, tun Sie es, und dann rasch fort."

„Ja aber...", erwiderte die Königin, indem sie die Maske anlegte, „sagen Sie doch, um was es geht."

Aber Jeanne zog die Damen so behende mit sich, daß sie erst vor dem Haus zu Atem kamen.

„Majestät ist von niemand gesehen worden?" fragte sie.

„Ich denke nicht. Aber erklären Sie endlich..."

„Bitte, Majestät, glauben Sie für den Augenblick Ihrer getreuen Dienerin, eilen Sie fort, und erlauben Sie, daß ich Eurer Majestät mein Verhalten begründe, sofern Sie geruhen wollten, mir eine Audienz zu gewähren."

Die Königin wechselte einen Blick mit Madame de Lamballe, die ihrerseits sehr geneigt schien, Jeannes Warnung zu befolgen.

„Schön", sagte die Königin, „bringen Sie mir die Dose und verlangen Sie den Pförtner Laurent; er wird unterrichtet sein."

Weber war mit der Kutsche im Nu zur Stelle, und die Damen fuhren davon.

So weit, so gut, sagte sich Jeanne befriedigt, bedenken wir jetzt das weitere.

Fräulein Oliva

Unterdessen war der Mann, der die Blicke der Anwesenden auf die angebliche Königin gelenkt hatte, zu einem der gierig Schauenden in schäbigem Anzug getreten.

„Für Sie als Journalist", sagte er, „wäre das doch großartiger Stoff für einen Artikel."

„Zum Beispiel?"

„Etwa so: Von der Gefahr, Untertan in einem Land zu sein, dessen König von der Königin regiert wird und dessen Königin Krisen liebt."

Der Zeitungsmann lachte.

„Und die Bastille?"

„Wozu gibt es Anagramme? Kann der königliche Zensor Ihnen verbieten, die Geschichte eines Fürsten Silou und einer Fürstin Etteniotna, Herrscherin von Narfec, zu erzählen?"

„Herrlich!" rief der Zeitungsmann entflammt. „Die Idee ist großartig!"

„Und ein Kapitel müßte heißen: Die Krisen der Fürstin Etteniotna bei dem Zauberer Remsem. Das gäbe einen hübschen Erfolg in den Salons, wie?"

Der Journalist drückte dem Fremden die Hand.

„Darf ich Ihnen ein paar Exemplare zuschicken? Es wäre mir eine Freude", sagte er, „wenn Sie mir Ihren Namen nennen wollten."

„Gewiß, Monsieur. Wieviel drucken Sie für gewöhnlich von Ihren kleinen Pamphleten?"

„Zweitausend."

„Nehmen Sie diese fünfzig Louisdors und drucken Sie sechstausend. In acht Tagen lasse ich tausend Stück zu zwei Livres bei Ihnen holen."

„Monsieur...! Ich versichere Sie, ich werde Tag und Nacht arbeiten."

„Und Paris wird Tränen lachen, bis auf eine Person."

Und der dicke Fremde beurlaubte den Schreiber, der, seine fünfzig Louisdors in der Tasche, leicht wie ein Vogel enteilte.

Der freigebige Herr fuhr in der Beobachtung der jungen Frau fort, die nach ihrer Ekstase jetzt in völlige Lethargie verfallen war.

Die Ähnlichkeit ist tatsächlich verblüffend, dachte er. Der Himmel hatte seine Absichten, als er sie schuf; er hat die andere, der sie gleicht, im vorhinein verurteilt.

Die junge Frau erhob sich jetzt, ein wenig schwankend noch, und ordnete unter leichtem Erröten ihre in Unordnung geratene Toilette. Der unermüdliche Fremde aber hatte eine weitere Ansammlung zustande gebracht, die er aufforderte, die „Königin" zu grüßen, wie es ihr gebührte.

Verschüchtert über so viele Respektsbezeigungen, begab sich die junge Person aus dem Haus. Ihre müden Augen suchten eine Sänfte. Da trat ein Lakai auf sie zu.

„Madame befehlen den Wagen?"

„Den Wagen?" wunderte sie sich. Und sie dachte, als sie die Kutsche bestieg, daß der Doktor Mesmer doch ein überaus galanter Mann war, seine Patienten in einer so hübschen Equipage heimfahren zu lassen.

„Rue Dauphine", rief der Lakai dem Kutscher zu.

Die kleine Frau bedauerte, nicht am Jardin des Plantes zu wohnen, als die Kutsche bald darauf den Pont-Neuf überquerte und in ihre Straße einbog.

Im zweiten Stock, in ihrer nicht reichen, aber erträglich ausgestatteten Wohnung angelangt, erfuhr sie von der Alten, die ihr die Wirtschaft führte, daß „der Herr" schon auf sie warte.

„Welcher Herr?"

„Der, den Sie heute abend sprechen wollten."

Sprachlos blickte die junge Frau vom Vorzimmer durch eine Art Glaswand in den Wohnraum. Auf ihrem verschossenen alten Sammetsofa saß in sichtlicher Gemütsruhe ein Mann Mitte Vierzig, wohlbeleibt, und spielte mit der schönen weißen Hand in seinem kostbaren Spitzenjabot.

Wenn die junge Person ihn auch nicht kannte, unsere Leser sahen ihn bereits im Saal des Doktors Mesmer eifrig am Werk. Er war es, der viel Geld für ein Pamphlet bezahlt und die Zuschauer zur Begrüßung der vorgeblichen Königin aufgewiegelt hatte. Sein lebhafter Blick richtete sich voller Wohlwollen auf die Eintretende.

„Ich weiß", eröffnete er das Gespräch, „was Sie mich fragen wollen, Fräulein Oliva – so ist doch Ihr Name? –, aber erlauben Sie, daß ich mit den Erklärungen selbst beginne. – Nun setzen Sie sich doch; wenn Sie weiter so stehenbleiben, muß ich auch aufstehen, und unsere Unterhaltung verliefe entschieden unbequemer."

„Sie dürfen sich schmeicheln, ziemlich ungewöhnliche Manieren zu haben, mein Herr", erwiderte Oliva, indem sie Platz nahm.

„Mein Fräulein, ich sah Sie vorhin bei Herrn Mesmer und fand Sie, wie ich Sie zu finden wünschte. Erschrecken Sie nicht, ich mache Ihnen keine Liebeserklärung, das ist nicht meine Absicht."

„Was wollen Sie dann von mir?" fragte Oliva naiv.

„Was hielten Sie von einem kleinen Geschäft zwischen uns?"

„Einem Geschäft?"

„Sie mißverstehen noch immer, Mademoiselle. Hier ist nicht von Liebe, sondern von Geld die Rede."

Oliva bekundete ihre Neugier.

„Ich vermute", fuhr der Fremde fort, „Sie gehen gern aus, Sie leben gern gut, ohne etwas dafür zu tun; wenn ich Ihnen monatlich fünfundzwanzig Louisdors bieten würde, wäre Ihnen das angenehm?"

„Mein Herr!"

„Sie zweifeln schon wieder, Mademoiselle. Wir wollen uns doch aber beide nicht ärgern. Im übrigen würde ich auch fünfzig sagen, wenn Sie das lieber hörten."

„Ich zöge fünfzig vor", entgegnete Oliva, „aber noch mehr wert ist mir die Freiheit, meine Liebhaber selbst zu wählen. Wenn Sie nicht bald gehen, werden Sie mit dem meinigen die unerquicklichste Bekanntschaft machen."

„Werfen Sie ihn hinaus."

„Beausire wirft man nicht ohne weiteres hinaus, Monsieur. Außerdem liebe ich ihn."

„Ah, Beausire also! Gut, den nehmen wir in Kauf."

„Wenigstens sind Sie nicht unbequem. – Aber was müßte ich denn tun, um die fünfzig Louisdors zu verdienen?"

„Sie werden mich hier empfangen, mit dem freundlichsten Gesicht, wenn ich bitten darf, Sie werden mit mir ausfahren oder ausgehen, wenn ich es wünsche, oder mich dort erwarten, wohin ich Sie bestelle. Das ist alles."

„Ehrenwort?"

„Ehrenwort! Allerdings könnte es bisweilen erforderlich sein, daß Sie meine Mätresse spielen, aber nur zum Schein, vor der Öffentlichkeit. Abgemacht?"

Fräulein Oliva dachte nicht ohne Schrecken an die Eifersucht ihres Freundes, aber ein solches Angebot erhielt man nicht alle Tage, und Beausire verspielte oft mehr Geld, als er nach Hause brachte. Sie und die fünfzig Louisdors würden ihn schon zähmen.

„Gut, abgemacht", sagte sie, „und wann soll die Sache steigen?"

„Heute nacht auf dem Opernball."

„Wissen Sie, daß es bald Mitternacht ist und daß man dazu Dominos benötigt?"

„Beausire wird welche ausleihen gehen. Hier die erste Monatsrate und hier zehn Louisdors für die Dominos."

Lächelnd wurde das Geld gereicht, lächelnd wurde es eingestrichen. Krachend fiel unten die Haustür ins Schloß.

„Das ist er", sagte Oliva, „warten Sie im oberen Stock, bis er herein ist. Um zwei Uhr also in der Oper. Ich werde einen weißen Domino tragen und ein blaues Seidenband auf der linken Schulter."

Amüsiert verfolgte der fremde Herr nach kurzem von der Straße aus den torkelnden, wild gestikulierenden Schatten, den zweifellos Herr Beausire auf die gelben Vorhänge im zweiten Stockwerk warf. Dann schien eine Prügelei zwischen den Liebesleuten stattzuhaben. Darauf eilte der Soldat Beausire mit abgerissenen Rockschößen aus dem Haus, wahrscheinlich, um die Dominos zu besorgen und nebenbei gleich ein paar der neuen Taler in einer Spelunke aufs Spiel zu setzen.

Das kleine Haus

Madame de La Motte – wir verließen sie, als sie im Hochgefühl des Erfolgs dem entschwindenden Wagen der Königin nachblickte – war entschlossen, den verheißungsvoll begonnenen Abend weiter auszukosten. Sie fuhr nach Hause, um sich zu verkleiden und zum Opernball zu gehen.

Daheim jedoch erwartete sie ein Billett Seiner Eminenz.

„Frau Gräfin, Sie haben sicherlich nicht vergessen, daß wir einige Dinge miteinander zu regeln haben. Sollten Sie auch ein kurzes Gedächtnis haben, ich vergesse nie, was mir gefallen hat.

Ich habe die Ehre, Sie zu erwarten, wohin der Briefbote Sie führen wird."

Verärgert zunächst, daß ihr Vorsatz durchkreuzt werden sollte, faßte Jeanne nach kurzer Überlegung ihren Entschluß.

„Nennen Sie meinem Kutscher die Adresse!" befahl sie dem Überbringer des Billetts.

Zehn Minuten darauf fuhr sie im Faubourg Saint-Antoine vor einem jener reizenden Häuser vor, das hohe Bäume, alt wie der Vorort selbst, vor aller Augen verbargen und das, unter Ludwig XV. erbaut, im Äußeren den Geschmack des 16. Jahrhunderts bezeugte und dennoch mit dem unvergleichlichen Komfort des 18. Jahrhunderts ausgestattet war.

Der hohe Herr bestellt mich in eines seiner Lusthäuser, schau an, sagte sich Jeanne, die kleine Valois wird es ihm heimzahlen.

Und kaum hatte sie die Schwelle des Palais überschritten, stand ihr Plan fest.

Sie wurde von Raum zu Raum, das heißt von Überraschung zu Überraschung geführt, bis sie in ein Speisezimmer von erlesenstem Geschmack gelangte.

Dort erwartete sie der Kardinal.

„Ah, da sind Sie; ich danke Ihnen, Frau Gräfin." Und der Fürst erhob sich und küßte ihr die Hand.

Jeanne wich mit gekränkter Miene zurück.

„Was denn?" rief der Kardinal. „Was haben Sie, Madame?"

„Eure Eminenz sind offenbar eine solche Miene nicht gewohnt bei Frauen, denen Sie die Ehre erweisen, sie hierher zu bestellen?"

„Madame, ich bitte Sie."

„Wir befinden uns in einem Ihrer kleinen Lusthäuser, nicht wahr, Eminenz?" sagte Jeanne, indem sie einen verächtlichen Blick um sich warf. „Ich hatte gehofft, Monseigneur, daß Eure Eminenz geruhen würden, sich zu erinnern, in welchem Rang ich geboren wurde."

„Aber Gräfin, Gräfin, ich hatte Sie für eine Frau von Geist gehalten", sagte der Kardinal.

„Anscheinend nennen Sie, Monseigneur, Frauen von Geist gewisse Geschöpfe, denen ich einen anderen Namen geben würde."

„Eine Frau von Geist nenne ich jede Frau, die zuhört, wenn man mit ihr spricht, und die nicht spricht, ehe sie gehört hat."

„Gut denn, ich höre."

Und mit den galantesten Komplimenten eröffnete ihr der Kardinal, daß dieses kleine Haus, das er durchaus nicht als ein Lusthaus betrachte, von nun an ihr, Jeanne de La Motte, gehören solle und daß er hoffe, sie werde ihn hier „bisweilen nicht allzu ungern" empfangen.

Jeanne zierte sich eine Zeitlang, ein solches Geschenk anzunehmen, doch konnte sie ihr heißes Glück, dieses bezaubernde Haus ihr eigen zu nennen, nicht verhehlen. Sie sagte kein Wort mehr von „Lusthaus" und versicherte dem Kardinal, sie werde nie vergessen, daß er hier zu Hause sei. Und obwohl fast von Sinnen vor Freude, tat sie dem Souper alle Ehre an und entzückte Herrn de Rohan durch ihr Lachen und ihr Geplauder.

Der Kardinal, als Diplomat an den Umgang mit den herrschenden Frauen seiner Epoche gewöhnt, lächelte im stillen voll Überlegenheit über das Gebaren der kleinen Gräfin, die er noch vor wenigem in ihrer Armut gesehen, vor ihm wie eine Provinzlerin Ehrbarkeit zu spielen und auf ihren Rang zu pochen, dessen Echtheit er nach wie vor bezweifelte. Die Besitzgier in ihren Augen war ihm nicht entgangen, und er glaubte, diese Frau durch sein großzügiges Präsent ganz in der Hand zu haben. So durchschaute er die Manöver der kleinen Dame nicht und hegte keinerlei Argwohn. Das war sein Verderben.

Tatsächlich übertraf dieses Haus jegliche Erwartungen Jeannes, nur konnte der Kardinal nicht erraten, daß ihr Ehrgeiz über seine Person hinaus zielte. Ihrer scheinbaren Unterlegenheit wohl bewußt, fuhr sie also fort, das begrenzte kokette Weibchen zu spielen, um den hohen Herrn desto leichter in Sicherheit zu wiegen.

„Übrigens", begann mit einemmal der Kardinal, als ginge ihm zufällig ein ganz entlegener Gedanke durch den Sinn, „was berichteten Sie mir doch neulich über diese Damen von der Versailler Wohlfahrt?"

„Die Damen mit dem Porträt?" entgegnete Jeanne. „Nun, Eminenz, ich wette, Sie kennen sie ebenso gut und sogar besser als ich."

„Ich? Oh, Gräfin, Sie tun mir unrecht."

„Leugnen Sie noch einmal, und ich nenne Sie Lügner."

„Dann räche ich mich für die Beschimpfung."

„Und wie denn, bitte?"

„Indem ich Sie küsse."

„Herr Botschafter am Wiener Hof, Vertrauter Maria Theresias, mir scheint, sofern das Porträt nicht ganz unähnlich war, müßten Sie Ihre kaiserliche Freundin erkannt haben."

„Wie! Sie meinen wirklich, das war das Bildnis Maria Theresias?"

„Ach, spielen Sie nicht den Unwissenden, Herr Diplomat!"

„Nun denn, und wenn ich die Kaiserin erkannt hätte, was wäre daraus zu folgern?"

„Daß Sie sehr wohl erraten haben, wem das Porträt gehört. Schließlich ist es nicht üblich, das Bild der Mutter – denn Sie werden bemerkt haben, daß es weit eher das einer Mutter als das einer Kaiserin ist – in anderen Händen zu sehen als ..."

„Vollenden Sie."

„Als in denen der Tochter ..."

„Die Königin!" rief Louis de Rohan mit so echter Verwunderung, daß Jeanne nicht wußte, woran sie war.

„Wie, Monsieur, Sie hätten wirklich nicht erraten, daß sie es war?"

„Mein Gott, nein", sagte der Kardinal schlicht, „schließlich trage ich, der ich weder Sohn noch Tochter, noch überhaupt ein Verwandter Maria Theresias bin, auch ein Porträt von ihr in der Tasche. Da, sehen Sie", sagte er, indem er eine Tabakdose hervorzog und sie vor Jeannes staunenden Augen öffnete. „Nun ja", fuhr er nachdenklich fort, „wenn Sie wirklich sicher sind, daß Ihre Majestät Ihnen einen Besuch abgestattet hat, könnten Sie auf die Protektion der Königin rechnen."

„Das glaube ich, Eminenz."

„Hat sie Ihnen ein besonderes Interesse bezeigt?"

„Ein ziemlich lebhaftes, ja."

„Dann läuft alles gut", sagte der Prälat, mehr im Gedanken an die Gönnerin als an die Begünstigte. „Es bliebe also nur noch eins."

„Was denn?"
„Zutritt in Versailles zu finden."
Die Gräfin lächelte.
„Machen wir uns nichts vor, Gräfin, das ist die entscheidende Schwierigkeit."
Die Gräfin lächelte wiederum, aber bedeutungsvoller diesmal. Der Kardinal lächelte auch, und ein wenig herablassend suchte er sie darüber zu belehren, wie viele Hindernisse einem solchen Vorhaben entgegenstünden, daß man dort nicht einfach die Parktore öffnen und die Treppen hinaufgehen könne, so leicht das für einen Außenstehenden aussähe. Aber unbeirrt versicherte ihm Jeanne, daß sie bereits einen Schlüssel zu den Gemächern der Königin besitze.
„Gräfin", erklärte der Kardinal, „Sie sind mir ein lebendiges Rätsel!"
Jeanne ließ sich jedoch keine weiteren Auskünfte entlocken, und Herr de Rohan kehrte zu Scherz und Galanterie zurück. Sein Werben wurde dringlicher. Jeanne begegnete ihm kühl.
„Monseigneur, ich bitte Sie inständig, sich zu erinnern, daß ich weder eine Grisette noch ein Operndämchen bin; das heißt, wenn ich nicht meinem Gatten gehöre, gehöre ich ganz allein mir; ich fühle mich jedem Mann in diesem Königreich ebenbürtig und werde, wenn es mir gefällt, frei, aus eigenem Entschluß, den Mann erwählen, der mir gefällt. Ich fühle mich jung und anziehend genug, um nicht fürchten zu müssen, daß ein Ehrenmann mich abweisen würde."
„Gräfin, Sie sind eine Frau ..."
„Was für eine?"
„Die ich anbeten würde, wenn Sie es erlaubten."
„Vielleicht werde ich es erlauben, Monseigneur, wenn das Glück mir lange genug gelächelt hat, daß ich nicht mehr von Ihren Wohltaten abhängig bin; wenn Sie nicht mehr vermuten, daß ich Ihre Besuche irgendeines Interesses halber erwarte. Glauben Sie mir, Herr Kardinal, ich würde dadurch in Ihren Augen um einiges gewinnen, und Sie würden nichts verlieren."
„Also schließen Sie mich in Unmöglichkeiten ein?"
„Durchaus nicht. Ich will Ihnen gern gewähren, was mit meinen Vorlieben, meinen Pflichten und meinen Launen vereinbar ist."
„Ich bin verloren. Sie nennen die drei unbestimmtesten Bereiche, die es auf der Welt gibt."
„Sie weichen zurück?"
„Nein."
„Beweisen Sie es?"
„Sprechen Sie."
„Ich möchte heute nacht zum Opernball."
„Das ist Ihnen unbenommen, Gräfin, Sie sind frei wie der Wind."

„Einen Augenblick, Herr Kardinal: ich wünsche, daß Sie mich dorthin begleiten."

„Aber Gräfin, nein! Ein Kardinal auf dem Opernball; das wäre ja, als wollte ich Sie auffordern, eine Kneipe zu betreten."

Doch Jeanne ließ in ihrem Drängen nicht nach; schließlich brauchten Eminenz doch nur in einen Domino zu schlüpfen und eine Maske umzutun. Der Kardinal ergab sich, die Idee entzückte ihn sogar, und bald trug die zwei eine Kutsche ohne Wappen in scharfem Trab nach den Boulevards.

Der Opernball

Der Ball hatte seinen Höhepunkt erreicht, als der Kardinal Louis de Rohan und Madame de La Motte unter die Tausende Dominos und Masken aller Art sich mischten.

Seite an Seite, soweit es möglich ist, in einem solchen Gewoge sich Seite an Seite zu halten, bahnten sich ein schwarzer und ein weißer Domino, groß und männlich der erste, von mittlerem Wuchs und weiblich der zweite, einen Weg nach dem ruhigeren Platz unter der Loge der Königin. Der schwarze fuchtelte wild mit den Armen und redete auf den weißen ein.

„Gib's zu, Oliva, du wartest hier auf jemand. Dein Kopf ist eine Wetterfahne, die sich in jede Richtung dreht."

„Na und?"

„Was heißt, na und?"

„Kann ich meinen Kopf nicht drehen, wohin ich will? Dazu geht man doch hierher, oder? Also gib Ruhe."

„Oliva!"

„Schrei hier nicht und nenn mich nicht beim Namen."

In dem Augenblick näherte sich den beiden ein blauer Domino, ziemlich groß, ziemlich dick, und raunte dem schwarzen Worte zu, die ihn veranlaßten, nicht ohne Zögern und dennoch mit sichtlicher Hast davonzueilen.

Der blaue Domino nahm Mademoiselle Olivas Arm, nachdem der schwarze verschwunden war, und führte sie durch das Gedränge.

„Was müssen Sie dem armen Beausire erzählt haben, daß er so aufgeregt weggelaufen ist? Ich hoffe, Sie haben zu meiner Unterhaltung eine hübschere Geschichte bereit."

„Ich kenne keine hübschere Geschichte als Ihre eigene, liebes Fräulein Nicole", erwiderte der Blaue, indem er vertraulich den runden Arm der jungen Frau drückte, die bei dem Namen, den die Maske genannt, leise aufschrie.

„Mein Gott!“ sagte sie, sofort zur Abwehr ausholend. „Was soll der Name? Wenn Sie mich damit meinen, irren Sie gewaltig; ich heiße nicht Nicole.“

„Jetzt nicht mehr, ich weiß. Jetzt heißen Sie Oliva. Nicole roch zu sehr nach Provinz, nicht wahr? Meine Beste, in Ihnen stecken zwei Frauen: Oliva und Nicole. Von Oliva werden wir noch sprechen, bleiben wir zuerst bei Nicole. Haben Sie etwa die Zeit vergessen, als Sie auf den Namen hörten? Mein liebes Kind, der Name, den man als junges Mädchen geführt hat, bleibt zumindest im Herzen immer der richtige. Arme Oliva, glückliche Nicole!“

„Arme Oliva, sagen Sie; Sie meinen also, ich bin nicht glücklich?“

„Es ist schwer vorstellbar, daß Sie mit einem Mann wie Beausire glücklich sein könnten.“

Oliva seufzte.

„Trotzdem“, sagte sie, „wenn ich ihm den Laufpaß gäbe, ich würde ihn vermissen.“

„Einen Säufer, einen Spieler, einen Mann, der Sie schlägt, einen Gauner, den man eines Tages auf dem Grèveplatz rädern wird?“

„Sie verstehen das wahrscheinlich nicht, aber ich würde den Lärm vermissen, den er um mich macht.“

„Das kommt davon, wenn man seine Jugend unter schweigsamen Leuten verbracht hat.“

„Wollen Sie vielleicht ernsthaft behaupten, daß Sie meine Jugend kennen?“ fragte Oliva spöttisch.

„Erinnern Sie sich der Zeit auf Taverney, als Sie Gilbert liebten?“

„Oh, mein Gott! Woher wissen Sie das?“ fragte die junge Frau erschauernd, und mit tiefer Erregung suchte sie, dem blauen Domino durch seine Maske in die Augen zu blicken. Aber der Blaue blieb stumm.

„Was sind Sie für ein rätselhafter Mensch! Als Sie heute abend in meiner Wohnung auf dem Sofa saßen, hatte ich weniger Furcht vor Ihnen. Wissen Sie auch, was aus Gilbert geworden ist? So reden Sie doch! Zehn Jahre sind es, seit ich ihn nicht gesehen habe.“

„Ziemlich abenteuerliche Jahre für die unschuldige Nicole von damals.“

„Auch das wissen Sie? Nun ja, meine Liebe zu Gilbert hat mich zugrunde gerichtet. Seine Liebe ging über die arme Nicole hinaus. Aber Fräulein Andrée de Ta …“

„Psst“, warnte der blaue Herr Oliva, „sprechen Sie die Namen leiser.“

„Er war so verliebt in sie. Jeder Baum in Trianon war ein Zeuge seiner Liebe. Ich habe es nicht ausgehalten. Darum bin ich damals von Trianon geflohen.“

„Um schließlich bei einem Beausire zu landen.“

„Ach“, seufzte Oliva, „wenn Gilbert wiederkäme – es gäbe keinen Beausire mehr.“

„Seufzen Sie nicht mehr nach Gilbert. Sie wissen so gut wie ich, daß er tot ist, Oliva. Glauben Sie es endlich. Und da es nicht zwei Gilberts auf der Welt gibt, freuen Sie sich auf die glänzende Zukunft, die heute für Sie begonnen hat.“

„Als Sie mich für fünfzig Louisdors gekauft haben?“

„Ich weiß, meine Teure, das ist allzu wenig“, sagte der Fremde galant.

„Im Gegenteil, Monsieur, es ist zuviel. Ich gestehe Ihnen, ich war ziemlich verblüfft, daß eine Frau wie ich noch so viel wert ist.“

„Sie sind noch viel mehr wert; ich werde es Ihnen beweisen. Tun Sie nur hübsch, was ich Ihnen sage. Jetzt zum Beispiel ...“

„Was?“

„... brauche ich meine ganze Aufmerksamkeit. Reden Sie weiter, egal, was; wir müssen nur völlig vertieft erscheinen.“

„Gut; aber Sie sind ein seltsamer Mensch.“

Und sie wandelten zwischen den verschiedenen Gruppen einher, Oliva unter dem Domino die schmale Taille, den feinen Hals auf eine Weise biegend, daß jeder Kenner bewundernde Blicke nach ihr warf; denn in diesen galanten Zeiten beobachtete man auf dem Opernball den Gang einer Frau ebenso begierig, wie heutzutage die Liebhaber auf dem Rennplatz den Lauf eines schönen Pferdes verfolgen.

„Verstellen Sie jetzt Ihre Stimme, Oliva, halten Sie den Kopf schön gerade und kratzen Sie sich mit Ihrem Fächer den Hals.“

Oliva gehorchte.

So näherte sich das Paar einer Gruppe, in deren Mitte ein Mann von eleganter Haltung und schlanker, geschmeidiger Gestalt zu drei Gefährten sprach, die ihm achtungsvoll zu lauschen schienen.

„Wer ist der schöne perlgraue Domino?“ fragte Oliva.

„Der Graf d'Artois“, antwortete der Blaue, „aber schweigen Sie, um Himmels willen!“

Tief beeindruckt von dem großen Namen, wollte Oliva stehenbleiben, um besser zu sehen, doch der blaue Domino führte sie weiter, mit einigem Abstand einem Paar nach, das aus einer laut vergnügten Gruppe sich eben gelöst hatte und dem äußeren Wandelgang zustrebte.

Plötzlich trat ein orangefarbener Domino an den blauen heran und flüsterte ihm zu: „Er ist es.“

Der Blaue, der diese Meldung erwartet hatte, wie es schien, raunte seiner Begleiterin ins Ohr: „Und jetzt, kleine Freundin, wollen wir uns einen Spaß machen. Sehen Sie dort den großen schwarzen Domino stehen, der noch eben mit seiner Dame vor uns ging?“

Da Oliva bejahte, erklärte ihr der blaue Herr, jener Domino sei ein Bekannter von ihm, ein Deutscher, den er ein wenig aufziehen wolle. Er werde Oliva für eine Deutsche ausgeben, dennoch solle sie ja nicht den Mund auftun. „Fürs erste deuten Sie mit dem Fächer auf ihn, dann flüstern Sie mir etwas ins Ohr“, beendete der blaue Domino seine Anweisungen.

Oliva befolgte seine Worte mit solcher Anmut, daß ihr Begleiter entzückt war.

Der schwarze Domino bemerkte ihre Geste; er kehrte dem Saal den Rücken und fuhr fort, mit seiner Dame zu plaudern.

„Monseigneur“, sagte diese, die Olivas Gebärde ebenfalls wahrgenommen hatte, „dort kommen zwei Masken, die sich mit uns beschäftigen.“

„Oh, fürchten Sie nichts, Gräfin; man wird uns gewiß nicht erkannt haben.“

„Da, sie kommen auf uns zu, Eminenz.“

„Tarnen wir unsere Stimmen, falls man uns zum Sprechen nötigt“, sagte Herr de Rohan.

In der Tat wandte sich der blaue Domino an den Kardinal.

„Maske“, redete er ihn an.

„Was willst du?“

„Die Dame, die mich begleitet, hat mich beauftragt, dir einige Fragen zu stellen.“

„Mach schnell“, sagte Herr de Rohan.

„Und sei recht indiskret“, flötete Madame de La Motte.

„So indiskret“, war die Antwort, „daß du, Neugierige, nichts verstehst.“ Und in tadellosem Deutsch fragte der Blaue, nachdem er mit Oliva geflüstert hatte: „Eminenz, sind Sie in die Frau verliebt, die Sie begleitet?“

Der Kardinal fuhr zusammen.

„Sie irren, ich bin nicht der Mann, für den Sie mich halten“, sagte er.

„Leugnen Sie nicht, Herr Kardinal, es ist vergebens; denn würde ich Sie auch nicht erkennen, die Dame, deren Kavalier ich bin, läßt Ihnen sagen, daß sie Sie genau erkannt hat.“

„Und wer ist die Dame?“

„Ich glaubte, Sie hätten es bereits erraten, Monseigneur. Allerdings, die Eifersucht ...“

„Die Dame wäre auf mich eifersüchtig?“ rief der Kardinal.

„Das haben wir nicht gesagt“, versetzte der Fremde hochfahrend.

„Was gibt's denn?“ fragte Madame de La Motte, die nicht Deutsch verstand. Aber sie erhielt kaum Antwort. Das Geheimnis der beiden Masken reizte die Neugier des Kardinals zu sehr.

„Madame“, sagte der Kardinal zu Oliva, „sprechen Sie ein Wort, und ich werde Sie erkennen.“

„Ich beschwöre Sie, Madame, sprechen Sie nicht“, rief der blaue

Domino. Aber Oliva verstand von dem Gespräch ebensowenig wie Jeanne de La Motte, nur ließ sie es sich nicht anmerken.

Nach neuem Flüstern mit ihr sagte der Blaue, als befolgte er ihre Befehle: „Herr Kardinal, gestatten Sie, daß ich Ihnen Madames Worte übermittle: Wer in Gedanken nicht beständig wacht, den geliebten anderen nicht stets im Sinne hat, der sage nicht, er liebe."

Der Kardinal war offensichtlich verblüfft. Seine ganze Haltung bekundete im höchsten Maß Staunen, Achtung und Ergebenheit. Dann ließ er die Arme sinken.

„Das ist doch unmöglich", murmelte er auf französisch.

„Was ist unmöglich?" fragte Madame de La Motte, an das erste Verständliche dieses Gesprächs sich klammernd.

„Nichts, Madame, nichts."

„Monseigneur, mir scheint, Sie lassen mich hier eine traurige Rolle spielen", sagte sie und löste sich vom Arm des Kardinals.

Er schien es nicht zu bemerken.

„Madame", wandte er sich wieder an die Unbekannte, „diese Worte erinnern mich an ein Gedicht, das ich einst in einem Hause las, das vielleicht auch Ihnen bekannt ist."

Der Blaue drückte Olivas Arm, und sie nickte bejahend.

„Dieses Haus war Schönbrunn?" fragte er zögernd.

Oliva nickte.

„Die Worte waren von erlauchter Hand mit einem goldenen Stichel auf einen Kirschholztisch geschrieben?"

Oliva nickte.

Die hohe Gestalt des Kardinals schwankte, er streckte die Hand suchend nach einer Stütze aus.

„Und so lautet die Fortsetzung", sagte er, indem sein Arm sich auf den des blauen Dominos legte. „Wer aber allenthalben den geliebten anderen sieht, wer ihn gewahrt im Duften einer Blume, der kann schweigen, im Herzen bleibt sein Wort verschlossen, und für sein Glück genügt, daß des andern Herz ihn versteht."

„Holla! Hier wird deutsch gesprochen!" rief plötzlich die frische Stimme des perlgrauen Dominos inmitten einer Vierergruppe, die den Kardinal umringte. „Verstehen Sie Deutsch, Marschall?"

„Nein, Euer Gnaden."

„Aber Sie, Charny?"

„Gewiß, Hoheit."

„Herr Graf d'Artois!" rief Oliva aus, sich eng an den blauen Domino schmiegend, denn die vier Masken hatten sie ein wenig zu ungezwungen umstellt.

In dem Augenblick setzte mit schmetternden Fanfaren das Orchester ein, und Staub und Puder stiegen in schillernden Wolken zu den Lüstern empor. Die Masken wurden noch enger zusammengedrängt.

„Geben Sie Obacht, meine Herrn!“ rief der Blaue gebieterisch.

„Monsieur, Sie sehen doch, daß wir gestoßen werden. Um Vergebung, meine Dame“, entgegnete der Perlgraue.

Da plötzlich wurde von unsichtbarer Hand Olivas Kapuze abgezogen, und ihre Maske fiel. Eine Sekunde lang waren ihre Züge im dämmrigen Licht der Galerie sichtbar.

Der blaue Domino stieß einen Schrei erheuchelter Besorgnis aus, Oliva schrie auf vor Schreck. Laute tiefster Überraschung der vier Maskierten antworteten ihnen.

Der Kardinal war einer Ohnmacht nahe. Madame de La Motte stützte ihn.

Ein Maskenstrom trennte den Grafen d'Artois und seine Begleiter von dem Kardinal und Jeanne.

Blitzschnell hatte unterdes der blaue Domino Olivas Kapuze hochgezogen und ihre Maske wieder befestigt. Dann trat er auf den Kardinal zu und drückte ihm die Hand.

„Monsieur“, sagte er, „es ist ein furchtbares Unglück geschehen. Sie sehen, die Ehre dieser Dame ist Ihrer Diskretion preisgegeben.“

Herr de Rohan verneigte sich und trocknete mit zitternder Hand den Schweiß auf seiner Stirn.

Der Blaue und Oliva entschwanden.

Jetzt begreife ich, sagte sich Jeanne de La Motte, der Kardinal hat diese Frau für die Königin gehalten. So also beeindruckte ihn diese Ähnlichkeit!

„Wollen wir aufbrechen, Gräfin?“ fragte der Kardinal mit schwacher Stimme.

„Wie Ihnen beliebt, Eminenz.“

Die Akademie des Herrn Beausire

Was hatte den eifersüchtigen Beausire veranlassen können, seine Freundin auf dem Opernball allein zu lassen?

Der blaue Domino hatte ihn nach der Rue Pot-de-Fer geschickt, in seine langvertraute Spielhölle; dort, so hatte er ihm gesteckt, würde in dieser Nacht ein Zweimillionengeschäft beraten.

Ebenso bestürzt, daß die Mitglieder seiner „Akademie“ ihn davon nicht in Kenntnis gesetzt hatten, wie begierig, an dem großen Fischzug teilzunehmen, war Beausire mittels einer Droschke bald an seinem Ziel.

Sowenig er bei seiner Freundin galt, unter den Mitgliedern der Akademie genoß er den Ruf eines wilden Mannes. Schließlich war er Gefreiter gewesen, hatte die Uniform getragen und verstand es, bei dem geringsten mißliebigen Wort auf eine gewisse Art den Hut in die Stirn zu drücken, die eine Hand an die Hüfte, die andere ans Stichblatt des Degens zu legen, so daß Leute, die die Neugier der Polizei zu fürchten hatten, es lieber nicht auf einen Beweis seiner Tapferkeit ankommen ließen.

Entschlossen, den sauberen Kollegen für ihren Verrat gehörig aufzuwarten, setzte Beausire schon unterwegs die finsterste Miene auf, über die er verfügte, da er wegen des Dominos weder Hut noch Degen, die üblichen Requisiten seiner Drohgebärden, bei sich trug.

Sein Eintritt in den Spielsaal erregte Aufsehen. In dem grau tapezierten Raum saßen um kleine Spieltische oder um den großen Pharaotisch in der Mitte etwa zwanzig Spieler, tranken Bier oder Saft und lächelten einigen schrecklich geschminkten Frauenzimmern zu, die in die Karten schielten. Die Einsätze waren dürftig, die Stimmung entsprechend flau.

Beausires Erscheinen im Kostüm und sein düsteres Gesicht boten Abwechslung. Man zog ihn auf, die Frauen bedauerten ihn, doch niemand schien zu begreifen, was seine immer wütender geäußerten Anspielungen auf Untreue und Verrat bedeuten sollten.

Er wollte den Hut in die Stirn drücken, zog aber nur seine Kapuze breit, und man lachte. Er wollte nach dem Degen greifen, faßte aber nur seinen Geldbeutel, der dank Olivas Einnahmen prall war. Und man drängte ihn, doch lieber einen Louisdor zu setzen, anstatt seine böse Laune spazierenzuführen.

„Ich spiele nur um Millionen!“ schrie Beausire erbittert, „denn um Millionen geht es hier doch, meine Herrn; glaubt nicht, ich wüßte nicht, wovon ich rede!“

Beausire war von der Vorstellung riesiger Summen so besessen, daß er jede Vorsicht vergaß, denn schließlich gehörten nur einige der Anwesenden zu der geheimen Gesellschaft. Da aber traf ihn von hinten ein scharfer Fußtritt, so daß er verstummte.

Als er sich umwandte, sah er in ein olivfarbenes, pockennarbiges Gesicht und zwei funkelnde schwarze Augen.

„Der Portugiese!“ stammelte Beausire eingeschüchtert, und der andere erwiderte mit einer zeremoniösen Verneigung und einem Blick, lang wie ein Rapier.

Beausire kannte den Portugiesen als einen der Bundesgenossen. Im Spielsaal gab er vor, nicht Französisch zu sprechen, und diente als Lockvogel für die Stamm- und Zufallsgäste. Er ließ sich von ihnen rupfen, damit die anderen Mitglieder sie desto leichter ausnehmen konnten. Sein Verlust war im voraus auf etwa hundert Louisdors pro Woche festgesetzt. Auch diesmal verlor er, bis um drei Uhr morgens der Spielsaal schloß und die Gäste aufbrachen.

Der Bankhalter ließ das liegende Geld durch eine Klappe in den doppelten Boden des Tisches fallen, denn die Statuten der Genossenschaft gründeten sich nicht auf gegenseitiges Vertrauen der Mitglieder. Das Grundkapital wurde von allen überwacht. Der Bankhalter durfte keine langen Ärmel tragen, und den Akademikern stand es frei, ihn nach Ausübung seines Amtes zu durchsuchen.

Als Fenster und Türen dicht verschlossen waren, nahm der Portugiese den Platz des Bankhalters ein, und weitere elf Herren, darunter Beausire, setzten sich um den Tisch.

„Ein Glück", begann der Portugiese, „daß ich rechtzeitig gekommen bin, um Beausire zum Schweigen zu bringen. Still, mein Bester! Sie haben von meinem Plan Wind bekommen, gut. Sie sind ein Schlaukopf. Aber das war kein Grund, das Geschäft zu gefährden."

„Was für ein Geschäft?" fragten die Versammelten.

„Ein Zweimillionengeschäft!" schrie Beausire begeistert.

„Sie übertreiben", sagte der Portugiese mit eisiger Ruhe, „das Halsband ist nur anderthalb Millionen wert."

„Halsband?" fragte Beausire, denn so weit war er nicht unterrichtet worden.

„Meinten Sie etwas anderes?"

Beausire schwieg, der Portugiese zuckte die Achseln.

„Nun, die Zeit drängt", fuhr er fort, „zur Sache jetzt: Die Herren Boehmer & Bossange haben der Königin ein Diamantenhalsband angeboten. Sie hat es abgelehnt. Die Juweliere halten den Schmuck in ihrem Panzerschrank verschlossen. Aber sie würden ihn nur zu gern in flüssiges Kapital umsetzen. Wir werden mit ihnen in Verhandlung treten, denn ich habe den geeigneten Käufer gefunden: die Königin von Portugal."

Die Runde hatte atemlos gelauscht. Jetzt fragten alle durcheinander, wie dieser „Kauf" vonstatten gehen solle.

Dom Manoel erläuterte seinen Plan. Die portugiesische Botschaft war derzeit unbesetzt. Der neue Gesandte würde erst in acht Tagen eintreffen. Eine ausgewählte Mannschaft solle die Botschaft besetzen. Man müsse dem französischen Bürovorsteher, der als einziger im Hause wachte und übrigens sehr schlecht portugiesisch sprach, die Komödie des vorzeitig eingetroffenen Gesandten vorspielen.

Als alle Einzelheiten besprochen, die Rollen und Aufträge verteilt waren, wurden die zwölf Schlösser des Spieltisches geöffnet und das vorhandene Geld zum Zweck der Vorbereitungen ausgezahlt.

Der Gesandte

Am Tag darauf, als es bereits dunkelte, fuhr ein staubiger, kotbespritzter Reisewagen, dessen Wappen nicht zu erkennen war, durch die Barrière d'Enfer in Paris ein.

Er hielt vor einem stattlichen Gebäude in der Rue de la Jussienne.

Am Tor warteten zwei Männer, der eine in Empfangsgala, der andere in der üblichen Livree eines Schweizers.

Der Wagen fuhr in den Hof, und das vergitterte Tor wurde sofort wieder vor den Neugierigen verschlossen.

Ehrfürchtig näherte sich der Mann in Gala dem Wagenschlag und begann mit meckernder Stimme eine Rede auf portugiesisch.

„Wer sind Sie?" wurde aus dem Wageninnern gefragt.

„Ich bin der Kanzleivorsteher der Gesandtschaft, Exzellenz."

„Sehr schön. Aber unsere Sprache scheint Ihnen wenig zu liegen! Wo soll ich aussteigen?"

„Hier bitte, Monseigneur!"

„Mein Gott, was für ein trauriger Empfang", seufzte Dom Manoel, der von seinem Sekretär – Herrn Beausire – und seinem Kammerdiener – einem weiteren Mitglied der Akademie, genannt der „Kommandeur" – umständlich sich aus der Kutsche helfen ließ.

„Exzellenz mögen gütigst verzeihen", stotterte der Bürovorsteher, „aber der Kurier, der uns die Ankunft Eurer Exzellenz meldete, ist erst vor zwei Stunden eingetroffen. Ich selbst war in Geschäften abwesend. Als ich zurückkam, fand ich den Brief Eurer Exzellenz, und da war nur noch Zeit, in aller Eile die Zimmer aufschließen zu lassen."

„Gut, gut", war die Antwort, „keine weiteren Umstände. Zeigen Sie mir das Schlafzimmer, ich bin erschöpft von der Reise. Verständigen Sie sich dann mit meinem Sekretär, er wird Ihnen meine Wünsche bekanntgeben."

Der Kanzleivorsteher verneigte sich respektvoll vor Beausire, der den Gruß leutselig erwiderte und den Mann aufforderte, er möge nur getrost französisch sprechen, das werde ihm leichter fallen. Im übrigen solle er die Ankunft des Herrn Gesandten vorerst nicht öffentlich bekanntmachen, bis aus Lissabon neue Order eingetroffen sei.

Der gutgläubige Franzose war entzückt, nicht weiter in der fremden Sprache radebrechen zu müssen, und als Beausire ihm versicherte, daß er, Monsieur Ducorneau, in Lissabon sehr gut angeschrieben sei für seine gewissenhaften Dienste, fand der wackere Mann die neuen Herren höchst sympathisch.

Der Gesandte, nunmehr in einen prächtigen Schlafrock gehüllt, verlangte nach dem Souper. Herr Ducorneau erbot sich, aus einem nahen Restaurant einige Köstlichkeiten herbeischaffen zu lassen; einige Flaschen Landwein wollte er sich erlauben, aus dem eigenen Weinkeller beizusteuern.

„Gut, Herr Du Corno", sagte Dom Manoel gnädig, „sorgen Sie für alles und soupieren Sie dann mit uns."

„Eine so hohe Ehre ...", stammelte Herr Ducorneau.

„Ganz ohne Etikette; heute bin ich noch Reisender, erst morgen werde ich Gesandter sein. Dann wollen wir über die Geschäfte sprechen."

Beglückt eilte Ducorneau davon, und die drei Gauner inspizierten ihren neuen Wirkungsbereich.

„Schläft der Bürovorsteher hier?" fragte Dom Manoel.

„Nein, er hat einen guten Weinkeller zu Haus und sicherlich auch eine Freundin."

„Und der Schweizer?"

„Den müssen wir uns vom Halse schaffen."

„Die übrigen Diener?"

„Sind Lohndiener. Wir lassen sie morgen durch unsere Leute ersetzen."

„Und die Kasse?"

„Das ist der heikle Punkt. Wir werden den Bürovorsteher zum Reden bringen."

Atemlos kam Ducorneau zurück. Das Essen werde gleich gebracht, meldete er, und strahlend wies er sechs Weinflaschen von ehrwürdigem Ansehen vor.

„Setzen Sie sich doch, Herr Du Corno", sagte Manoel, „solange mein Diener aufdeckt, und sagen Sie mir, wann die letzten Depeschen eingelaufen sind."

„Am Tag vor der Abreise des Vorgängers Eurer Exzellenz."

„Ist alles in guter Ordnung?"

„Gewiß, Monseigneur."

„Auch die Kasse? Keine Schulden? Denn gäbe es welche, müßten wir sie sofort bezahlen. Mein Vorgänger ist ein so vollendeter Ehrenmann, daß ich unbedingt für ihn einstehen würde."

„Gott sei Dank werden Monseigneur das nicht nötig haben; die Kredite wurden vor drei Wochen sämtlich beglichen, und am Tag nach der Abreise des früheren Herrn Gesandten sind hunderttausend Francs eingetroffen."

„Hunderttausend Francs?"

„In Gold, ja, Monseigneur."

„Die Kasse enthält also ...", sagte Beausire mit kaum verhohlener Spannung.

„Hunderttausenddreihundertachtzig Livres, Herr Sekretär."

Nach dieser Auskunft verlief das Souper in vortrefflicher Stimmung. Herr Ducorneau segnete den Himmel, daß er ihm einen so zugänglichen Gesandten geschickt hatte. Er aß für zehn spanische Granden, sein Wein erhielt großes Lob, und er schwelgte in Seligkeit, als man ihn mahnte, zu Bett zu gehen.

Nach seinem Verschwinden wurden die Maßnahmen für den nächsten Tag abgesprochen.

Boehmer & Bossange

In aller Frühe des folgenden Tages zog das neue Personal in die Königlich Portugiesische Gesandtschaft ein. Beausire wies einem jeden seinen Posten zu. Den Schweizer entließ Ducorneau persönlich mit der Begründung, daß er nicht hinreichend Portugiesisch spreche.

So war vorerst dafür gesorgt, daß die langen Ohren und die Argusaugen der Herren von der Polizei nicht zu schnell hinter die Geheimnisse des wieder zum Leben erwachten Hauses kamen.

Dom Manoel war der Ansicht, daß mit einiger Kühnheit verhindert werden könnte, die Recherchen der Polizei vor acht Tagen zum Verdacht und vom Verdacht zur Gewißheit werden zu lassen, ehe vierzehn Tage um wären; daß folglich die Operationen der Mannschaft vor zehn Tagen nicht behindert sein würden; doch sollte das Unternehmen möglichst binnen einer Woche abgeschlossen sein.

Gegen Mittag bestieg der Gesandte eine vornehme Karosse, die Beausire gemietet hatte, um die Juweliere der Krone, die Herren Boehmer & Bossange, am Quai de l'Ecole aufzusuchen.

Der Kammerdiener klopfte bescheiden an die Tür, die mit starken Schlössern und dicken Nagelköpfen besetzt war wie eine Gefängnistür. Niemals würden Bohrer, Sägen oder Feilen gegen diese Panzerung ankommen, stellte Beausire fest, und seine Beobachtung bestätigte sich bei Ansicht der schweren Riegel und Sicherheitsvorrichtungen an der Innentür, nachdem man dem Botschafter geöffnet hatte.

Sogleich erschien Herr Boehmer persönlich und erging sich in tausend Entschuldigungen. Beausire erklärte dem Juwelier, daß Seine Exzellenz nicht Französisch verstehe, daß er die Verhandlung dolmetschen werde, und er fragte nach dem berühmten Diamantenkollier, das der Herr Gesandte für Ihre Majestät, die Allerchristlichste Königin von Portugal, zu kaufen beauftragt sei. Boehmer musterte seine Kunden mit geübtem Blick.

Dom Manoel als hochadliger Herr hatte sofort Platz genommen und ließ sein Auge blasiert über die Wandgemälde des Empfangssalons schweifen, dann schaute er gelangweilt hinaus auf das Seineufer. Beausire, der sich als Privatsekretär des Gesandten vorgestellt hatte, bemühte sich um gute Haltung.

Herr Boehmer machte einige Umstände und gebrauchte wieder und wieder forschend seine Augen. Aber der Gesandte bekundete Ungeduld, und Boehmer ließ sich endlich herbei, seinem Kompagnon zu läuten, da er ohne diesen die Juwelen zu zeigen nicht befugt sei.

Bossange trat ein. Boehmer unterrichtete ihn in zwei Worten über den Wunsch der Besucher. Bossange, nicht ohne seinerseits die Herren einer unauffälligen Musterung unterzogen zu haben, verlangte von seinem Kompagnon den Schlüssel zum Panzerschrank. Zehn Minuten später kehrte er zurück, in der Linken ein Etui, die Rechte unterm Rock verborgen, und Beausire erkannte die Formen zweier Pistolen unter dem Tuch.

Dom Manoel beobachtete die Juweliere, wenn er portugiesisch sprach, um festzustellen, ob sie die Sprache nicht etwa verstünden. Aber von daher drohte offenkundig keine Gefahr.

Endlich wurde das Etui geöffnet, das Halsband war in gleißender Pracht zu sehen, und vertrauensvoll überreichte Bossange das Behältnis samt dem Schmuck Dom Manoel.

Der aber stieß das Etui nach kurzer Betrachtung auf den Tisch.

„Ich will Diamanten sehen, und man zeigt mir Straß“, sagte er zornig. „Sagen Sie den Schuften, daß ich mich im Ministerium über sie beschweren werde.“

Beausire brauchte nicht lange zu übersetzen, Geste und Ton Seiner Exzellenz waren deutlich genug.

Die Juweliere überstürzten sich in Entschuldigungen und erklärten, daß es in Frankreich üblich sei, Modelle vorzuweisen.

Doch der Gesandte Portugals schritt bereits zur Tür, und stolz folgte ihm Beausire.

„Das Geschäft ist verpfuscht“, fluchte der Kommandeur.

„Das Geschäft ist gelaufen!“ triumphierte Beausire.

„In einer Stunde sind die Gauner bei uns.“

In der Tat ließen sich die Herren Boehmer & Bossange etwa eine Stunde darauf im Gesandtschaftspalais melden. Um ihr Mißtrauen einzuschläfern, wies Ihnen Beausire die Tür mit dem Bemerken, daß Seine Exzellenz nicht mehr mit ihnen zu verhandeln wünsche.

„Wie empfindlich diese Ausländer sind!“ sagte Boehmer, der selbst ein Deutscher war.

Die Maßnahme blieb nicht ohne Wirkung. Die Gelegenheit, den überaus kostbaren Schmuck, die derzeit in Europa schönste Verbindung von Diamanten verkaufen zu können, wollten die Juweliere nicht verscherzen. Das Kollier, ursprünglich von Ludwig XV. für Madame Dubarry bestimmt, war ihnen durch den Tod des Königs liegengeblieben. Nun hatte es Marie-Antoinette abgelehnt. Die Reisen in alle Welt, um die Steine zu beschaffen, die teuren Juwelen selbst, die kunstreiche Arbeit, die man auf sie verwandt hatte, mußten einmal Entschädigung finden. So kam es, daß gegen Abend desselben Tages in der Gesandtschaft ein Brief überreicht wurde, in dem Herr Boehmer unter Versicherung seines untertänigsten Respekts sich erbot, Seiner Exzellenz das originale Stück zur Besichtigung vorzulegen.

„Das Halsband haben wir“, sagte Dom Manoel voller Genugtuung.

„Wir müssen es nur noch bezahlen“, bemerkte Beausire ironisch. Es ärgerte ihn, daß der Portugiese sich mehr und mehr begnügte, seine Rolle zu spielen, und die Hauptlast des Unternehmens ihm, Beausire, überließ. Schließlich war er es, der die Kollegen in ihrem verschiedenen Tun im Haus überwachte, damit Ungeschicklichkeiten vermieden wurden. Er hatte dem Kanzleivorsteher den Kassenschlüssel für kurze Zeit abgelistet, um ihn in Wachs abzudrücken. Er mußte jetzt, wenn Herr Boehmer mit dem Halsband käme, die schwierige Verhandlung über die Bezahlungsweise des Schmucks führen. Kurz, er fühlte sich als die entscheidende Figur in dem Millionenspiel.

Nun, es zeigte sich, daß Herr Boehmer nicht nur den Schmuck, sondern auch die Bereitschaft mitbrachte, auf die Angebote der Herren einzugehen. Eine Baranzahlung von hunderttausend Francs bei Vertragsschluß war ihm genehm. Von seiner Glaubwürdigkeit als Gesandter zunehmend überzeugt, erwartete Dom Manoel, daß das Kollier ihm damit in die Hände fiele. Wenn die Juweliere die restliche Million vierhunderttausend Francs von dem ehrwürdigen Bankhaus Núnez Balboa in Lissabon einfordern würden, wäre man mit dem Schmuck über alle Berge. Boehmer jedoch verhandelte zähe, verlangte Sicherheiten, wollte Erkundungen in Lissabon einziehen, so daß Beausire vorschlug, Herr Boehmer sollte, selbstverständlich auf Kosten der Gesandtschaft, in Begleitung eines der Herren nach Lissabon reisen, um Ihrer Majestät die Diamanten persönlich zu überreichen und die Restzahlungen in Empfang zu nehmen.

Boehmer schien den Vorschlag gutzuheißen. Er versprach, seinen Kompagnon zur Annahme dieser Bedingungen zu bewegen. Bevor er sich verabschiedete, erbat er sich aber eine Frist von drei Tagen. Der Respekt vor Ihrer Majestät, der Königin von Frankreich, zwinge ihn, den Schmuck nicht außer Landes gehen zu lassen, ohne die Königin wenigstens davon benachrichtigt zu haben.

Dom Manoel entließ den Juwelier mit gnädiger Gebärde; er wünschte, sagte er, es handelten alle Kaufleute so loyal. Aber kaum war Boehmer gegangen, forderte er, außer sich vor Wut, Beausire zur Rechenschaft für seine Eigenmächtigkeit.

„Eine Reise nach Lissabon, sind Sie verrückt geworden? War nicht ausgemacht, daß Sie die Übergabe der Diamanten bei der Anzahlung erreichen sollten?"

„Kommandeur", rief Beausire den Kammerdiener, „du hast doch mitgehört. Was meinst du, hätte uns der Deutsche den Schmuck für die hunderttausend ausgeliefert?"

„Boehmer hat das Palais die ganze Zeit überwachen lassen. Mißtrauen gehört zu seinem Gewerbe. Unsere einzige Möglichkeit, an die Steine zu kommen", schloß grinsend der Kommandeur, „ist ein kleiner Überfall auf der Reise."

Bei dem Zeitungsschreiber

In der Rue Montorgueil, hinter einem Hof, den ein Gitter umschloß, erhob sich ein schmales, kleines Haus, das schwere Fensterläden wie in der Provinz gegen den Straßenlärm abschirmten. Das Erdgeschoß, das nur durch Überspringen stinkender Pfützen zu erreichen war, stellte eine Art halboffenen Laden dar.

Dieses Haus gehörte einem ziemlich bekannten Journalisten. Er bewohnte den ersten Stock, während das Erdgeschoß als Magazin der fertiggestellten, zu Stapeln gehäuften Nummern diente. Die beiden oberen Etagen hatten ruhige Leute inne, die billige Miete für die Unannehmlichkeit zahlten, mehrmals im Jahr geräuschvollen Szenen zwischen dem Zeitungsmann und der Polizei oder beleidigten Privatpersonen und gekränkten Schauspielern beizuwohnen. An solchen Tagen zogen die Mieter des Gitterhauses, wie es im Viertel hieß, ihre Fensterläden zu, um das Geschrei des Zeitungsschreibers desto besser mitzuhören, der sich der Bedrohung für gewöhnlich durch eine Hintertür zur Rue des Vieux-Augustins entzog.

Eine Tür öffnete und schloß sich; der Lärm setzte aus, der Mann war entschwunden; und die Angreifer standen vier Soldaten der Garde gegenüber, die die alte Magd in aller Eile von der Polizeistation an der Markthalle angefordert hatte.

Zuweilen auch, wenn die Belagerer niemanden antrafen, ihren Zorn auszulassen, stürzten sie sich auf die feuchten Blätter im Erdgeschoß, zerstampften oder verbrannten sie, sofern sich gerade ein Feuer in Reichweite fand.

Von solchen Szenen abgesehen, war die Ruhe im Gitterhaus sprichwörtlich.

Morgens ging Herr Réteaux aus und machte seine Runde über die Quais, die Plätze und Boulevards. Und wo er auf Lächerlichkeiten, Mißstände und anderes Aufsehenerregende stieß, machte er seine Notizen und verwertete sie in der nächsten Nummer.

Die Zeitung erschien wöchentlich.

Das heißt, Herr Réteaux ging vier Tage auf die Jagd nach Artikeln, zwei Tage wurden auf den Druck verwandt, und am siebenten Tag, dem der Publikation, feierte er seine Schöpfung.

Es war drei Tage nach dem Opernball; Herr Réteaux empfing um acht Uhr früh aus den Händen der alten Magd die noch druckfeuchte, wenig angenehm riechende Nummer des Tages. Im Bett aufsitzend, begann er, sie mit der Achtsamkeit eines liebenden Vaters für sein Lieblingskind zu lesen.

„Aldegonde", sagte er schließlich, „das ist eine großartige Nummer." Und er legte die mageren Arme befriedigt auf sein Bettuch von zweifelhafter Reinlichkeit.

„Kann sein", versetzte die Alte, die die Frühstückssuppe rührte, „aber wissen Sie, was sie in der Druckerei sagen?"

„Was sagen sie denn?"

„Daß Sie diesmal der Bastille nicht entgehen."

„Aldegonde, Aldegonde", sagte Herr Réteaux kopfschüttelnd, „bring mir meine Suppe und misch dich nicht in Literatur. Glaub mir, ab heute beginnen für uns die fetten Jahre, denn ich habe die Königin angegriffen!"

Aldegonde hatte nicht Muße, ihrem Staunen, Erschrecken oder ihrer Freude Ausdruck zu geben. Von der Straße her wurde geläutet, und die Alte lief die ächzende Stiege hinunter.

„Tausend Exemplare!" meldete sie wenig darauf. „Tausend auf einmal! Das ist eine Bestellung!"

„Hast du gefragt, von wem?"

„Das läßt sich erkunden", erwiderte Aldegonde, „tausend Nummern abzählen und bündeln braucht seine Zeit."

Der Bote erklärte ihr, er habe Auftrag, die Nummern in die Rue Neuve-Saint-Gilles zum Grafen de Cagliostro zu bringen.

Als der Zeitungsmann das hörte, tat er einen Freudensprung, unter dem sein wackliges Bett fast zusammengebrochen wäre. Er eilte selbst in den Laden, um die Auslieferung zu beschleunigen.

Kaum war der Bote mit dem beladenen Karren davongefahren, setzte Herr Réteaux für die nächste Nummer einen Artikel auf, der dem großmütigen Förderer der Literatur gewidmet war. Da schellte es abermals.

„Schon wieder eine Bestellung!" triumphierte die Alte. „Wenn es gegen die Österreicherin geht, wird alle Welt rapplig."

Der Mann, der am Gitter Einlaß begehrte, erkundigte sich, ob der Herr Redakteur zu Hause sei; er wolle die gelieferten Nummern für den Grafen de Cagliostro bezahlen. Argwöhnisch bei aller Freude über diese Nachricht, öffnete die Alte das Gittertor erst, als der

Fremde einige Münzen in der Tasche klingen ließ. Unterdes war ein weiterer Besucher aufgetaucht, ein hochgewachsener junger Mann, der mit einem einfachen „Pardon, mein Herr“ hinter dem ersten in den Hof glitt.

Strahlend beeilte sich Aldegonde, ihren Herrn herbeizuholen. Dieser empfing freudig hundert Doppeltaler, die ihm auf den Tisch gezählt wurden und die er nacheinander prüfte, ob die Münzen am Rande nicht beschnitten wären. Dann dankte er, schrieb eine Quittung aus und verabschiedete den Zahler mit dem liebenswürdigsten Lächeln und den besten Empfehlungen an den Auftraggeber.

Herrn Réteaux' Lächeln erstarrte, als er des zweiten Fremden ansichtig wurde, der, eine Hand am Degengriff, die andere um den Knauf seines Stocks geschlossen, auf ihn zutrat.

„Womit kann ich dienen?“ fragte Réteaux mit einem Zittern, das ihn in heiklen Situationen erfaßte, was bedeutet, daß Herr Réteaux nicht selten zitterte.

Der Fremde versicherte sich zunächst, daß er den Autor oder Redakteur des Pamphlets vor sich hatte, nannte ihn Schuft und riet ihm, nach dem Empfang von Talern sich auf den Empfang von Prügeln gefaßt zu machen.

„Das werden wir sehen“, rief Réteaux und schickte sich zur Flucht an. Er brauchte ja nur durch die geheime Tür zu verschwinden und nach der Rue des Vieux-Augustins zu entwischen. Den Schlüssel zu der kleinen Hinterpforte trug er stets bei sich.

Doch dieser Tag blieb dem armen Journalisten nicht so günstig, wie er begonnen hatte. Vor der Hintertür anlangend, gewahrte er einen anderen jungen Mann von drohendem Aussehen. Jener aber, dem er entronnen war, hatte die Tür gesprengt, die er vor ihm zugeschlagen, und Herr Réteaux sah sich bestürzt zwischen zwei Feuern.

„Mein Herr, lassen Sie mich hinaus, um Himmels willen“, bat Réteaux den Wächter in der Rue des Vieux-Augustins.

„Lassen Sie den Schuft nicht entkommen, Herr de Taverney“, rief der nachstürzende Charny diesem zu, denn er war es, der wenig zuvor dem Zahler die Klinke aus der Hand genommen.

Beide, Taverney und Charny, hatten morgens beim Lesen der Gazette den gleichen Gedanken gehabt und ihn ausgeführt, ohne daß einer dem andern sich mitgeteilt hätte.

Sie wollten den Schreiber des schmählichen Artikels zur Rede stellen und ihn ihren Stock fühlen lassen, wie es damals üblich war unter Adligen, wenn ein Geringerer ihren Zorn erregt hatte. Nur empfand jeder bei Ansicht des anderen heftigen Unmut; daß sie beide die gleiche Idee gehabt, machte offenkundig, daß sie Rivalen waren.

„Nun, ich sehe“, sagte Taverney bitter, „ich werde dem Fest lediglich beiwohnen, Charny, falls Sie nicht die Güte haben, mir die Tür zu öffnen.“

„Dem Fest?“ fragte stockend der Zeitungsmann. „Wollen Sie mich umbringen, meine Herrn?“

„Oh, das Wort ist stark“, sagte Charny, „nein, umbringen werden wir Sie nicht. – Sie gestatten, Taverney, daß ich mit dem Strolch auf meine Weise verfahre?“

„Sie waren der erste, Sie haben den Vortritt“, antwortete Philippe.

„Stellen Sie sich gegen die Wand“, befahl Charny dem Zeitungsmann, „alsdann, teurer Herr, Sie geben zu, diese Schmiererei gegen die Königin verfaßt und veröffentlicht zu haben?“

„Das geht nicht gegen die Königin.“

„Ah, das fehlte noch! ‚Etteniotna‘, halten Sie uns für dumm, mein Wertester? Antworten Sie, und zwar sofort: Hatten Sie einen Komplizen bei der Abfassung dieses Pamphlets?“

„Ich bin kein Verräter“, antwortete Réteaux.

„Gut, also hatten Sie einen. Der Graf de Cagliostro, der Ihnen die tausend Exemplare abgekauft hat, wird seine Schurkerei bezahlen, so wie Sie die Ihre jetzt bezahlen werden.“

Damit begann Herr de Charny, dem Journalisten den Buckel zu bleuen, bis sein Arm endlich erlahmte. Der Schmerzensschreie Réteaux’ hatte er sowenig acht wie der Klagen Aldegondes, die herbeigeeilt war. Ohnmächtig in seinem Zorn sah Taverney von außen dem Schauspiel zu.

„Nachdem Sie das Ihre getan haben, Charny, öffnen Sie mir. Man muß die Auflage vernichten“, sagte Philippe.

„Richtig“, versetzte Charny, „wie klug man doch zu zweit ist. Daran hätte ich nicht mehr gedacht.“

Und während die jungen Herren, den armen Réteaux vor sich herstoßend, das Lager aufsuchten, erkundigte sich Charny, welchem Umstand es zu danken sei, daß Taverney an der Hintertür sich eingefunden hatte.

„Ich habe mich in der Gegend nach den Gewohnheiten des Burschen umgehorcht; so erfuhr ich, daß er immer davonläuft, und dachte mir, daß irgendwer mir den Fuchs wohl zutreiben würde.“

Wie zwei Freunde Feinde wurden

Als Aldegonde ihren Herrn hatte schreien hören, war sie zur Wachstation gelaufen und hatte Hilfe erbeten. Aber die Soldaten erschienen erst, als das Feuer im Hof die Zeitungen schon in Asche verwandelt hatte. Die jungen Herren waren unterdessen durch jene Hintertür entschwunden, die der unglückliche Réteaux ihnen verraten hatte. Die Wachleute konnten dem Geprügelten nur noch empfehlen, seinen Rücken mit Kampferspiritus einzureiben.

Stets neugieriger als die Polizei, verharrte die Menge der Schaulustigen bis zum Nachmittag im Hof des Gitterhauses in der Erwartung, daß eine ähnliche Szene sich wiederholen würde. Aldegonde in ihrer Verzweiflung verfluchte die Österreicherin, segnete Herrn de Cagliostro und pflegte ihren geschundenen Herrn.

„Nun, da unsere Exekution beendet ist", sagte Charny, als er neben Taverney die Rue des Vieux-Augustins betrat, „darf ich hoffen, Ihnen noch weiterhin von Nutzen zu sein?"

„Tausend Dank! Dieselbe Frage wollte ich soeben an Sie richten."

„Dank auch Ihnen. Ich war in Privatdingen nach Paris gekommen, die mich vermutlich noch einige Zeit hier aufhalten werden."

„Mir geht es ebenso."

„Dann erlauben Sie, daß ich mich verabschiede und mich zu der Ehre beglückwünsche, Sie getroffen zu haben."

„Erlauben Sie, daß ich das Kompliment erwidere und den Wunsch hinzufüge, daß die Geschäfte, die Sie nach Paris führten, den erfreulichsten Ausgang nehmen mögen."

Und beide verneigten sich mit einem Lächeln und einer Höflichkeit voreinander, die leicht erraten ließen, daß nur ihre Lippen gesprochen hatten.

Sie kehrten einander den Rücken, und Philippe schritt den Boulevards zu, während Charny in Richtung des Seineufers davonging. Beide durchmaßen sie etliche Gassen und Straßen, um ihr Ziel zu erreichen. Wie erstaunt waren sie, einer dem andern am Eingang der Rue Neuve-Saint-Gilles aufs neue gegenüberzustehen.

„Herr de Charny", sagte Philippe, nunmehr mit unverhohlener Schärfe, „ich habe Ihnen den Verkäufer überlassen, lassen Sie mir den Käufer."

„Herr de Taverney", sagte Charny, „wenn ich nicht irre, traten Sie zurück, weil ich als erster gekommen war, und aus keinem anderen Grund."

„Gewiß, aber hier", sagte Taverney, „treffen wir gleichzeitig ein, und ich werde Ihnen kein Zugeständnis machen."

„Wer sagt Ihnen, daß ich darum bitten werde? Ich gedenke mein Recht zu verteidigen, das ist alles."

„Und Sie nennen Ihr Recht..."

„Herrn de Cagliostro die tausend Exemplare verbrennen zu lassen, die er dem Schurken abgekauft hat."

„Wollen Sie sich freundlichst erinnern", sagte Philippe, „daß ich es war, der in der Rue Montorgueil die Idee hatte, die Blätter zu verbrennen."

„Gern", erwiderte Charny, „so werde ich es sein, der sie in der Rue Neuve-Saint-Gilles zerreißen läßt."

„Mein Herr, ich bin untröstlich, Ihnen allen Ernstes sagen zu müssen, daß ich als erster mit dem Grafen Cagliostro zu tun zu haben wünsche."

„Alles, was ich für Sie tun kann, mein Herr, ist, das Schicksal entscheiden zu lassen und eine Münze zu werfen."

„Vielen Dank", entgegnete Philippe, „aber da ich im allgemeinen wenig Glück habe, würde ich vermutlich verlieren." Damit machte er Anstalt vorwärtszugehen.

Charny trat ihm in den Weg.

„Mein Herr", sagte er in einem drohenden Ton, der Philippe zu gefallen begann, „ein Wort, und ich glaube, wir werden uns verstehen."

Charnys Wagen wartete Place Royale, also wenige Schritte weit. Die Herren einigten sich, einen kleinen Umweg über den Bois de Boulogne zu nehmen, ehe man den Grafen Cagliostro zur Rechenschaft zöge. Ein geeigneter Ort war bald in Sicht, der Kutscher wurde angewiesen zu warten, und beide Herren gingen unter den noch kaum belaubten Bäumen einem freien länglichen Wiesenstück zu, das unterm Fuß trocken, von dem Wagen her nicht mehr einsehbar und also zu dem Zweck, dessentwegen man gekommen, sehr geeignet war.

Philippe warf Hut und Rock zu Boden und zog die Waffe.

„Mein Herr", sagte Charny, dessen Degen noch in der Scheide stak, „zu jedem anderen würde ich sagen: Chevalier, ein Wort, wenn nicht der Entschuldigung, so doch der Begütigung, und wir sind wieder Freunde ... aber Ihnen, einem Helden, der aus Amerika kommt, wo man sich so trefflich schlägt, kann ich nur ...

„Und ich", versetzte Philippe, „würde zu jedem anderen sagen: Mein Herr, es könnte aussehen, als wäre ich vor Ihnen im Unrecht, aber Ihnen, dem tapferen Seemann, der kürzlich die Bewunderung des ganzen Hofes durch ein so ruhmvolles Wagestück errang, Ihnen, Herr de Charny, kann ich nichts anderes sagen als: Herr Graf, erweisen Sie mir die Ehre, mir Bescheid zu tun."

Der Graf verneigte sich und zog seinerseits den Degen.

„Ich glaube", sagte er, „keiner von uns hat bisher die wahre Ursache dieses Streits berührt."

„Ich verstehe Sie nicht, Graf", antwortete Philippe, „en garde, bitte!"

„Sie verstehen sehr gut, sonst wären Sie nicht errötet."

„En garde!" wiederholte Philippe, und die Degen kreuzten sich.

Schon bei den ersten Ausfällen merkte Philippe, daß er seinem Gegner bedeutend überlegen war. Diese Gewißheit kühlte ihn rasch ab. Er focht wie auf dem Fechtboden, parierte lediglich und führte keinen einzigen Coup.

„Sie schonen mich, Taverney", rief Charny mit wachsender Erregung, deren er sich schämte, und er versuchte, seinen Gegner aus der Ruhe zu bringen.

„Ich sagte bereits, wir haben die wahre Ursache dieses Duells nicht genannt."

Taverney schwieg.

„Ich will sie Ihnen nennen", fuhr Charny fort, „Sie suchten Streit aus Eifersucht."

Philippe schwieg.

„Spielen Sie mit mir?" fragte Charny wütend. „Wollen Sie mich ermüden? Töten Sie mich, wenn Sie können, aber tun Sie es, solange ich kampffähig bin."

Philippe schüttelte den Kopf.

„Ihr Vorwurf, mein Herr, ist berechtigt", sagte er, „ich habe Streit gesucht, und ich bedaure es."

Aber Charny war zu leidenschaftlich erregt, um Philippes Aufrichtigkeit zu begreifen.

„Ich verstehe", rief er, „Sie wollen den Großmütigen spielen, um einigen schönen Damen heute abend zu berichten, Sie hätten mir das Leben geschenkt."

„Graf", sagte Philippe, „ich beginne, für Ihren Verstand zu fürchten."

„Wollten Sie Cagliostro nicht töten, um der Königin gefällig zu sein? Und wollen Sie, um der Königin noch sicherer zu gefallen, nicht mich töten, indem Sie mich der Lächerlichkeit preisgeben?"

„Das ist zuviel!" rief Philippe stirnrunzelnd. „Ihre Worte beweisen, daß Sie nicht so edelmütig sind, wie ich glaubte."

„Dann stoßen Sie doch zu", rief Charny und gab seine Brust frei, als Philippe, zornig geworden, eben ausfiel. Sein Degen glitt an Charnys Rippen hin und öffnete eine blutige Furche.

„Endlich bin ich verwundet", triumphierte Charny, „wenn ich Sie jetzt töte, fällt die schöne Rolle mir zu."

„Sie sind tatsächlich verrückt, mein Herr", sagte Taverney, „Sie werden mich nicht töten, und niemand wird je erfahren, warum wir uns geschlagen haben."

Er sah Charny wanken und erbleichen und führte, vielmehr trug den halb Bewußtlosen zu seinem Wagen.

Als Philippe die Kutsche in Richtung Versailles langsam davonrollen sah, sagte er sich voll tiefer Trauer: Sie wird ihn beklagen.

Das Haus in der Rue Neuve-Saint-Gilles

Eine Mietdroschke brachte Philippe de Taverney bald vor das Haus des Grafen Cagliostro, ein Gebäude von schöner Einfachheit und klarer Linienführung, wie sie die Bauten aus der Zeit Ludwigs XVI. auszeichnete.

Eine Equipage samt Kutscher und Gespann wartete im Hof, offensichtlich zur Ausfahrt bereit.

Philippe eilte die Freitreppe hinan und ließ sich melden.

„Herr Philippe de Taverney?“ hörte er im Salon eine männliche Stimme von auffallender Sanftheit sagen. „Lassen Sie eintreten.“

Die Ruhe dieser Stimme beeindruckte Philippe sonderbar.

„Entschuldigen Sie, mein Herr“, sagte er, indem er einen hochgewachsenen, beleibten Herrn von ungewöhnlicher Lebenskraft begrüßte. Dieser Mann war niemand anders als der aufwieglerische Fremde in Mesmers Salon, der Besucher Fräulein Olivas und ihr Begleiter im blauen Domino auf dem Opernball.

„Weshalb entschuldigen Sie sich? Gewiß, Sie wollten schon vor einer Stunde hier sein, aber ein unerwartetes Ereignis hat Sie aufgehalten, nicht wahr? Sehen Sie, ich habe Ihnen bereits einen Lehnstuhl bereitstellen lassen. Nehmen Sie doch Platz, Chevalier.“

Philippe begriff nicht, wie ihm zumute wurde.

„Genug der Scherze, Graf“, sagte er mit mühsam erzwungener Ruhe, „da Sie ein Wahrsager zu sein scheinen, werden Sie wohl auch wissen, warum ich komme, und Ihre Maßregeln getroffen haben.“

„Allerdings“, lächelte der Graf, „Sie suchen mit mir Streit wegen der Königin. Sprechen Sie.“

„Nun, es ist da ein Pamphlet erschienen …“

„Es gibt viele Pamphlete.“

„Verfaßt von einem gewissen Zeitungsschreiber …“

„Es gibt viele Zeitungsschreiber.“

„Moment, mit dem Schreiber befassen wir uns später.“

„Sie haben sich bereits mit ihm befaßt.“

„Nun gut; ich sagte, es gibt ein Pamphlet, das gegen die Königin gerichtet ist, Sie kennen es?“

Cagliostro bejahte.

„Sie haben tausend Exemplare davon gekauft.“

„Ich leugne es nicht.“

„Sie sind indes nicht in Ihre Hände gelangt, da ich Ihren Beauftragten abgefangen, bezahlt und mit seiner Last nach meinem Hause geschickt habe.“

„Warum führen Sie Ihre Angelegenheiten nicht selbst zu Ende?“

„Was soll das heißen?“

„Dann würden sie besser gelingen“, sagte der Graf und öffnete mit vollendetem Phlegma einen prächtigen Eichenschrank, in dem der erblassende Chevalier die tausend Nummern der Zeitung zu Stößen gehäuft sah.

Philippe trat auf den Grafen zu, der sich jedoch nicht rührte, so drohend die Gebärde des Chevaliers war.

„Mein Herr, ich fordere Sie auf, mir mit dem Degen Genugtuung zu geben.“

„Genugtuung wofür?“

„Für die Beleidigung, die der Königin zugefügt wurde und deren Sie sich mitschuldig machen, solange auch nur ein Exemplar dieses Blattes in Ihrem Hause ist.“

„Sie befinden sich in einem betrüblichen Irrtum, mein Herr“, antwortete Cagliostro, ohne seine Stellung im mindesten zu ändern, „ich habe die Eigenart, Neuigkeiten, skandalöse Berichte und derlei zu sammeln, um mich ihrer später erinnern zu können. Wen habe ich beleidigt, als ich diese Zeitung kaufte?“

„Mich haben Sie beleidigt, mich, verstehen Sie?“

„Sie? Nein, das verstehe ich nicht, bei meiner Ehre!“

„Ein Ehrenmann sammelt keine schändlichen Lügen.“

„Verzeihen Sie, da bin ich anderer Ansicht; die Schrift mag ein Pamphlet sein, aber sie ist keine Lüge. Ihre Majestät ist an Mesmers Bottich gewesen.“

„Das ist nicht wahr!“

„Und ich versichere Ihnen: ich habe sie gesehen.“

Und Cagliostros leuchtende Augen hielten Taverneys durchdringendem Blick stand, bis dieser sich ermüdet abwandte.

„Dennoch beharre ich bei meiner Behauptung, daß Sie lügen.“

Cagliostro zuckte die Achseln, als hätte er die Beschimpfung eines Schwachsinnigen vernommen.

„Verstehen Sie mich nicht?“ fragte Philippe dumpf.

„Ich verstehe sehr gut, was Sie sagen. Ich kenne sogar das französische Sprichwort: Wer mich Lügen straft, dem gebührt eine Ohrfeige.“

„Dann wundert mich nur, daß Sie, ein Edelmann, nicht Ihre Hand gegen mich erheben.“

„Ehe Gott mich zum Edelmann gemacht und das französische Sprichwort kennen gelehrt hat“, entgegnete Cagliostro gelassen, „machte er mich zum Menschen und befahl mir, meinen Nächsten zu lieben.“

„Heißt das, Sie wollen mir nicht mit dem Degen Genugtuung geben?“

„Ich pflege nur zu zahlen, was ich schuldig bin, Chevalier.“

„Dann zwingen Sie mich, Ihnen nicht anders zu begegnen als dem Zeitungsschreiber."

„Oh, Stockprügel!" lachte Cagliostro und schien überaus belustigt. „Versuchen Sie es, gegen mich anzukommen."

Seiner Sinne kaum mehr Herr, stürzte sich Philippe auf den Grafen, dessen Hände ihn aber wie stählerne Klammern an Hals und Gürtel packten und mit unerhörter Kraft weit hin auf ein mit Kissen besetztes Sofa schleuderten. Darauf nahm der Graf wieder die lässige Stellung am Kamin ein wie vorher.

Bleich, schäumend erhob sich Philippe.

„Den Degen, Graf, den Degen, sage ich Ihnen, oder Sie sind des Todes!" rief er und zog blank.

Cagliostro rührte sich nicht.

„Noch sind Sie mir nicht nahe genug, Chevalier, daß ich Ihnen wie soeben begegne, denn ich gedenke, mich von Ihnen nicht verletzen oder gar töten zu lassen wie der arme Gilbert."

„Welchen Namen nennen Sie da?" stammelte Philippe aschfahl.

„Einen Namen, der in Ihnen eine furchtbare Erinnerung weckt, nicht wahr? Den Sie niemals mehr zu hören hofften? Denn Sie waren doch allein mit dem armen Jungen, als Sie ihn umbrachten in jener Grotte auf den Azoren."

„Ziehen Sie! Verteidigen Sie sich!" schrie Philippe verzweifelt, und seine Degenspitze war der Brust des Grafen schon bis auf drei Daumenlängen nahe.

„Oh, darauf lasse ich mich nicht ein", sagte dieser und spritzte dem Chevalier aus einem Fläschchen, das er blitzschnell aus der Tasche gezogen, eine Flüssigkeit ins Gesicht, die ihn betäubte, so daß der Degen seiner Hand entfiel.

Cagliostro fing den Taumelnden auf, steckte ihm die Waffe in die Scheide, führte ihn zu einem Lehnstuhl und wartete, bis er zu sich kam.

„Chevalier", sagte er dann, „Sie sind alt genug, sich nicht mehr wie ein Kindskopf aufzuführen."

Philippe schüttelte sich, um die Erstarrung abzuwerfen, die sein Hirn befallen hatte.

„Mein Gott", sagte er, „nennen Sie das die Waffen eines Edelmanns?"

Cagliostro zuckte die Achseln.

„Sie wiederholen immer die gleiche Phrase", sagte er. „Wenn ein Adliger den Mund auftut zu dem Wort Edelmann, glaubt er, damit sei alles gesagt. Aber was erhebt einen Menschen über andere? Das klangvolle Wort Edelmann? Nein. Zuerst die Vernunft, dann die Kraft, und endlich die Wissenschaft. Alle drei Waffen habe ich gegen Sie eingesetzt, als Sie mit Ihren Drohungen auf mich eindrangen. Wollen Sie mir jetzt die Ehre erweisen, mich anzuhören?"

„Sie haben meine Kraft, meine Gedanken ausgelöscht. Wie können Sie mich das fragen."

Cagliostro nahm ein goldenes Fläschchen vom Kaminsims, öffnete es und hieß Philippe, tief daraus einzuatmen. Er gehorchte; und der belebende Dunst durchströmte ihm Geist und Glieder mit wunderbarer Frische.

Der Graf versicherte sich, daß Philippe sich wieder ganz wohl befand. Dann fragte er ihn, weshalb er wirklich gekommen sei.

„Um ein geheiligtes Prinzip zu verteidigen: die Monarchie."

„Sie? Sie verteidigen die Monarchie?"

„Ja, ich."

„Sie, ein Mann, der nach Amerika ging, um die Republik zu verteidigen? Seien Sie doch aufrichtig, Chevalier, gestehen Sie, daß Sie dort drüben ebensowenig für die Republik gestritten haben wie hier für die Monarchie."

Philippe senkte die Augen; und ein Stöhnen, das tief aus seiner Brust aufstieg, drohte sein Herz zu sprengen.

„Lieben Sie nur", fuhr Cagliostro fort, „lieben Sie jene, die Sie benutzt und vergißt. Es ist wohl das Schicksal großer Seelen, in ihren Herzensregungen betrogen zu werden."

„Die Königin ist eine verehrungswürdige, unschuldige Frau. Das Gesetz der Liebe verpflichtet uns, die Schwachen zu schützen."

„Die Königin schwach? Eine Frau, vor der achtundzwanzig Millionen Menschen Kopf und Knie beugen, schwach?"

„Sie wird verleumdet."

„Sind Sie dessen sicher?"

„Ich glaube es."

„Das ist Ihr Recht. Mein Recht ist es, das Gegenteil zu denken."

„Sie sind der Geist des Bösen."

„Woher, woher nehmt ihr die Kühnheit", rief Cagliostro, seinen sprühenden Blick auf Philippe richtend, „die Vermessenheit zu denken, ihr hättet recht? Sie verteidigen das Königtum, aber ich arbeite für die Menschheit. Sie, der Republikaner aus Amerika, fegen die Gleichheit der Menschen hinweg, für die Sie kämpften, um einer Königin die Hand zu küssen. Ich bin bereit, über eine Königin hinwegzuschreiten, um die Völker zu erhöhen. Ich störe Sie nicht in Ihrer Verzückung, stören Sie mich nicht in meinem Werk. Sie haben zu mir gesagt: Stirb, denn du hast den Gegenstand meiner Verehrung beleidigt! Ich sage Ihnen: Lebe, obwohl du mein Ideal bekämpfst! Ich sage das, weil ich mich stark weiß in dem, was ich erstrebe, weil ich die Kraft kenne, deren Wirken weder Sie noch einer der Ihren auch nur im mindesten aufhalten werden."

Philippe hatte den Grafen ernst, mit großen Augen angehört. „Sie erschrecken mich", sagte er dann, „dank Ihnen erkenne ich den Abgrund, dem das Königtum entgegentreibt."

„Da Sie nun darum wissen, seien Sie klug."

„Und dennoch", begann Philippe erneut und in flehentlichem Ton, „bitte ich Sie, beschwöre ich Sie, mir für dies eine Mal wenigstens Gnade zu gewähren für jene, die Sie verfolgen: verbrennen Sie jenes Pamphlet, das eine Frau bis zu Tränen kränken wird, oder, bei meiner Ehre, bei der unglückseligen Liebe, von der Sie wissen, ich werde meine ohnmächtige Waffe gegen mich selbst kehren."

Cagliostro ließ sein durchdringendes Auge auf Philippe ruhen. „Da", sagte er, „zählen Sie nach, die tausend Exemplare sind noch alle beisammen. Vernichten Sie sie."

Philippe, nachdem er die Verbrennung der Blätter vollendet und dem Grafen aus übervollem Herzen Dank gesagt, entfernte sich.

Cagliostro aber murmelte, während er ihm nachblickte: „So wird dem Bruder vergolten, was die Schwester erlitten hat."

Das Oberhaupt der Familie Taverney

Während Philippe in der Rue Neuve-Saint-Gilles weilte, ließ Herr de Taverney, sein Vater, von zwei Lakaien in seinem Lehnstuhl sich durch den Garten seines Hauses in Versailles fahren.

Es gab damals in Versailles und gibt vielleicht noch heute jene alten Häuser mit französischen Gärten, die in sklavischer Nachahmung die Formen des Schlosses und der Parkanlagen wiederholten. Etliche Hofleute hatten sich genaue Kopien der Orangerie, der Teiche, der Gebäude von Trianon errichten lassen, natürlich alles auf Mindestmaße reduziert. Die großen Bassins wurden durch spärliche Wasserzuber ersetzt.

Herr de Taverney war diesem Beispiel gefolgt. Seit Ludwig XVI. eine Schlosserwerkstatt und eine Drechselbank hatte, gab es im Hause Taverney eine Schmiede. Seit Marie-Antoinette englische Gärten mit künstlichen Flüssen hatte anlegen lassen, war Herr de Taverney erst glücklich, als in seinem Garten ein Trianon in Puppengröße stand und ein Bächlein für Enten floß.

Vergnügt genoß er jetzt den warmen Sonnenschein, als ihm sein Sohn gemeldet wurde.

„Ah, Philippe", sagte der Alte, „du kommst mir gerade recht! Mein Kopf sprüht von Einfällen. – Was machst du für ein Gesicht? Du weißt wohl schon, was dabei herausgekommen ist?"

„Wobei, Vater?"

„Nun, bei deinem Abenteuer auf dem Ball."

Philippe errötete.

„Unvorsichtiger du! Setz dich, ich will dir ein bißchen Moral predigen."

„Vater, ich ..."

„Höre, mein Sohn, du treibst Mißbrauch mit deinem Glück! Früher warst du zu schüchtern, jetzt kompromittierst du sie."

„Von wem sprechen Sie, Vater?" rief Philippe und stand wieder auf.

„Herrgott, von ihr natürlich! Glaubst du, ich hätte deinen Streich nicht erfahren? Sehr hübsch, sehr hübsch, mein Junge, nur hättest du sorgen müssen, daß man dich nicht erkennt. Diesmal hat man dich mit ihr auf dem Opernball ertappt, das nächste Mal ist es sonstwo." Und verschmitzt drohte der Alte dem Sohn mit dem Finger.

Für Philippe wäre es nun an der Zeit gewesen, seinem Vater begreiflich zu machen, daß er zwar auf dem Opernball gewesen war, aber keineswegs in der Rolle, die der Vater ihm zutraute; doch wußte er, wie schwierig es halten würde, dem Alten eine Idee auszutreiben, die sich einmal in seinem Schädel festgesetzt hatte. Zudem wollte er wissen. Sich in Geduld fassend, blickte er also zu Boden wie ein Schuldiger.

„Ja, ja, da nützt kein Leugnen", fuhr der Alte eigensinnig fort, „der Marschall Richelieu – du weißt, wie gut er dich leiden mag –, er hat genau gesehen, wer der blaue Domino war, dem die Königin den Arm gereicht hat. Beneidenswert, daß er mit seinen achtundachtzig Jahren noch auf einen Ball gehen kann!"

„Daß er mich erkannt hat", sagte Philippe ironisch, „scheint mir ja noch verständlich. Aber wie er die Königin erkannt haben will, ist mir ein Rätsel."

„Kunststück, Junge! Kunststück, wenn sie selber die Maske lüftet! Allerdings, du mußt zugeben, das ist ein starkes Stück! Eine unfaßliche Verrücktheit. Die Frau muß völlig in dich vernarrt sein! Oder war's nur ein höchst peinliches Mißgeschick? Na, wie dem sei, derlei mußt du in Zukunft zu verhindern wissen. Sei vor den Neidern auf der Hut, mein Sohn. Günstling der Königin, das ist ein gar zu begehrter Posten, wenn die Königin der wahre König ist!"

Und der alte Taverney schnupfte gedankenvoll eine ausgiebige Prise Tabak.

„Du vergibst mir doch, daß ich dich warne? Siehst du, mein Lieber, ich weiß dir großen Dank für deinen Ehrgeiz, und ich möchte nicht, daß der blöde Zufall das Gebäude umbläst, das du so schlau und mannhaft errichtest."

Philipp trocknete sich den Schweiß von der Stirn. Wie sehr verlangte ihn, dieses törichte Geschwätz kurzerhand zu unterbrechen; aber ein Gefühl schmerzlicher Neugier hielt ihn davon ab, die wilde Begier, das Schlimmste zu erfahren, jener erbarmungslose Stachel, der liebende Herzen treibt, sich noch tiefer in das Unglück zu stürzen, das sie zerstören wird.

„Ja, man beneidet uns, mein Sohn“, fuhr der Greis versonnen fort, „noch ist der Gipfel nicht erreicht, zu dem du uns führen willst. Aber dir wird der Name Taverney, der einen so bescheidenen Anfang genommen, einst seinen Ruhm verdanken. Jedenfalls mußt du fürs nächste einen anständigen Posten für dich verlangen. Daß du dich ja nicht mit einem Leutnantspatent irgendwo in der Provinz abspeisen läßt. Taverney-Maison-Rouge muß eine Pairschaft werden. Sorge, daß ich bei der künftigen Ordenspromotion auf der Liste stehe. Und du darfst dich unter einer Generalsstelle und einem Herzogstitel nicht zufriedengeben. Meine Tochter wird meinem Hause nie zu irgend etwas nütze sein. Aber du, Philippe, du sollst der große Taverney werden, der mich für die mittelmäßige Vergangenheit entschädigt. Ich hege für dich den höchsten Respekt. Deine Führung bei Hof ist ausgezeichnet. Du zeigst keine Eifersucht, läßt scheinbar jedem freie Bahn und behauptest im stillen das Feld. Das ist höchst geschickt, das nenne ich Beherrschung!“

„Ich verstehe kein Wort, Vater.“

„Keine falsche Bescheidenheit. Was du da tust, ist Punkt für Punkt die Taktik des Herrn Potjomkin, dessen Glück alle Welt in Erstaunen gesetzt hat. Er war so weise, Katharina von Blume zu Blume flattern zu lassen, er führte ihr selbst die neuen Liebhaber zu, aber dadurch blieb er der unbezwingliche Herr über alle.“

Der Greis schien in seine Ideen so verbohrt, daß Philippe den Vater für irre hielt und nur die Achseln zuckte.

„Ach, du glaubst, ich durchschaue dich nicht? Meinst du, ich sehe nicht, wie du ihr deinen Nachfolger an der Leine zuführst?“

„Meinen Nachfolger?“ fragte Philippe erblassend.

„Charny ist ein netter Junge, ich mag ihn. Fahre nur so fort mit ihm, schmeichle ihm, hilf ihm, sich zu entfalten; er ist ein vollendeter Edelmann und wird dir eines Tages zu vergelten wissen, was du für ihn getan hast. Denn tätest du nicht so, könnte er dich eines Tages in Verbannung schicken, so wie du jetzt Vaudreuil und Coigny vom Hofe vertreiben könntest. Nein, nein, Philippe, ich zolle dir alle Achtung!“

„Hören Sie, Vater, alles, was Sie da reden, ist der schändlichste Unsinn“, rief Philippe, indem er den Alten am Arm rüttelte, „und Ihr Herr de Charny ist so sehr mein Zögling, mein Liebling, mein gehätschelter Nachfolger, daß ich ihm mit dieser Klinge soeben die Rippen durchstoßen habe!“

„Philippe, Philippe, sag, daß das ein Scherz ist!“ rief der Greis, aus seinen Träumen gerissen.

Aber der junge Taverney stürmte verzweifelt davon.

„Schnell, schnell, einen Berittenen!“ rief der Greis einem Diener zu. „Man möge sich nach Herrn de Charnys Befinden erkundigen! Aber nicht vergessen zu sagen, daß ich nach ihm fragen lasse!“

Damit sank er enttäuscht in sich zusammen.

„Ach, du Kuckucksei Philippe!“ murmelte er. „Der ungeratene Bruder seiner ungeratenen Schwester. Ich bin in dieser Familie doch der einzige strategische Kopf!“

Das übriggebliebene Pamphlet

Stets eifrig, wenn es um Gerüchte über den Lebenswandel seiner Schwägerin ging, legte der Graf de Provence dem König ein Exemplar jenes Pamphlets vor, das den Vernichtungsaktionen der jungen Herren unbegreiflicherweise entgangen war.

Der König befahl Herrn de Crosne, den Polizeipräfekten, in sein Kabinett, und es zeigte sich, daß der Polizeibericht über den Besuch Ihrer Majestät bei Mesmer gewisse Angaben der Schmähschrift keineswegs dementierte.

Der König war niedergeschmettert. Der Graf de Provence heuchelte tiefe Besorgnis.

„Sire“, meldete Herr de Crosne, „bei aller Verehrung, die ich Ihrer Majestät entgegenbringe, muß ich bekennen, daß der Verfasser der Schrift nicht völlig frei erfunden hat. Eine Königin von Frankreich, die in bürgerlicher Tracht sich in jene zweideutige Gesellschaft begibt, die sich von Mesmers Scharlatanerien verlocken läßt, allein dort auftritt ...“

„Allein? Sie irren, Herr de Crosne.“

„Der Bericht, der mir vorliegt, ist so genau, daß ich Eurer Majestät alle Einzelheiten schildern könnte, die Toilette, die Gebärden, als sie den Bottich probierte, die, mit Verlaub, Sire, die Indezenz der Aufführung, die Schreie ...“

Der König erblaßte. Er zerknitterte das Pamphlet. Ratlos blickte er bald seinen Bruder, bald den Polizeiminister an, der schüchtern verstummt war.

„Ich begreife das alles nicht“, stöhnte Louis, „man muß die Prinzessin de Lamballe befragen. In ihrer Begleitung hatte sich die Königin an jenen Ort ihrer Neugier begeben wollen.“

Nicht lange darauf betrat Madame de Lamballe den Raum. Zart rauschende Seide umspielte ihre anmutige, makellose Erscheinung. Das Wort dieser Frau hätte niemand am Hof in Zweifel gezogen.

Die Prinzessin erklärte den Herren, wie der Besuch Ihrer Majestät bei Mesmer verlaufen war, wie die Königin gekleidet gewesen, wie eine Dame Ihrer Majestät eine Maske angeboten und sie angefleht hatte, nicht weiterzugehen. Befragt, wer diese Dame war, nannte die Prinzessin Madame de La Motte-Valois.

Der Graf de Provence schlug vor, jene Frau zu verhören, die das Geheimnis dieses ganzen Vorfalls wohl entdecken könnte, aber sosehr die Aussagen der Prinzessin den König zunächst erfreut und erleichtert hatten, sosehr erzürnte es ihn, von „dieser Intrigantin" zu hören.

„Und könnte sie meine letzten Zweifel zerstreuen", rief er, „ich will diese Kreatur nicht vor mir sehen."

„Und doch werden Sie es tun", rief die Königin, die, blaß vor Erregung, auf der Schwelle erschien. „Diese Frau ist meine Zeugin, die meine Ankläger verstummen machen kann!" Und sie richtete den Blick auf ihren Schwager.

„Madame", antwortete der König, „ich kann nicht nach Frau de La Motte schicken, damit sie hier für oder gegen Sie aussagt. Ich lege nicht Ihre Ehre gegen die Wahrhaftigkeit dieser Frau in die Waagschale."

„Man braucht nicht nach ihr zu schicken", entgegnete Marie-Antoinette, „denn sie ist hier. An jenem Tag, an dem ich die unglückliche Frau besuchte und an dem, wie Sie wissen, Sire, üble Gerüchte ihren Anfang nahmen, vergaß ich dort eine kleine Dose, die Frau de La Motte-Valois mir heute zurückbringt."

„Gut, gut, Madame, aber ich will sie nicht sehen", beharrte Louis.

„Aber ich verlange Genugtuung. Was spricht dagegen, die Frau vorzulassen? Herr de Crosne, da Sie ja alles zu wissen scheinen, was ist Ihnen über diese Frau bekannt?"

„Ich kann nichts Ungünstiges über die Dame vermelden, Majestät", antwortete der Polizeipräfekt. „Sie ist nur arm und vielleicht ein wenig zu ehrgeizig."

„Wie immer dem sei", sagte Louis, „ich habe eine instinktive Abneigung gegen diese Frau, ich habe das Gefühl, daß sie mir Unglück bringt ..."

„Das ist ja Aberglaube, Sire!" entgegnete die Königin. „Geh, hole sie", bat sie die Prinzessin de Lamballe.

Zwei Minuten später erschien Jeanne bescheiden, fast schüchtern, aber vornehm in Haltung und Kleidung.

Der König hatte der Tür den Rücken gekehrt, aber die Königin führte die Gräfin vor ihn hin.

„Madame", sagte sie, „ich bitte Sie zu erzählen, was Sie am Tag meines Besuchs bei Herrn Mesmer gesehen haben; berichten Sie alles Punkt für Punkt."

Damit begab sich Marie-Antoinette an einen Platz, von dem aus ihr Blick die Zeugin nicht beeinflussen konnte.

Jeanne schwieg zunächst und begann ihren Bericht erst nach abermaliger Aufforderung.

Welch eine Rolle für sie! Scharfsinnig hatte sie sogleich erraten, daß die Königin jetzt ihrer bedurfte, daß es galt, falschen Verdacht gegen Marie-Antoinette zu zerstreuen, und daß sie, Jeanne, in der Lage war, sie zu rechtfertigen, ohne zu lügen. Nur eine Kleinigkeit würde sie verschweigen, eine entscheidende Kleinigkeit.

Als es darum ging zu begründen, weshalb sie die Königin gedrängt hatte, die Maske anzulegen und das Haus Mesmers umgehend zu verlassen, sagte sie schlicht: „Ich hatte das unüberwindliche Empfinden, Ihre Majestät sei in jenem Hause, wo lächerliche Leiden und Heilungen ein plumpes Schauspiel bieten, nicht am Platz. Ich bitte Eure Majestät demütig um Vergebung, daß ich gewagt hatte, so frei zu denken, aber ich folgte einem weiblichen Instinkt." Damit stockte sie und senkte den Kopf; Tränen schienen sie in der Kehle zu würgen.

Sogar der Polizeipräfekt war ergriffen. Die Königin dankte Madame de La Motte mit einem Blick.

Der König rührte sich nicht.

„Haben Sie gehört, Sire?" fragte Marie-Antoinette.

„Ich bedurfte des Zeugnisses von Madame nicht", sagte er endlich und hob die Sitzung auf.

„Bruder", sagte er, als er den Grafen de Provence verabschiedete, „ich danke Ihnen für die Aufmerksamkeit, mit der Sie sich um die Rechtfertigung Ihrer Schwägerin bemüht haben."

Bei der Königin

Marie-Antoinette, in ihre Gemächer zurückgekehrt, hatte Madame de La Motte, die sich zurückziehen wollte, mit einem liebenswürdigen Lächeln aufgefordert zu bleiben. Sie wußte zu schätzen, mit welch bemerkenswertem Takt die Gräfin in dieser peinlichen Situation sich vor dem König betragen hatte, und gedachte, sich ihr dankbar zu erweisen, indem sie die Audienz verlängerte. Vor allem aber wollte sie die rätselvolle Übereinstimmung des Polizeiberichts mit dem Pamphlet ergründen; die unfaßliche Gefahr, die sie umlauerte, beunruhigte sie, und sie brachte das Gespräch abermals auf den Vorfall bei Mesmer. Doch Jeanne gab das Geheimnis der Doppelgängerin auch jetzt nicht preis, gestand nur zu, daß in der Tat eine jüngere Frau dort durch ungebührliches Betragen die allgemeine Aufmerksamkeit erregt hätte, was eben ihr der Anlaß gewesen sei, Ihre Majestät am Vorschreiten in die Säle zu hindern. Die Königin begriff einmal mehr, daß sie Feinde hatte.

Unterdes war Andrée de Taverney eingetreten, Jeanne erkannte in ihr die zweite Dame der Wohlfahrtsstiftung, doch war ihr unter dem klaren, wachen Blick Andrées nicht wohl, und sie hoffte, bald einen günstigen Abgang zu finden. Aber die Königin erkundigte sich nun freundlich, wer Jeanne protegiere, und die Gräfin nannte den Kardinal Rohan. Sie lobte seine Großmut und betonte, daß der Prinz Ihrer Majestät höchste Verehrung, ja Anbetung entgegenbringe. Doch war bei allem Geschick, das Jeanne aufwandte, der Königin nicht mehr zu entlocken als ein schallendes Lachen. Zugleich versicherte sie Jeanne, von dieser Anbetung sehr wohl zu wissen, und sie möge dem Kardinal ausrichten, daß sie ihm diese nicht verübele.

Der ironische Ton der Königin erregte Jeannes Neugier über die Maßen, doch ehe sie zu einer Erkenntnis darüber gelangen konnte, stellte sich der Graf d'Artois bei seiner Schwägerin ein.

„Von der Wolfsjagd zurück?" fragte ihn die Königin und reichte ihm nach der englischen Mode, die auf dem Kontinent bereits Fuß faßte, die Hand. Mit einem Wink bedeutete sie den beiden Damen, die sich entfernen wollten, zu bleiben.

„Und sehr zufrieden sogar", antwortete d'Artois lachend, „denn ich habe sieben Wölfe geschossen."

„Selbst geschossen?"

„Das will ich nicht behaupten, aber man hat es mir so gesagt, und damit habe ich siebenhundert Francs verdient."

„Wie das?"

„Man zahlt hundert Francs für jeden Wolfskopf. Aber ich würde zweihundert für den Kopf eines gewissen Zeitungsschreibers geben, Sie nicht auch, Schwägerin?"

„Sie kennen die Geschichte bereits?"

„Der Graf de Provence hat Ihnen die Ehre erwiesen, Sie aus der Bottichaffäre reiner hervorgehen zu lassen als Aphrodite aus dem Meeresschaum. Das Glück ist mit Ihnen, ich gratuliere."

Der Unterton des Grafen ließ die Königin aufhorchen.

„Wieso Glück?" fragte sie und wollte die Beweise ihrer Unschuld anführen. Doch der Graf ließ sich geschwind auf dem Sofa neben ihr nieder und zählte ihr an den Fingern vor:

„Zum ersten sind Sie gut weggekommen bei dem berühmten Ausflug in der Droschke, zum zweiten haben Sie sich bei Mesmer aus der Affäre gezogen!" Flüsternd setzte er hinzu: „Und auf dem Ball ist Ihnen auch nichts passiert."

„Auf welchem Ball?"

„Dem Opernball."

„Ich verstehe Sie nicht."

Er begann zu lachen.

„Wie ungehörig von mir, an Ihre Geheimnisse zu rühren."

„Geheimnisse? Opernball? Schwager, was soll das?"

„Still", sagte d'Artois, denn Jeanne war aufmerksam geworden.

„Im Gegenteil", rief die Königin, „bitte erklären Sie uns, was Sie meinen."

Der Graf wich scherzend aus, aber die Königin gab nicht nach.

„Sprechen wir ganz offen, Schwager. Ich war also, sagen Sie, auf dem Opernball? Am Ende haben Sie mich gar dort gesehen?"

„Gewiß habe ich Sie dort gesehen."

„Mich? Das ist stark."

„Das habe ich mir auch gesagt."

„Warum sagen Sie nicht gleich, Sie hätten mich auch gesprochen, das wäre lustiger."

„Ich war im Begriff es zu tun, als ein Maskenstrom uns trennte."

„Sie sind verrückt!"

„Auf diesen Vorwurf war ich gefaßt, ich hätte ihn nicht riskieren sollen. Es ist meine Schuld."

Die Königin blickte den Grafen sprachlos an, dann sprang sie auf und ging erregt auf und ab. D'Artois betrachtete sie mit Erstaunen. Andrée erschauerte vor Furcht und Besorgnis. Jeanne grub sich die Nägel ins Fleisch, um gute Haltung zu wahren.

„Mein Freund", sagte Marie-Antoinette, endlich innehaltend, „scherzen wir nicht länger; ich habe keinen guten Charakter, ich verliere bereits die Geduld, wie Sie sehen. Geben Sie zu, dies Märchen erfunden zu haben? Ich werde nicht zürnen."

D'Artois blickte augenzwinkernd nach den Damen.

„Ich gebe es zu und bitte um Vergebung", sagte er.

„Nein, Charles, Sie verstehen mich nicht", rief die Königin. „Sie behaupten, mich auf dem Opernball gesehen zu haben. Jetzt ist es zu spät, sich zurückzuziehen. Beweisen Sie ..."

„Gut denn. Ich war dort mit dem Marschall de Richelieu, mit Herrn de Calonne, mit ... mein Gott, mit aller Welt! Sie haben die Maske abgenommen."

„Ich? Die Maske?"

„Ich wollte zu Ihnen eben sagen, daß das mehr als kühn von Ihnen sei. Doch waren Sie am Arm des Kavaliers, der Sie begleitete, schon entschwunden."

„Des Kavaliers? Ich glaube, ich werde wahnsinnig."

„Es war ein blauer Domino. Regen Sie sich doch nicht so auf! Man hat hier nichts darüber erfahren ... Ich meinte sogar, Sie wären in Gesellschaft des Königs; aber Ihr Kavalier sprach deutsch, und der König kann nur Englisch."

„So, und nun werde ich Ihnen beweisen, daß ich am Sonnabend um elf Uhr zu Bett gegangen bin", sagte die Königin und klingelte nach Madame de Miséry.

Der Graf lachte.

„Warum rufen Sie nicht auch Laurent? Oh, Schwägerin, das Geschoß verdanken Sie mir, richten Sie es nicht gegen mich."

„Warum glauben Sie mir nicht?"

„Ich würde Ihnen gerne glauben, wenn Sie nicht so zornig wären. Trotzdem, wenn ich auch ja sagte, die anderen würden nein denken."

„Welche anderen?"

„Die Sie gesehen haben so wie ich."

„Wer zum Beispiel?"

„Zum Beispiel Philippe de Taverney. Wollen Sie ihn auch befragen, Schwägerin?"

„Sofort."

Andrée erschrak, aber die Königin schickte umgehend nach Philippe, der sehr bald erschien.

Von der Königin befragt, ob auch er sie auf dem Opernball gesehen habe, bejahte er. Die Herzen aller Anwesenden klopften so stark, daß man es hätte hören können. Die Königin verharrte wie vom Blitz getroffen. Plötzlich sprang sie wie ein verletztes Tier empor.

„Das alles ist unmöglich, weil ich nicht dort war. Hüten Sie sich, Herr de Taverney, mir scheint, Sie spielen hier den Puritaner. In Amerika, bei Herrn de La Fayette, mag das ja hingehen, aber hier sind wir Franzosen und in Versailles."

„Majestät beleidigen Herrn de Taverney", rief Andrée blaß vor Zorn. „Wenn mein Bruder sagt, daß er etwas gesehen hat, so hat er es gesehen."

„Sie auch, Andrée? Es fehlte nur noch, daß auch Sie mich gesehen hätten! Mein Gott, wollen nun auch meine Freunde mir ans Leben?"

„Mir fällt eben ein", bemerkte der Graf d'Artois, „nachdem ich erkannt hatte, daß der blaue Domino nicht der König war, meinte ich, es wäre der Neffe des Herrn de Suffren. Sie hatten den tapferen Offizier unlängst ausgezeichnet, und so nahm ich an, Sie hätten ihn für den Abend zum Kavalier erwählt. Wie war gleich sein Name?"

Marie-Antoinette errötete; Andrée wurde totenbleich. Beide blickten sich an und erbebten, einander so zu sehen.

„Herr de Charny", murmelte Philippe, der fahl geworden war.

„Charny, richtig", sagte d'Artois, „doch dann sah ich, daß ich mich getäuscht hatte; Herr de Charny befand sich im Kreis des Herrn de Richelieu, ganz in Ihrer Nähe, Schwägerin, als Ihre Maske fiel."

„Und er hat mich auch gesehen?" schrie die Königin auf, alle Vorsicht vergessend.

„Wenn er nicht blind ist, gewiß."

Die Königin läutete.

„Was tun Sie?“ fragte der Prinz.

„Ich will auch Herrn de Charny befragen, den Kelch bis zur Neige leeren.“

„Ich glaube kaum, daß Herr de Charny in Versailles ist“, murmelte Philippe.

„Warum?“

„Man sagte mir, er sei … indisponiert.“

„Oh, die Sache ist zu ernst, er muß kommen“, sagte die Königin, „ich bin auch indisponiert, und doch liefe ich auf bloßen Füßen bis ans Ende der Welt, um zu beweisen …“

Mit zerrissenem Herzen trat Philippe zu seiner Schwester, die aus dem Fenster starrte.

„Was gibt es?“ fragte die Königin Andrée.

„Es hieß eben, Herr de Charny sei unpäßlich, aber ich sehe ihn dort im Garten.“

Eigenhändig riß die Königin das Fenster auf und rief: „Herr de Charny!“

Ein Alibi

Ein wenig blaß, doch aufrecht und ohne erkenntliche Beschwerden trat Charny ein.

„Vorsicht, Schwägerin“, flüsterte d’Artois, „mir scheint, Sie fragen zu viele Leute.“

„Ich werde die ganze Welt fragen, Schwager, bis ich den einen finde, der Ihnen beweist, daß Sie sich getäuscht haben.“

Unterdes hatte Charny Philippe gesehen und ihn höflich gegrüßt.

„In Ihrem Zustand auszugehen ist der bare Selbstmord“, raunte ihm Philippe zu.

„Man stirbt nicht, wenn man im Bois de Boulogne sich an einem Dorn geritzt hat“, entgegnete Charny, erfreut, seinem Rivalen einen Stich zu geben, der mehr schmerzte als eine Degenwunde.

Die Königin setzte dem Schlagabtausch ein Ende, indem sie Charny ihrer Befragung unterzog.

Da er zögerte, unumwunden zu sagen, daß auch er sie gesehen hatte, bat sie ihn, zwischen Blässe und fiebriger Röte wechselnd, um die genaue Wahrheit.

„Ich habe Ihre Majestät in dem Augenblick gesehen, als unglücklicherweise die Maske der Königin niederglitt“, gestand er.

Marie-Antoinette zerdrückte mit nervösen Händen die Spitzen ihres Brusttuchs.

„Monsieur“, sagte sie mit einer Stimme, der ein einfühlsamer Beobachter unterdrücktes Schluchzen angehört hätte, „Monsieur, sehen Sie mich genau an, sind Sie wirklich sicher?“

„Madame, die Züge Ihrer Majestät sind in die Herzen all ihrer Untertanen tief eingegraben. Wer Ihre Majestät einmal gesehen hat, trägt Ihr Bild in sich.“

Philippe sah Andrée an, Andrée tauchte ihre Blicke in die Philippes. Beider Schmerz, beider Eifersucht schlossen ein schmerzliches Bündnis.

„Monsieur“, sagte die Königin, auf Charny zutretend, „ich versichere Ihnen, daß ich nicht auf dem Opernball war.“

Der junge Mann verneigte sich tief bis zur Erde.

„Steht es Ihrer Majestät nicht frei, dahin zu gehen, wohin zu gehen Ihnen beliebt? Und wäre es die Hölle, sie wäre durch den Schritt Ihrer Majestät gereinigt.“

„Ich bitte Sie nicht, mich zu entschuldigen, sondern mir zu glauben, daß ich nicht dort war“, sagte die Königin.

„Ich werde alles glauben, was Ihre Majestät mir zu glauben befiehlt“, erwiderte Charny, bewegt bis an den Grund seines Herzens über diese Inständigkeit der Königin, diese ergreifende Demut einer so stolzen Frau.

„Schwägerin, das ist zuviel“, flüsterte der Graf d'Artois ihr ins Ohr.

Alle Anwesenden waren zu Eis erstarrt, leidend in ihrer Liebe oder ihrer Eigenliebe und von allen Empfindungen getroffen, die eine angeklagte Frau erregt, die gegen erdrückende Beweise sich mutig verteidigt.

„Alle glauben es, alle glauben es“, rief die Königin in zorniger Ratlosigkeit, und sie sank entmutigt in einen Fauteuil.

„Schwägerin, Schwägerin, ich bitte Sie“, sagte teilnehmend der Graf d'Artois, „Sie sind unter ergebenen Freunden; dieses Geheimnis, das Sie über die Maßen erschreckt, kennen nur wir; und niemand wird es unseren Herzen je entreißen.“

„Geheimnis, Geheimnis, ich will Beweise!“

„Madame“, sagte Andrée, „man kommt.“

„Es ist der König“, sagte Philippe mit gedehnter Stimme.

„Der König, wie gut! Der König ist mein einziger Freund. Er würde mich nicht für schuldig halten, selbst wenn er glaubte, mich gesehen zu haben. Der König ist mir willkommen!“

Der König trat ein. Seine Miene stach seltsam von den verstörten Gesichtern der Umstehenden ab.

„Sire“, rief die Königin, „Sie kommen zur rechten Zeit. Wieder eine Beschuldigung, wieder eine Verleumdung, die es zu bekämpfen gilt. Ein infames Gerücht, das um sich greifen wird. Helfen Sie mir, denn diesmal sind es nicht mehr meine Feinde, sondern meine Freunde, die mich verklagen.“

Und sie erklärte dem König den Fall. Ludwig runzelte die Stirn. Ein furchtbares Schweigen lastete auf den Versammelten.

Madame de La Motte sah die düstere Unruhe des Königs. Sie sah die tödliche Blässe der Königin; mit einem Wort, einem einzigen Wort hätte sie eine so quälende Pein beendigen können; ein Wort von ihr hätte alle vorigen Anklagen zunichte gemacht und die Königin für alle Zukunft gerettet.

Aber ihr Herz führte sie nicht in solche Versuchung; ihr Eigeninteresse bewahrte sie davor. Sie sagte sich, daß es dazu schon zu spät sei. Sie hatte in der Mesmer-Affäre das Entscheidende verschwiegen, und hätte sie sich jetzt korrigiert und das Geheimnis aufgedeckt, wäre ihre eben anbrechende Laufbahn als Günstling der Königin mit einem Schlage von ihr selbst zerstört worden. Sie schwieg.

Angstvoll forschte der König nach Aufschlüssen. Die Königin suchte aufzuklären, was sie am Tag und Abend des Opernballs getan.

Plötzlich erhellten sich die Züge des Königs, und lächelnd, mit ausgebreiteten Händen fragte er: „Sonnabend? Nicht wahr, meine Herren, Sie sagten, Sonnabend?"

Man bestätigte.

„Nun", fuhr er immer ruhiger und heiterer fort, „Sie brauchen niemand anderes zu fragen als Ihre Kammerfrau, Madame. Sie wird sich wohl erinnern, um welche Stunde ich an dem Tag zu Ihnen kam; es war, wenn ich nicht irre, gegen elf Uhr abends."

„Oh, Sire!" rief, von Freude überwältigt, die Königin und fiel ihm dankbar in die Arme. Der König küßte zärtlich ihr schönes Haar.

„Weiß Gott!" rief d'Artois voll Staunen und sichtlicher Freude, „ich werde mir eine Brille kaufen müssen. Aber nicht um eine Million wollte ich diese Szene, die wir miterleben durften, missen."

Philippe lehnte totenblaß an der Täfelung. Charny trocknete seine schweißbedeckte Stirn.

„Es ist also ausgeschlossen, meine Herren", bekräftigte Ludwig voller Freude, „daß die Königin an demselben Abend auf dem Opernball war. Sie mögen es glauben, wenn Sie wollen – Ihrer Majestät wird genügen, daß ich ihr glaube."

„Charles, ich gehe mit Ihnen", fuhr der König fort, nachdem er Marie-Antoinette die Hand geküßt hatte.

„Herr de Taverney", sagte die Königin streng, „Sie begleiten den Herrn Grafen d'Artois, nicht wahr?"

Das Blut schoß Philippe in die Schläfen. Er war einer Ohnmacht nahe. Er hatte kaum die Kraft, zu grüßen und seinen wilden Schmerz zu verbergen. Mit einem furchtbaren Blick auf Charny entfernte er sich.

Wir konnten, ohne den Gang der Handlung zu verzögern, die Empfindungen Andrées nicht schildern, die sich plötzlich zwischen die Königin und ihren Bruder gestellt sah. Sie begriff, daß Philippe sein Leben gegeben hätte, um ein Alleinsein der Königin mit Charny zu verhindern – denn daß es mehr sogar als ein Alleinsein wäre, verriet ihr Jeannes devote Miene –, und sie gestand sich in demselben Zuge, daß es ihr das Herz zerschnitten hätte, wäre sie, wie sie hätte tun müssen, Philippe gefolgt, um ihn zu trösten.

Was ging in ihr vor? Wie sollte sie es sich erklären?

War das Liebe? Oh, die Liebe gedeiht nicht so rasch in der kalten Atmosphäre des Hofes. Diese seltene Blume entfaltet sich nur in großen, reinen Herzen, die nicht von Erinnerungen entweiht und von Tränen über Jahre hin zersetzt sind. Nein, was Fräulein de Taverney für Herrn de Charny empfand, war nicht Liebe. Energisch verwarf sie eine solche Vorstellung, weil sie sich geschworen hatte, niemanden auf der Welt mehr zu lieben.

Warum aber hatte sie so heftig gelitten, als Charny die wenigen Worte voller Respekt und Ergebenheit an die Königin gerichtet hatte? Gewiß, das war Eifersucht.

Ja, Andrée gestand sich ein, daß sie eifersüchtig war, jedoch nicht auf die Liebe, die der junge Mann einer anderen Frau als ihr entgegenbrachte, sondern eifersüchtig auf die Frau, die diese Liebe eingegeben, angenommen und gutgeheißen hatte.

Mit Trauer ließ sie an ihrem inneren Auge all die jungen Herren des Hofes vorüberziehen, die nach den ersten, förmlichen Huldigungen sich stets von ihr zurückgezogen hatten, weil sie sie nicht begriffen. Sie mißtrauten der Kälte einer jungen Frau, die schön, reich und Favoritin einer Königin war und einsam abseits blieb, wo alles dem Glück zustrebte.

Ein lebendiges Rätsel zu sein ist keine Verlockung. Andrée hatte es wohl bemerkt; sie hatte gesehen, wie man allmählich die Augen von ihrer Schönheit abwandte. Mehr noch, es war üblich geworden, Mademoiselle de Taverney ebensowenig ins Gespräch zu ziehen, wie man etwa die Latona oder Diana im Park zu Versailles angesprochen hätte. Wer Fräulein de Taverney seinen Gruß entboten hatte, wußte, er hatte seine Pflicht getan.

All dies war dem wachen Blick des jungen Mädchens nicht entgangen. Sie, deren Herz alle Leiden ausgekostet hatte, ohne eine wahre Freude kennenzulernen, sie, die das Leben vorschreiten sah mit einem Trauergefolge bleicher Bedrängnisse und schwarzer Erinnerungen, seufzte in ihren schlaflosen Nächten, wenn sie die glücklich Liebenden von Versailles Revue passieren sah, voll tödlicher Bitterkeit:

„Und ich, mein Gott!, und ich?“

Als an jenem Abend der letzten großen Kälte Charny ihr begegnet war, als sie die Blicke des jungen Mannes neugierig auf sich hatte ruhen und ihre Gestalt hatte umhüllen sehen, fühlte sie, daß sie für diesen Mann eine Frau war. Er hatte die Jugend in ihr wiedererweckt; er hatte den Marmor der Diana und Latona zum Erröten gebracht, und jäh hatte ihr Gefühl an diesen Erneuerer ihrer Lebenskraft sich geheftet. Sie war glücklich, wenn sie ihn sehen konnte. Und es machte sie unglücklich zu denken, daß eine andere Frau die Flügel ihrer blauen Phantasien beschneiden und ihren Traum vernichten könnte, kaum daß er dem goldenen Tor entschlüpft war.

So wird man begreifen, daß Andrée das Gemach der Königin nicht nach Philippe verließ, obwohl sie unter der Kränkung litt, die ihrem Bruder angetan worden, obwohl sie ihren Bruder mit einer Leidenschaft liebte, die fast eine Religion war. Doch gedachte sie, wegen der ungnädigen Verabschiedung ihres Bruders, sich an der Unterhaltung nicht mehr zu beteiligen. Sie nahm in einem Kaminwinkel Platz und kehrte den Anwesenden fast den Rücken.

Die Königin, auf dem Sofa sitzend, blieb einige Zeit schweigsam. Charny, der zu leiden schien, stand ein wenig vorgeneigt, doch fiel seine Haltung der Königin nicht auf. Madame de La Motte hatte sich in eine Fensternische zurückgezogen, wo ihre falsche Schüchternheit Asyl und ihre wahre Neugier einen günstigen Beobachtungsort suchte.

Endlich brach Marie-Antoinette das Schweigen, das nach Beendigung der heiklen Ballaffäre eingetreten war.

„Wahrlich", sagte sie, „es mangelt uns nicht an Feinden. Wer hätte geglaubt, daß am französischen Hof derartige Scheußlichkeiten möglich sind? War das auszudenken?"

Charny antwortete nicht.

„Welches Glück muß es sein", fuhr die Königin fort, „an Bord zu leben, unter freiem Himmel, auf offener See. Uns Landbewohnern erzählt man von den Tücken und dem Zorn des Meeres, und doch, Monsieur, sind Sie gesund heimgekehrt. Haben die Engländer Sie nicht mit ihren Kugeln, ihrem Kanonenfeuer verfolgt? Und dennoch, Sie sind heil geblieben und stark. Die Wut der Feinde hat nur bewirkt, daß Sie, der Sieger, von Ihrem König beglückwünscht, von Ihrem Volk geehrt und geliebt werden. Ach, gesegnet seien die Feinde, die uns mit Feuer und Eisen bekämpfen, gesegnet die Feinde, die nur mit dem Tode drohen!"

„Mein Gott", antwortete Charny, „für Eure Majestät gibt es keine Feinde, nicht mehr, als Schlangen für den Adler. Was am Boden kriecht, kann den nicht kümmern, der über den Wolken kreist."

„Monsieur", entgegnete die Königin immer fiebriger, „Sie haben Stürme und Schlachten heil überstanden, Sie sind gestärkt daraus hervorgegangen, triumphierend und geliebt. Wer aber, wie wir, Feinden ausgesetzt ist, die mit dem Geifer der Verleumdung unseren Ruf zu besudeln trachten, der ist zwar nicht in Lebensgefahr, gewiß, aber er altert mit jedem Sturm. Freunde und Feinde zu gemeinsamer Attacke gegen sich verschworen zu finden, wie es mir heute geschehen ist, wie furchtbar! Sie ahnen nicht, Monsieur, wie bitter es ist, gehaßt zu werden."

Andrée erwartete angstvoll die Antwort des jungen Mannes. Sie zitterte, daß er der Königin jetzt jene tröstlichen Worte sagen werde, die sie erheischte. Doch Charny trocknete nur stumm und erbleichend seine Schläfen und suchte an einem Lehnstuhl Halt.

„Ist es nicht zu heiß hier?" fragte die Königin, ihn anblickend.

Sofort öffnete Madame de La Motte ein Fenster.

„Herr de Charny ist an den Seewind gewöhnt", fuhr Marie-Antoinette fort, „er erstickt in den Boudoirs von Versailles."

„Das ist es nicht, Madame", antwortete Charny, „aber ich habe um zwei Uhr Dienst, und wenn Eure Majestät mir nicht befehlen zu bleiben ..."

„O nein, Monsieur", sagte die Königin, „wir wissen auch, was ein Befehl heißt, nicht wahr, Andrée?" Und in leicht gereiztem Ton setzte sie hinzu: „Sie sind frei, Monsieur."

Charny beeilte sich zu grüßen und ging.

Zwei Sekunden später hörte man aus dem Vorzimmer einen leisen Aufschrei und das Geräusch eiliger Schritte. Die Königin, noch von Charnys Aufbruch irritiert, öffnete die Tür, schrie auf und wollte hinausstürzen. Im selben Moment sah sie zwischen sich und der Tür Andrée, deren Augen mit unverhohlener Spannung auf ihr ruhten.

Madame de La Motte hatte sich derweilen den Hals ausgereckt, um in den Vorraum zu schauen. Die Königin, ihre Bewegung gewahrend, schloß heftig die Tür, aber zu spät; Jeanne hatte gesehen, wie Charny ohnmächtig von Dienern hinausgetragen wurde.

Stumm und mit gerunzelter Stirn nahm die Königin wieder Platz und versank in düsteres Grübeln.

„Seltsam", begann sie nach einer Weile, als spräche sie zu sich selber, „Herr de Charny scheint noch immer zu zweifeln. Gewiß glaubt er, der König habe mir nur aus Eigenliebe dieses Alibi verschafft."

Andrée biß sich auf die Lippen.

„Mein Bruder schien nicht so ungläubig", sagte sie.

„Es wäre schade", fuhr die Königin fort, als hätte sie Andrées Worte nicht gehört. „Dann wäre das Herz des jungen Mannes nicht so rein, wie ich gedacht hatte. Aber warum sollte er glauben, da er mich doch auch gesehen hat? Hinter all dem steckt etwas, das ich aufklären muß."

Sie läutete und befahl, augenblicklich den Polizeipräfekten zu holen.

Herr de Crosne

Herr de Crosne, der ein sehr höflicher Mann war, fand sich seit der Erklärung des Königs und der Königin in höchster Verlegenheit. Es ist keine geringe Schwierigkeit, alle Geheimnisse einer Frau genau zu kennen, vor allem wenn diese Frau die Königin ist, die Interessen der Krone zu vertreten und eine Reputation zu schützen.

Herr de Crosne war sich bewußt, daß er das ganze Gewicht des Zorns einer Frau und der Empörung einer Königin würde zu tragen haben, doch er hatte sich mutig hinter seiner Pflicht verschanzt, und seine höflichen Manieren mußten ihm als Panzer dienen, die Wucht der Schläge abzufangen, die ihn treffen würden.

Mit einem Lächeln auf den Lippen trat er ein.

Die Königin allerdings lächelte nicht; erbittert forderte sie Aufklärung der merkwürdigen Vorkommnisse, die ihren Ruf belasteten und hinter denen sie eine Doppelgängerin vermutete.

Herr de Crosne, der von einer solchen nichts wußte, hielt entgegen, daß eine Ähnlichkeit, so groß sie immer sein mochte, ein geübtes Auge dennoch nicht irreführen könnte.

Die Majestät verwies auf die Täuschung, der man nicht nur in den Räumen Mesmers, sondern der kürzlich sogar ihr Schwager und nahe Freunde erlegen waren.

Hier pflichtete Andrée der Königin bei, indem sie berichtete, daß es im Haus ihres Vaters, als die Familie noch in Taverney-Maison-Rouge wohnte, eine Bediente gab, die der Königin täuschend ähnlich sah.

„Und was ist aus dem Mädchen geworden?“ fragte die Königin.

„Da wir die Großherzigkeit und die überlegene Denkungsart Eurer Majestät noch nicht kannten, fürchtete mein Vater, diese Ähnlichkeit könne der Königin mißfallen, und als wir nach Trianon kamen, verbargen wir das Mädchen vor den Augen des Hofes. Wahrscheinlich langweilte sie die Abgeschlossenheit, in der sie leben mußte; überdies war sie von unruhigem und ehrgeizigem Charakter; jedenfalls war sie eines Abends verschwunden, doch das ist lange her.“

Jeanne war diesen Ausführungen mit begreiflicher Aufmerksamkeit gefolgt.

„Sie sehen, Herr de Crosne“, sagte die Königin erregt, „es gab ein Mädchen, das auffallende Ähnlichkeit mit mir hatte, aber Sie wissen es nicht. Sie wissen nicht, was aus dieser Person geworden ist, obwohl im Königreich beunruhigende Dinge geschehen. Geben Sie zu, daß Ihre Polizei nichts taugt.“

„Und ich versichere Ihnen, Madame, daß sie gut ist. Die gemeine Menge mag die Funktionen eines Polizeichefs mit denen Gottes verwechseln, Eure Majestät aber, die hoch über diesem irdischen Olymp thront, muß wissen, daß die Beamten des Königs auch nur Menschen sind. Ich bin es nicht, der die Ereignisse lenkt, und es gibt so seltsame Dinge, daß der menschliche Verstand nicht ausreicht, sie zu begreifen."

„Wenn ein Mann genug Gewalt besitzt, selbst die Gedanken seiner Mitmenschen zu erschlüsseln, wenn er Agenten und Spitzel bezahlt, die jede geringste Gebärde notieren, die ich vor dem Spiegel mache, dann sollte dieser Mann auch fähig sein, solche seltsamen Dinge aufzuklären."

„Verzeihen Sie, Madame, auf dem Opernball wurden Sie von meinen Agenten gesehen, wie der Graf d'Artois Sie gesehen hat. Wenn der Bruder des Königs in den Zügen seiner Schwägerin sich irren durfte, wird auch einem armen Kerl, der dreißig Francs im Monat verdient, erlaubt sein, sich zu irren. Meine Polizei hat durchaus gut funktioniert, an diesem Tag wie an anderen. Wollen Sie etwa behaupten, meine Leute hätten in der Sache des Zeitungsschreibers Réteaux versagt, den Herr de Charny so grausam verprügelt hat?"

„Herr de Charny?" riefen die Königin und Andrée zugleich.

„Das Ereignis ist noch jung, Madame, nicht minder jung als das Duell, das der Affäre folgte und bei dem Herr de Charny den Degenstich erhielt, der wohl bewirkt haben dürfte, daß er vor wenigem in Ihrem Vorzimmer zusammenbrach."

Die Beweisführung war Herrn de Crosne gelungen, doch waren die Damen in ihren widerstreitenden Gefühlen für Herrn de Charny zu erregt, um ihn die verdiente Achtung zu zollen. Desto bessere Gelegenheit wurde dem Polizeimann, die Damen zu beobachten, die, außer Jeanne, vergessen hatten, wem sie gegenübersaßen, und sich darüber austauschten, wie leidend Herr de Charny gewirkt, mit wem er sich wohl geschlagen hatte und warum dieses Duell überhaupt stattgefunden haben könnte.

„Warum, aber weiß Gott, Madame, das ist im Augenblick recht nebensächlich", sagte Herr de Crosne, „jedenfalls leben die Gegner in gutem Einvernehmen, da sie noch eben vor Eurer Majestät freundschaftlich miteinander plauderten. Der Sieger ist vor kaum zwanzig Minuten von Ihnen gegangen."

„Herr de Taverney?!" rief die Königin mit zornblitzenden Augen. „Das ist unerhört! Es scheint, man will in Versailles amerikanische Sitten einführen. Aber ich werde nicht dulden, daß man, weil man auf seiten der Herren La Fayette und Washington (sie sprach den Namen betont französisch aus) gekämpft hat, meinen Hof in einen Turnierplatz des sechzehnten Jahrhunderts verwandelt. Andrée, Sie mußten wissen, daß Ihr Bruder sich geschlagen hat."

„Ich hörte es soeben, Madame."

„Und warum geschah das?“

„Wenn mein Bruder sich geschlagen hat“, versetzte Andrée, „so gewiß nicht in Verletzung der Pflichten, die der Dienst Eurer Majestät ihm auferlegt.“

„Wollen Sie damit sagen, Mademoiselle, daß Herr de Charny gegen diese Pflicht verstoßen hat?“

„Ich habe die Ehre, Eurer Majestät zu bemerken, daß ich von meinem Bruder und von sonst niemandem sprach“, entgegnete Andrée.

Marie-Antoinette bedurfte ihrer ganzen Kraft, um ihre Ruhe zu bewahren.

„Ich danke Ihnen, Herr de Crosne“, sagte sie endlich, „Sie haben mich überzeugt. All diese Widersprüche und Unterstellungen hatten mich verwirrt. Gewiß ist Ihre Polizei tüchtig. Indessen, diese Ähnlichkeit, von der ich sprach, werden Sie im Auge behalten, nicht wahr, Monsieur? Adieu.“

Sie reichte ihm mit äußerster Huld die Hand, und er ging beglückt und um einige Informationen bereichert.

Andrée fühlte die Aufforderung, die jenem Adieu untergelegen hatte, und verneigte sich.

Die Königin beurlaubte sie nachlässig, wenngleich ohne sichtlichen Groll, befahl aber im gleichen Atemzug, Madame de La Motte möge noch bleiben, da die Herren Boehmer & Bossange gemeldet wurden.

Im Spiegel beobachtete die Königin die Miene Andrées, die langsam zur Tür schritt. Sie hatte bei der deutlichen Bevorzugung der neuen Favoritin nicht mit den Wimpern gezuckt.

„Sie sind von Stahl, diese Taverneys“, murmelte die Königin mit einem Seufzer, „aber auch von Gold.“

Die Versucherin

„Guten Tag, die Herren Juweliere“, begrüßte Marie-Antoinette die Eintretenden. „Was bringen Sie mir Neues? Sie wissen doch, ich habe kein Geld.“

Madame de La Motte hatte ihren Posten wieder eingenommen; bescheiden und wachsam blieb sie abseits stehen.

Die Herren, in Gala, näherten sich unter wiederholten Verneigungen dem Lehnstuhl Ihrer Majestät.

„Madame“, nahm Herr Boehmer als Sprecher der Firma das Wort, „wir sind nicht gekommen, um Eurer Majestät Waren anzubieten, wir müßten sonst befürchten, Ihnen aufdringlich zu erscheinen. Wir erfüllen mit unserem Kommen eine Pflicht, und dieses Bewußtsein hat uns ermutigt."

Umständlich erklärten sie nun, daß das schöne Halsband, das die Majestät ausgeschlagen hatte, das zu tragen jedoch einzig Ihre Majestät würdig wäre, nunmehr verkauft werde.

Die Neugier der Königin ruhte nicht, ehe sie die Juweliere, die sich auf ein Staatsgeheimnis beriefen, dahin gebracht hatte zu verraten, daß der Käufer der portugiesische Gesandte sei.

Madame de La Motte war nicht entgangen, mit welchem Bedauern die Königin von dem Geschmeide sprach, und als sich zeigte, daß die Herren es noch einmal zur Ansicht mit sich führten und daß die Königin dem Verlangen, es abermals zu betrachten, nicht widerstehen konnte, genoß Jeanne die Lust, dieses Prachtstück zu bewundern und die Begehrlichkeit der Königin aufs neue zu erwekken.

„Herrlich! Wundervoll!" rief sie hingerissen ein übers andre Mal.

„Nun ja", versetzte die Königin, auch sie war von dem Schauspiel der tausendfältig gleißenden, sprühenden, flammenden Steine wiederum in Bann geschlagen wie beim erstenmal, „das wären anderthalb Millionen, die ich in meiner hohlen Hand halten könnte. Glück für die Königin von Portugal. Es sind in der Tat wundervolle Steine, aber reden wir nicht mehr davon."

Jeanne fand im Gegenteil, daß man sehr viel von ihnen sprechen sollte, in ihrem Kopf regten und kreuzten sich neue Ideen, und sie gab die Hoffnung nicht auf, die Königin zu überzeugen.

„Der Herr Juwelier hat recht", sagte sie, „es gibt auf der Welt nur eine Königin, die würdig ist, diesen Schmuck zu tragen: Eure Majestät."

„Und doch wird meine Majestät ihn nicht tragen", erwiderte Marie-Antoinette mit erkünsteltem Phlegma.

„Wir durften ihn indessen aus Frankreich nicht fortgehen lassen", bemerkte der Juwelier, „ohne Eurer Majestät wenigstens unser tiefes Bedauern zu Füßen zu legen. Dies ist ein Schmuckstück, das jetzt in ganz Europa bekannt ist und um das man viel Aufsehen macht. Unser nationaler Stolz erlaubt nicht, daß eine andere Fürstin sich damit schmücke, ehe Sie, Madame, nicht noch einmal, endgültig und unwiderruflich, Ihre Ablehnung bekundet haben."

„Ich habe sie bereits ausgesprochen", entgegnete die Königin, „und man hat mich in der Öffentlichkeit zu sehr dafür gelobt, als daß ich sie bereuen könnte."

„Majestät, wenn das Volk es edel gefunden hat, daß Sie ein Kriegsschiff einem Halsband vorzogen, so hätte der Adel, der ebenso französisch gesinnt ist, nichts Erstaunliches daran gefunden, wenn die Königin von Frankreich ein Halsband gekauft hätte, nachdem sie ein Kriegsschiff gekauft hat."

„Sprechen wir nicht mehr davon", sagte Marie-Antoinette mit einem letzten Blick auf die Steine. Jeanne seufzte.

„Sie seufzen, Gräfin; aber Sie an meiner Stelle würden nicht anders handeln als ich."

„Ich weiß nicht", murmelte Jeanne.

„Haben Sie sich satt gesehen?" fragte die Königin.

„Das ist unmöglich, Madame."

„Lassen Sie diese Neugierige die Steine noch ein wenig bewundern, meine Herren. Die Diamanten verlieren dadurch ja nichts. Sie sind leider immer noch eineinhalb Millionen wert."

Dieses Wort bot Jeanne den erwarteten Anlaß einzugreifen.

„Gewiß, eineinhalb Millionen Francs, Madame. Sie würden, wenn Sie sie an Ihrem Halse trügen, die Eifersucht aller Frauen der Welt erregen ..."

Damit nahm sie das Halsband so behende aus dem Etui und legte es so flink um den samtenen Hals Marie-Antoinettes, daß diese sich jäh von einem phosphoreszierenden Gefunkel überflutet sah.

„Oh! Eure Majestät sehen herrlich aus", rief Jeanne.

Marie-Antoinette eilte vor einen Spiegel und stand geblendet. Ihr schlanker, geschmeidiger Hals, zart wie der Stengel einer Lilie und doch bestimmt, unterm Eisen zu fallen, schwang sich anmutig auf aus der glitzernden Flut.

Jeanne hatte gewagt, die Schultern der Königin zu entblößen, so daß die äußerste Reihe der Steine auf ihren Busen fiel. In strahlender Schönheit erblickte sich die Königin, erblickte sich das Weib. Liebhaber oder Untertan, alle wären jetzt vor ihr in die Knie gesunken.

Marie-Antoinette vergaß sich für Augenblicke in der Bewunderung ihrer selbst. Dann, von Angst erfaßt, wollte sie das Halsband von ihren Schultern reißen.

„Genug", rief sie, „genug!"

„Es hat Eure Majestät berührt", rief Boehmer aus, „es darf niemand anderem mehr gehören!"

„Ausgeschlossen", entschied die Königin mit fester Stimme, „ich habe ein wenig mit diesen Diamanten gespielt, aber es wäre ein Fehler, dieses Spiel fortzusetzen."

„Wir lassen Ihrer Majestät jede erforderliche Zeit, sich mit dem Gedanken zu befreunden", sagte Boehmer mit schwingender Stimme, noch immer hoffend, die Königin werde sich anders besinnen.

Marie-Antoinette aber ließ sich von nun an nicht mehr in ihrem Beschluß beirren, mochten die Juweliere das Geschmeide noch so kunstreich in ihren Händen spielen lassen, mochte Jeanne de La Motte ihre Überredungskunst noch so geschickt einsetzen – die Königin verabschiedete sie endlich, erschöpft von diesem Ringen gegen die gefährliche Versuchung.

Ehrgeiz und Liebe

Kaum war Jeanne in ihr kleines Versailles, ihr Haus im Faubourg Saint-Antoine, zurückgekehrt, als ihr der Kardinal gemeldet wurde.

Sie wartete zwei Sekunden, ehe sie mit einem Lächeln auf den Lippen sagte: „Lassen Sie eintreten."

War ihr Plan fertig? Offenbar, denn die Fahrt von Versailles nach Paris ist lang, und wenn man sie Seite an Seite mit dem Dämon der Begierde macht, hat er Zeit genug, einem die wagehalsigsten Kombinationen einzuflüstern.

Einerseits hatte Jeanne bei ihrem Besuch in Versailles einen tiefen Blick in die Seele der Königin getan, andererseits war sie berauscht von jener Ziffer, die in der Form eines Diamantengeschmeides auf dem weißen Seidenfutter des Etuis gefunkelt hatte: anderthalb Millionen! Ein fürstliches Vermögen für die arme Bettlerin, die noch vor einem Monat ihre Hand nach Almosen ausgestreckt hatte.

Wahrlich, von der Jeanne de Valois, die in der Rue Saint-Claude kalt und ärmlich gehaust hatte, bis zu jener, die im Faubourg Saint-Antoine ein wohlbestelltes kleines Palais besaß, war ein weiter Weg – viel weiter als der, den die Jeanne aus dem Faubourg Saint-Antoine gehen müßte, um die Besitzerin dieses Halsbands zu werden. Mehr als die Hälfte des Weges, der zum Reichtum führt, lag bereits hinter ihr.

Und dieser Reichtum, den Jeanne begehrte, war nichts Illusionäres, nein, er war ein verläßlicheres Vermögen als Verträge oder Güter: dieses Halsband war der sichtbare Reichtum, immer gegenwärtig, in zauberischem Feuer gleißend. Da die Königin ihn begehrte, durfte Jeanne de Valois wohl von ihm träumen; da die Königin ihm entsagt hatte, durfte Madame de La Motte ihren Ehrgeiz wohl darauf begrenzen.

Der Kardinal, der ihre Träume verwirklichen sollte, unterbrach sie, indem er unerwartet und doch erwünscht sich bei ihr einstellte.

Auch er hatte seine Träume, auch er seinen Ehrgeiz, den er unter der Maske einer Verliebtheit, einem Anschein von Liebe, tarnte.

„Ah, liebste Jeanne, da sind Sie", sagte er, „Sie sind mir wahrhaftig so unentbehrlich geworden, daß mein ganzer Tag von dem Gedanken überschattet wurde, daß Sie mir fern sind. Sind Sie von Versailles wenigstens glücklich heimgekehrt?"

„Wie Sie sehen, Monseigneur, glücklich und bezaubert."

„Also hat die Königin Sie empfangen?"

„Ich wurde sofort vorgelassen."

„Da haben Sie Glück gehabt. Und nach Ihrer triumphierenden Miene zu urteilen, hat die Königin auch mit Ihnen gesprochen?"

„Ich habe ungefähr drei Stunden im Gemach Ihrer Majestät verbracht."

Der Kardinal zitterte leicht; Jeannes Erfolg verschlug ihm die Sprache.

„Sie sind tatsächlich eine Zauberin", sagte er lächelnd, „niemand kann Ihnen widerstehen."

„Und ich versichere Sie, Monseigneur, daß ich meine Zeit nicht vergeudet habe."

„Ich wette, daß Sie während dieser drei Stunden nicht eine einzige Minute an mich gedacht haben?"

„Undankbarer!"

„Wahrhaftig?" rief der Kardinal.

„Ich habe nicht nur an Sie gedacht, ich habe von Ihnen gesprochen."

„Von mir gesprochen, und mit wem?" fragte scheinheilig der Prälat, dessen Herz zu klopfen begann.

„Mit wem anders als mit der Königin?"

Und bei diesen für den Kardinal so kostbaren Worten war Jeanne so klug, dem Fürsten nicht ins Gesicht zu blicken, als kümmerte es sie wenig, welche Wirkung diese hervorbrachten.

„Nun, liebste Gräfin, das müssen Sie mir erzählen", sagte er. „Mich interessiert alles, was Ihnen begegnet, so sehr, daß ich Sie bitte, mir nicht das mindeste Detail zu erlassen."

Jeanne lächelte; sie wußte so gut wie er selbst, was den Kardinal interessierte.

Aber da dieser ausführliche Bericht in ihrem Kopf im voraus bis ins letzte vorbereitet war, begann sie bedächtig, ließ sich jede Silbe aus dem Munde ziehen. So erzählte sie die ganze Begegnung, die gesamte Konversation, und erbrachte mit jedem Wort den Beweis dafür, daß sie durch günstigen Zufall, wie er das Glück der Höflinge ist, in Versailles in eine der Konstellationen hineingeraten war, die binnen eines Tages aus einer Fremden eine fast unentbehrliche Vertraute machen. Und in der Tat, Jeanne de La Motte war an dem einen Tag ja in alle Unglücke der Königin, in alle Ohnmachten des Königtums eingeweiht worden.

Herr de Rohan schien von dem Bericht nur zu behalten, was die Königin Jeanne betreffend gesagt hatte. Jeanne betonte in ihrem Bericht alles, was die Königin Herrn de Rohan betreffend gesagt hatte.

Unterdessen meldete ein Diener, daß das Souper serviert sei. Der Kardinal reichte der Herrin des Hauses den Arm und geleitete sie in den Speisesaal.

Jeanne machte diesmal die Honneurs ihres Hauses mit vollendeter Sicherheit, keine Verlegenheit im Blick, keine Scheu in der Stimme. Ihr Geplauder, das, wie verständlich, noch immer um das gleiche Thema kreiste, bekundete zur Genüge, daß sie nunmehr nicht allein Herrin ihrer selbst, sondern auch Herrin über andere zu sein vermochte. Mit Überraschung, die beinahe an Furcht grenzte, stellte der Kardinal fest, daß er mit dieser Frau, die die Herzen Mächtiger in der Hand hatte, künftig würde rechnen müssen. Alles Provinzlerische war von ihr abgefallen; der Tag im Kreis der höchsten Adligen des Reiches war für sie auch zur Hohen Schule aristokratischer Haltung und Lebensart geworden.

Mit galanten Liebenswürdigkeiten erwies der Kardinal ihr seinen Respekt und suchte zugleich, mit ihr auf vertrauteren Fuß zu gelangen. Ein langer, glühender Kuß auf ihre Hand trug ihm ein gewährendes Lächeln ein. Er schickte seine Equipage fort und sagte mit einem tiefen Blick in ihre Augen:

„Madame, ich habe meine Schiffe verbrannt."

„Das ist kein Verdienst", lächelte sie, „Sie sind ja im Hafen."

Zwei Männer täuschen einander mit einem Händedruck; ein Mann und eine Frau täuschen sich mit einer Umarmung.

Die Gräfin hatte nachgegeben, der Kardinal hatte gesiegt, und doch war der Kardinal jetzt der Sklave, die Gräfin triumphierte.

Jeder der beiden hatte den anderen getäuscht, weil der andere getäuscht sein wollte. Jeder hatte sein Ziel, und beiden war die Vertraulichkeit nur nötiges Mittel gewesen, zu diesem Ziel zu gelangen.

Zwei Stunden, nachdem der Kardinal seinen Wagen fortgeschickt hatte, waren beide an dem Punkt, alle Umwege und Umständlichkeiten beiseite zu lassen und ziemlich gerade, wenngleich nicht ganz ohne Masken, ihre Ziele anzusteuern.

„Die Königin ist großherzig", sagte der Kardinal, „denjenigen, die sie liebt, gibt sie mit vollen Händen."

„Und doch ist sie nicht reich", entgegnete Jeanne, „da sie auf jenes wundervolle Diamantenhalsband, das sie sehnlichst begehrt, verzichten muß."

„Der König hat es ihr schenken wollen. Sie hat es ausgeschlagen."

„Sie kennen die Frauen, Sie kennen den Hof, und ich soll glauben, daß ihr Entschluß Sie irregeführt hätte?"

Der Blick des Kardinals ruhte aufmerksam auf Jeanne.

„Nun, wäre ich der König und Sie meine Königin", sagte er, „wüßte ich Sie wohl zu zwingen, mein Geschenk anzunehmen."

„Nun, zwingen Sie die Königin dazu, und ich bin sicher, daß Sie Ihnen gar nicht so gram wäre, wie Sie zu glauben scheinen."

Wieder blickte der Kardinal gespannt in Jeannes Augen.

„Sie meinen, die Königin begehrt dieses Halsband so sehr?"

„Sie verzehrt sich danach. Sagen Sie, lieber Fürst, ich habe einmal gehört, daß Sie nicht ungern Minister wären?"

„Wohl möglich, daß ich derlei einmal gesagt habe, Gräfin."

„Wollen wir wetten, daß die Königin den Mann, der ihr binnen acht Tagen zu diesem Halsband verhilft, zum Minister macht?"

„Gräfin!"

„Ich denke laut, verzeihen Sie. Ist Ihnen lieber, daß ich es schweigend tue?"

„Nicht doch."

„Übrigens betrifft Sie das nicht, was ich sage. Mir ist klar, daß Sie nicht anderthalb Millionen für die Laune einer Königin ausgeben können. Das hieße ein Amt zu teuer erkaufen, das man Ihnen früher oder später ohnehin zugestehen muß. Nehmen Sie an, ich hätte nur geträumt. Es ist wohl meine Schwäche, daß ich die Königin nach mir beurteilt habe. Da ich seufzte, als ich die Diamanten sah, schloß ich, daß auch die Königin sie gleichermaßen begehrt."

„Sie sind eine anbetungswürdige Frau, Jeanne", sagte der Kardinal. „In gewissen Augenblicken sind Sie so wenig Weib, daß ich fast erschrecke, und dann sind Sie es wieder auf so bezaubernde Weise, daß ich den Himmel segne, der Sie erschaffen hat. Sprechen wir nicht mehr von diesem Halsband."

Sekunden später wurde der Kardinal seinem Entschluß schon untreu.

„Sie glauben also", sagte er, „daß Boehmer & Bossange das Halsband noch nicht endgültig aus den Händen gegeben haben?"

„Mir schien es heute noch sehr gegenwärtig."

„Wo haben diese Leute ihren Laden?"

„Ich weiß es nicht genau", sagte Jeanne unschuldig, „irgendwo am Quai de l'Ecole, glaube ich, jedenfalls in der Nähe des Pont-Neuf."

Und damit wußte sie, daß die Angel, die sie ausgeworfen hatte, der Beute schon tief ins Fleisch gedrungen war.

Herr Ducorneau begreift die Welt nicht mehr

Am Vormittag des folgenden Tages begab sich der Kardinal in den Faubourg Saint-Antoine zu Boehmer & Bossange.

Er gelangte mit den Herren zu der Einigung, daß ihm das Halsband ausgehändigt würde, sobald er eine Anzahlung von hunderttausend Francs geleistet hätte, denen im Verlauf eines Jahres die restlichen anderthalb Millionen folgen sollten.

Herr de Rohan war von seinen hochfliegenden Plänen zu sehr eingenommen, um dieses Geschäft zu bereuen.

Anderntags überbrachte er persönlich die hunderttausend Francs und unterschrieb drei Wechsel über je fünfhunderttausend, erbat sich noch einmal strengste Diskretion, die Herr Boehmer gewissenhaft einzuhalten versprach, und verließ hochrot vor Erregung und zugleich frohlockend als einer, der im Übermaß einer Leidenschaft sich selbst ruiniert, das Haus der Juweliere.

Herrn Boehmer blieb nun die Aufgabe, dem portugiesischen Gesandten den Wandel der Sachlage mitzuteilen und zu erklären.

In dem Augenblick, da er sich anschickte, am Tor der Gesandtschaft anzuklopfen, ließ sich Herr Beausire von dem Kanzleichef, Herrn Ducorneau, einen Rechenschaftsbericht vorlegen, während Dom Manoel, der Gesandte, mit dem Kommandeur, seinem Kammerdiener, den Schlachtplan beriet.

Seit Herrn Boehmers letztem Besuch in der Rue de la Jussienne hatte das Gesandtschaftspalais mancherlei Veränderungen erfahren. Das neue Personal hatte sich wohnlich eingerichtet und entledigte sich seiner Aufgaben mit so viel Geschick, daß Herr Ducorneau keine Unregelmäßigkeit bemerkte; vielmehr war er angesichts der durchaus französischen Haushaltung ganz entzückt, daß diese Leute nicht an nationalen Vorurteilen litten. Was den Kanzleivorsteher einzig beunruhigte, war die Frage, wann die Präsentation des Herrn Gesandten bei Hof endlich stattfinde.

„Dieses Problem beschäftigt schon das ganze Viertel", sagte er zu Beausire, „es ist die Ursache unerschöpflicher Kommentare, ja sogar einer gewissen Unruhe. Leute streichen neuerdings um das Palais, denen man nur zu gut ansieht, daß sie unsere Türen und Wände sich aus Glas wünschten. Sehen Sie dort drüben diesen Menschen in dem schmutzigen braunen Überrock? Sehen Sie, wie er die Augen überall hat? Natürlich, auch die Polizei des Herrn Crosne wünscht zu ergründen, worin die geheime Mission des Herrn Gesandten besteht."

Beausire hörte diese Ausführungen mit wachsendem Unbehagen und war froh, als der Gesandte nach ihm läutete.

Als er davoneilend die Tür aufstieß, sah er sich unerwartet zwei Verbündeten gegenüber, den einen mit der Feder hinterm Ohr, den anderen mit dem Besen in der Hand. Die beiden hatten das Gespräch des Sekretärs mit dem Kanzleichef so lang gefunden, daß sie davon auch etwas aufschnappen wollten.

Beausire begriff, daß man ihm mißtraute. Darum drückte er seinen Freunden herzlich die Hand, ehe er sich zu dem Gesandten begab.

Dom Manoel hatte nach Beausire verlangt, weil er gegen den Kommandeur dringend Beistand benötigte in dem Streit darüber, wo die Kasse mit den Gesandtschaftsgeldern aufbewahrt werden sollte. Der Kommandeur, der im Auftrag seiner sämtlichen Kameraden sprach, forderte, daß das Geld nicht im Büro verbleiben dürfte, das neben dem Zimmer des Gesandten lag und so der Kontrolle durch die übrigen Mitglieder der Akademie entzogen war. Auch müßte jeder Beteiligte einen Kassenschlüssel erhalten. Die Herren waren im Begriff, sich hart an die Gurgel zu gehen, als die Juweliere der Krone gemeldet wurden und die wild aufgeworfenen Wogen eilig geglättet werden mußten.

„Boehmer wird das Geld gleich mitnehmen", sagte der Portugiese, „das setzt allem Gezänk ein Ende."

Der Kommandeur, noch wutrot, nahm seine höflichste Miene an, um die Besucher geziemend einzuführen.

Während Boehmer und Bossange mit betretenen Gesichtern umständlich hereintraten, wechselten Beausire und Manoel besorgte Blicke. Was jetzt auch kommt, nur Ruhe bewahren, bedeuteten sie einander.

Boehmer, ein Mann der Initiative, ergriff das Wort. Er legte dar, daß politische Gründe die Fortführung der Unterhandlungen unmöglich machten.

Manoel schrie auf.

Beausire hüstelte.

Boehmer wurde immer verlegener.

Der Gesandte, immer von Beausire gedolmetscht, wandte ein, daß der Handel doch einmal geschlossen sei, daß das Geld für die Anzahlung bereitliege.

Boehmer blieb fest.

Dom Manoel entgegnete, daß seine Regierung Kenntnis habe vom Abschluß der Verhandlungen und daß ein Vertragsbruch einen politischen Affront, eine Beleidigung der Königin von Portugal bedeute.

Herr Boehmer versicherte, daß er dies alles wohl bedacht habe, dennoch sei es ihm vollkommen unmöglich, von seinem Vorsatz abzuweichen.

Beausire erklärte, nur unredliche Händler würden ihr Wort brechen, man habe von den Juwelieren der französischen Krone erwartet, daß sie ihrem Wort treu blieben.

„Sie haben wohl jemand gefunden, der mehr bot?" fragte er.

Boehmer und Bossange erröteten wie ertappte Schuljungen.

„Meine Herrn", sagte Dom Manoel, „man hat Ihnen zweifellos höheren Gewinn geboten; das beweist schließlich nur, wie kostbar Ihr Schmuck ist. Wir sind nicht abgeneigt, ehrenwerten Kaufleuten den gleichen Vorteil zu bieten. Ich erhöhe um fünfzigtausend Francs."

Boehmer lehnte ab.

„Hunderttausend, hundertfünfzigtausend", steigerte Beausire.

Er war entschlossen, bis zu einer Million zu bieten, um seinen Anteil an dem Coup nicht zu verlieren.

Die Juweliere, die im ersten Augenblick geblendet waren, erklärten jedoch, daß es unnütz sei, sie in Versuchung zu führen; ein Wille, mächtiger als der ihrige, zwinge sie, das Halsband nicht außer Landes zu verkaufen.

Manoel und Beausire waren so in Fieber geraten, daß sie nicht bemerkten, wie im Vorzimmer der Kommandeur sich anstrengte, hinter der Tür die Verhandlung zu belauschen. Dabei war er so ungeschickt, gegen die Tür zu stoßen.

Beausire stürzte hin.

„Herr Sekretär", stammelte der Kommandeur, „ich bringe die Depeschen von heute morgen."

Bei dem Wort Depeschen erhoben sich Boehmer und Bossange erleichtert. Beausire und Manoel fiel nichts Besseres mehr ein, als sie scheinbar gleichmütig zu verabschieden. Der Kommandeur erhielt Auftrag, die Herren zum Tor zu geleiten.

„Geplatzt!" rief der Portugiese.

„Klar", konstatierte Beausire.

„Bleiben die hunderttausend, geteilt durch zwölf, macht achttausend pro Nase."

„Lumpige achttausend für soviel Aufwand!" sagte Beausire.

„Oder fünfzigtausend für uns beide."

„Aber der Kommandeur ist gleich zurück. Wenn er nichts kriegt, haben wir das ganze Haus am Hals."

„Mir wird schon was einfallen", meinte der Portugiese mit eigenartigem Tonfall.

„Und ich habe einen Einfall", sagte Beausire, „rufen wir den Kommandeur, und tun wir, als wollten wir mit ihm teilen."

„Ich verstehe", sagte Manoel, „gut, hol ihn."

„Ich finde, du solltest gehen."

Aber weder der eine noch der andere wollte sich von der Kasse entfernen. Vertrauen ist rar in dieser Welt.

Beausire öffnete das Fenster und rief den Kommandeur, den er im Hof mit dem Ersatzmann für den Schweizer sprechen sah.

„Wetten wir", sagte Beausire, als der Kommandeur eintrat, „daß du eben da unten ausposaunt hast, daß alles geplatzt ist?"

„Haltet ihr mich für blöde?"

„Dein Glück", sagte Beausire, „also teilen wir zu dritt. Nimmst du an?"

„Und ob ich annehme", erwiderte der Kommandeur und rieb sich die Hände.

„Ah, Schuft du!" rief Beausire. „Du wolltest die Kameraden betrügen. Hilf mir, Portugiese, ab mit dem Verräter in die Dunkelkammer. Wir holen die anderen."

Dom Manoel, im Bewußtsein seiner Kraft, schleppte den Kommandeur fort, drohte ihm, ihn zu erdrosseln, wenn er schreien würde, und stieß ihn in die Kammer, die er doppelt verschloß. Als er sich umsah, war Beausire fort.

Der Portugiese stürzte zum Kassenraum, um mit dem Geld allein durchzubrennen, ehe Beausire mit den übrigen zurück wäre. Der Kassenraum war verriegelt.

Beausire mißtraut mir, weil ich den Schlüssel habe, dachte er, er soll sich wundern.

Er sprengte den Riegel mit dem Degen. Aber siehe, die Kasse stand offen und leer.

Beausire mit seinem Nachschlüssel hatte vorgesorgt und war verschwunden.

Der Portugiese rannte durchs Haus wie von Sinnen, teilte unter Wutgeheul allen den Betrug mit. Aber keiner glaubte ihm. Alle waren überzeugt, daß er das Komplott mit Beausire ausgeheckt hatte und daß er von diesem mit der halben Beute irgendwo erwartet wurde. Herr Ducorneau eilte bei dem unbeschreiblichen Tumult herbei. Er erstarrte, da er sah und hörte, daß der Herr Gesandte von den übrigen Herren, die sich allerdings kaum mehr als solche betrugen, gepackt und abgeführt wurde, um im Schuppen gehenkt zu werden.

„Das, das grenzt ja an Majestätsbeleidigung!“ schrie Herr Ducorneau und stotterte vor Bestürzung.

Im selben Augenblick wurde feierlich ans Tor geklopft.

„Öffnen Sie! Im Namen des Herrn Botschafters von Portugal“, verkündete eine portugiesische Stimme.

In wilder Flucht stoben die Ganoven auseinander.

Der echte portugiesische Gesandte konnte sich nur mit Hilfe der Polizei Eintritt verschaffen.

Herr Ducorneau wurde als einziger verhaftet.

Illusion und Wirklichkeit

In gemäßigter Eile, um nicht aufzufallen, hatte Beausire die nächsten Straßen und Gassen durchquert, dann war er gerannt, immer schneller gerannt, bis er an den Getreidehallen sich unter die Leute mischen und sich versichern konnte, daß ihm niemand gefolgt war.

Außer Atem ließ er sich auf einem Kornsack nieder und tat, als betrachtete er hingegeben die Medici-Säule, doch interessierte ihn das Kunstwerk des Philibert de Lormes ebensowenig wie die Sonnenuhr, mit der Herr de Pingré sie geschmückt hat. Vielmehr sog er seine rasselnden Lungen voll frischer Luft und ergab sich, nachdem er wieder einigermaßen ruhig atmen konnte, dem erfreulichen Gedanken, daß er jetzt ein reicher Mann war. Jetzt kann ich ehrlich weiterleben, sagte er sich, mir scheint, ich setze bereits Fett an. Oliva werde ich zu einer ehrbaren Frau machen. Ein zurückgezogenes Leben in der Provinz wird ihr schon behagen. Meine Oliva, meine Nicole, dachte er, zärtlich aufseufzend, sie hat nur zwei Fehler, ihre Faulheit und ihre Hoffart, sonst ist sie gut.

Nur zwei Fehler, armer Beausire! Faulheit und Hoffart sind zwei Todsünden.

Er überzeugte sich, daß die hunderttausend Francs noch vollzählig in seiner Tasche steckten, dann zog er weiter. Wenn man ihn auch hier nicht suchen würde, so war doch gewiß, daß man ihn suchen würde. Er vermutete, daß seine Kumpane sich in Banden teilen und zunächst das Haus des Diebes umstellen würden. Und das war die entscheidende Schwierigkeit, denn dort wohnte auch Oliva. Man würde sie verhören, vielleicht sogar mißhandeln, womöglich als Geisel nehmen. Mit den Herren der Gesandtschaft war nicht zu spaßen, das wußte Beausire, und sein Gehirn arbeitete so fieberhaft, daß er den Verstand verlor. Sollte er sich selber retten und Oliva preisgeben; sollte er seine Haut und seinen Schatz wagen, um Oliva zu holen?

Schließlich war die Liebe stärker als die Vorsicht. Seine Kumpane konnten ihn noch nicht eingeholt haben. Er warf sich in einen Fiaker und fuhr zum Pont-Neuf. Da er einen dicken Taler zeigte, flogen die Pferde.

Hinter der Statue Heinrichs IV., auf der Plattform, wo man damals zu halten pflegte, sollte der Wagen warten.

Es dunkelte bereits. Beausire öffnete einen Wagenschlag und warf einen spähenden Blick in die Rue Dauphine.

Er hatte langjährige Übung darin, die Leute von der Polizei, auch wenn sie verkleidet gingen, zu erkennen. Nun, zwei solcher Herren bemerkte er sofort. Sie standen in einiger Entfernung voneinander und hatten die Rue Dauphine im Auge. Aber Spitzel in der Nähe des Pont-Neuf waren keine Seltenheit. Ein Sprichwort dieser Zeit sagte, wer einen Prälaten, ein Freudenmädchen oder ein weißes Pferd sehen wolle, brauche nur über den Pont-Neuf zu gehen, und weiße Pferde, Soutanen und Huren waren seit jeher ein Gegenstand der besonderen Aufmerksamkeit der Polizei. Also war Beausire jetzt noch lange nicht verzweifelt. Er machte sich bucklig, hinkte durch die Menge und bog in die Rue Dauphine. Schon war er dicht vor dem Haus und keine Spur von dem zu sehen, was er befürchtete. Die Fenster waren geschlossen. Sicher lag Oliva auf dem Sofa, las irgendeinen Schmöker und knabberte Süßigkeiten.

Plötzlich gewahrte er eine Uniform der Scharwache auf der anderen Straßenseite, mehr noch, er erkannte eine zweite hinter dem Fenster von Olivas kleinem Salon.

Kalter Schweiß brach ihm aus, und der gilt nicht als wohltätig. Aber es gab kein Zurück mehr. Er mußte an dem Haus vorübergehen.

Welch ein Schauspiel! Der ganze Hausflur wimmelte von Gardisten, unter denen ein schwarzgekleideter Kommissar vom Châtelet zu erkennen war.

Mit raschem Blick begriff Beausire, daß diese Leute verärgert und enttäuscht aussahen. Die Fähigkeit, in den Gesichtern von Polizisten zu lesen, hat man eben, oder man hat sie nicht; so mußte er nicht zweimal hinsehen, um zu erraten, daß die Herren ihr Opfer nicht gefunden hatten. Offenbar hatte Herr de Crosne, von irgend jemand benachrichtigt, seine Hand nach Beausire ausgestreckt und nur Oliva gefangen.

Hätte Beausire nicht hunderttausend Francs in der Tasche getragen, er hätte sich gestellt, um Oliva den Ärger zu ersparen. Aber die Vorstellung, daß die Polizisten ihre schmutzigen Klauen nach seinem schönen, mit soviel List erworbenen Geld ausstrecken und ihr Leben lang sich über ihn kugelig lachen würden, erstickte in ihm sogar den Liebeskummer.

In der Tat, Oliva selbst hätte ihn einen Idioten gescholten, wäre er jetzt nicht so geschmeidig wie möglich entwischt. Seit einer guten Stunde war er nur mehr seinem Instinkt gefolgt, und da er Oliva wohl hundertmal schon im Garten des Luxembourg gesucht hatte, ließ er sich von seinen Beinen jetzt dorthin tragen.

Kaum war er in der Rue Saint-Germain-des-Prés, stieß eine glanzvolle Karosse, von zwei weißen Pferden gezogen, ihn beinahe zu Boden. Dank seiner pariserischen Leichtfüßigkeit entging er der drohenden Deichsel mit knapper Not und empfing nur einen Fluch und einen Peitschenhieb. Das aber konnte den hunderttausend Francs schweren Mann nicht so ins Herz treffen wie die Tatsache, daß er in ebendieser Karosse Oliva an der Seite eines feinen Mannes sah. Gern wäre er dem Wagen nachgerannt, aber der bog in die Rue Dauphine ein, und das war die einzige Straße in Paris, die Beausire zu dieser Stunde aufs genaueste meiden mußte.

Aber war es wirklich Oliva gewesen? Phantasierte er nicht vielleicht? Wie konnte Oliva in der Karosse sitzen, da sie doch offenbar soeben von der Polizei verhaftet worden war?

Seelisch und körperlich erschöpft, aber heil, gelangte Beausire über die Stadtgrenze, wo er sich ein Quartier suchte, sein Geld unter einer Bodenfliese versteckte, den Bettpfosten auf die Fliese rückte und alsbald in tiefen Schlaf fiel.

Fräulein Oliva beginnt sich zu fragen, was man eigentlich von ihr will

Wenn Beausire seinen vortrefflichen Augen getraut und durch falsche Schlüsse aus falschem Augenschein sich nicht hätte irremachen lassen, wären ihm mancher Kummer und manche Enttäuschung erspart geblieben.

Es war tatsächlich Fräulein Oliva, die in der Kutsche gesessen hatte. Sie war nach ihrer Gewohnheit im Garten des Luxembourg spazierengegangen. Als sie eben ihren Stuhl bezahlte, dem Cafetier zulächelte, dessen treue Kundin sie war, und sich anschickte, nach Hause zu gehen, trat aus einer Allee ihr seltsamer Freund, Herr Cagliostro, an sie heran und nahm ihren Arm.

„Wohin gehen Sie?“ fragte er die erschrocken Aufblickende.

„Nach Hause, in die Rue Dauphine.“

„Das wäre den Leuten nur zu erwünscht, die dort auf Sie warten“, sagte er.

„Leute, die auf mich warten?“ staunte Oliva.

„Und die Sie verhaften wollen“, ergänzte Cagliostro.

„Mich verhaften? Weshalb denn?“ schauderte Oliva, denn manche Gewissen sind nie ganz rein. „Warum will man mich verhaften? Ich habe doch nichts getan.“

„Auch früher nicht?“

Bleich und zitternd blieb Oliva stehen.

„Sie spielen mit mir wie die Katze mit der Maus, mein Herr. Wenn Sie etwas wissen, dann sagen Sie es mir. Nicht wahr, die Polizei hat es auf Beausire abgesehen?“

„Wie dem auch sei, verlieren wir keine Zeit“, drängte der Graf, „die Polizei kennt Ihre Gewohnheiten und ist imstande, Sie hier zu suchen, wenn man Sie zu Hause nicht antrifft. Rasch, kommen Sie mit in die Rue des Enfers, dort wartet mein Wagen. Sie zweifeln an mir?“

„Ja.“

„Gut, dann wollen wir etwas Unvorsichtiges tun, um Sie zu überzeugen. Wir fahren an Ihrem Haus vorbei. Dann werden Sie mir wohl glauben.“

Als Beausire die beiden erblickte, hätte auch Oliva ihn sehen können, wenn nicht Cagliostro ihre Aufmerksamkeit auf den Menschenstau zu Eingang der Rue Dauphine gelenkt hätte. Er wollte eine Begegnung des Paares unbedingt verhindern, denn er wußte, hätte auch Oliva ihren Freund gesehen, hätte sie alles getan, um ihm, diesem Fremden, zu entkommen, der ihr zunehmende Furcht einflößte. Was sollte sie auch davon denken, daß dieser Unbekannte neuerdings vor ihr auftauchte und ungebeten ihren Beschützer spielte? Welches Interesse hatte dieser Mann an ihr? Was wollte er?

Als Oliva die vielen Polizisten erblickte, die sich um ihr Haus scharten, schrie sie verzweifelt auf, vergaß alle Fragen, die sie eben noch bewegt hatten, und bat den Grafen nur inständig, sie zu retten. Der zog augenblicks die Vorhänge der Kutschenfenster herab, drückte ihr beruhigend die Hände und versprach es.

„Aber wenn die Polizei mich sucht, wird sie mich überall suchen", klagte Oliva.

„Nicht überall", sagte Cagliostro, „dort, wo ich Sie hinbringe, wird niemand Sie entdecken. In meinem Hause sind Sie sicher."

„In Ihrem Haus? Wir fahren zu Ihnen?" rief sie erschrocken.

„Sie sind närrisch", sagte er, „was fürchten Sie denn? Man könnte meinen, Sie hätten unsere Vereinbarung vergessen. Darum noch einmal, meine Schöne: ich bin nicht Ihr Liebhaber und will es nicht sein."

„Wollen Sie mich einsperren?"

„Wenn Sie das Gefängnis vorziehen, sind Sie frei", lachte er.

„Nein, nein", wehrte sie ab, „ich ergebe mich Ihnen. Ich muß hoffen, daß Sie es gut mit mir meinen."

Cagliostro brachte Oliva in die Rue Saint-Gilles, in das Haus, wo er Philippe de Taverney empfangen hatte. Nachdem sie in einer kleinen Wohnung des Oberstocks, weitab von den Bedienten, untergebracht war, sagte er:

„Versuchen Sie, sich fürs erste hier glücklich zu fühlen."

„Glücklich?" seufzte sie bekümmert. „Glücklich ohne Freiheit, ohne Spaziergänge. Nicht einmal einen Garten habe ich. Hier gehe ich ein." Und sie warf einen verzweifelten Blick um sich.

„Sie haben recht", sagte er, „auf die Dauer können Sie hier nicht leben, und zuletzt würden meine Leute Sie doch entdecken. Ich werde dafür sorgen, daß Sie ein annehmlicheres Domizil bekommen."

Dieses Versprechen tröstete Oliva. Sie fand ihre neue Wohnung behaglicher, zumal sie allerhand unterhaltsame Bücher erblickte und Cagliostro ihr versicherte, daß es ihr an nichts fehlen sollte. Auch könnte sie ihn jederzeit durch ein Klingelzeichen rufen, wenn sie seiner bedurfte.

„Vor allem", bat Oliva, „bringen Sie mir Nachrichten von Beausire."

„Gewiß", antwortete der Graf, küßte ihr die Hand und schloß sie ein.

Tief in Gedanken stieg er die Treppe hinunter.

„Es ist eine Entweihung", murmelte er, „diese Frau in der Rue Saint-Claude zu logieren. Aber niemand darf sie sehen, niemand außer einer einzigen Person, und daß diese einzige Person das Fräulein sehen wird, dafür werden wir sorgen. Das Opfer ist notwendig. Löschen wir den letzten Funken der Fackel, die einst so hell gelodert hat."

Der Graf legte einen weiten Mantel um, suchte in seinem Sekretär einige Schlüssel, die er gerührt betrachtete, und begab sich zu Fuß nach der Rue Saint-Claude im Marais.

Das verlassene Haus

Es war dunkel und still im Marais. Irgendwo heulte ein Hund. Ein Fenster schloß sich mit klapperndem Geräusch. Lauer Wind trug die melancholischen Schläge von Saint-Paul in die Rue Saint-Claude. Es war Viertel vor neun, als der Graf das Tor des verödeten Hauses erreichte, dessen der Leser sich gewiß erinnern wird.

Cagliostro zog einen großen Schlüssel unter seinem Umhang hervor und drückte ihn in das Schloß, das von jahrelangen Ablagerungen verstopft war. Knirschend drehte er sich und zermahlte sie zu Staub. Aber das Tor gab nicht nach. Das Holz war in den Fugen gequollen, Rost hatte sich in den Angeln eingefressen. Der Graf drückte mit der Faust, dann mit dem Ellenbogen, mit der ganzen Schulter. Endlich gab die Tür unter schwerem mißlaunigem Ächzen nach, und vor ihm in dämmrigem Dunkel breitete sich der einsame Hof, übermoost wie ein Friedhof.

Er schloß die Tür hinter sich, und seine Schritte gruben sich in das dürre Gras, das zwischen den Steinen hochgesprossen war. Niemand hatte ihn eintreten sehen, niemand sah ihn in der Umfriedung dieser mächtigen Mauern. Er konnte innehalten und allmählich zurücktauchen in sein vergangenes Leben, so wie er in sein einstiges Haus vordrang.

Die Freitreppe, ehemals zwölf Stufen zählend, hatte nur noch drei. Vom Regenwasser unterspült, vom wuchernden Mauerkraut und Mohn gelockert, hatten die übrigen ihren Halt verloren, waren geborsten und zerbröckelt. Gras hatte die Trümmer überwachsen und seine Halme über ihnen wie Standarten aufgepflanzt.

Cagliostro kletterte über die schwanken Treppenreste und schloß die Tür auf zu dem weitläufigen Vorsaal.

Dort erst brannte er seine Laterne an; doch so behutsam er die Flamme entzündete, der kalte, unheimliche Hauch des Hauses erstickte sie sofort.

Der Atem des Todes wehrte das Leben ab; die Finsternis tötete das Licht.

Cagliostro zündete die Laterne noch einmal an und schritt weiter.

Im Speisesaal hielten die schmierigen Fliesen kaum den Fuß, die Anrichten waren mit Schimmel überzogen und verfallen, die Türen standen gähnend offen und ließen den Gedanken freie Bahn in düsteren Tiefen der Räume.

Plötzlich erzitterte der Graf, und seine Haare sträubten sich, denn am Ende des Salons, dort, wo ehemals die Treppe begann, war ein Geräusch vernehmlich. Früher hatte ein solches Geräusch das Kommen einer teuren Person angekündigt und dem Herrn dieses Hauses Leben, Hoffnung und Glück gebracht. Jetzt rief es ihm nur noch die Vergangenheit herauf. Mit gefalteter Stirn, angehaltenem Atem wandte er sich der Statue des Harpokrates zu, hinter der jene Feder zu finden war, mit der einst die verborgene, unauffindbare Verbindungstür zu öffnen war, die zu dem Geheimtrakt des Hauses führte. Die Feder funktionierte tadellos, obschon die Täfelung ringsum besorgniserregend bebte. Aber kaum hatte der Graf den Fuß auf die Geheimtreppe gesetzt, als das sonderbare Geräusch abermals ertönte. Cagliostro hob die Laterne in die Höhe, um nach dessen Ursache auszuschauen, da erblickte er eine dicke Natter, die langsam die Stufen niederkroch und mit ihrem Schweif die hallenden Stufen peitschte.

Das Reptil heftete sein schwarzes Auge ruhig auf den Eindringling, dann schlüpfte es in ein Loch der Täfelung und verschwand.

War dieses Tier der Genius der Einsamkeit?

Der Graf setzte seinen Weg fort. Bei jedem Schritt begleiteten ihn Erinnerungen, und als das Licht eine bewegte Silhouette an die Wände warf, erschauerte der Graf und meinte, in dem eigenen Schatten einen auferstandenen fremden zu sehen, der gleich ihm diesen Ort seines versunkenen Lebens besuchte.

Träumerisch durchschritt er nun jenen Kamin, der einst von dem Waffenzimmer Joseph Balsamos zu der duftenden Klause Lorenza Felicianis geführt hatte. Die Wände waren kahl, die Gemächer standen leer. In der Feuerstätte gemahnte ein riesiger Berg feiner weißer Asche, in der kleine Gold- und Silberklümpchen blinkten, an Lorenzas zierliches Mobiliar, das Balsamo nach ihrem Tod bis auf das letzte Stück verbrannt hatte. Das waren die Schildpattschränkchen, das Klavicembalo, das Rosenholzkörbchen, das schöne Bett mit dem bunt bemalten Zierat von Sèvresporzellan, die vergoldeten Gesimse, die Gobelins, die feinen Schreine aus Aloe- und Sandelholz, deren Duft damals, als sie verbrannt wurden, noch zwei Tage lang über der ganzen Umgebung lag.

Cagliostro war es, als bewahrte der kalte, verlassene Raum noch jetzt etwas von diesen Düften. Er bückte sich, hob ein winziges Häufchen Asche auf und roch daran, als wollte er den kostbaren Staub einsaugen.

„Könnte ich doch einen Rest dieser Seele in mich aufnehmen, die diesen Staub belebte“, murmelte er versunken.

Dann sah er durch die Eisengitter den traurigen Hof und die langen und tiefen Risse, mit denen der Brand die Außenmauern überzogen hatte. Das Gemach Althotas' war verschwunden – ein düsterer und erhabener Anblick zugleich. Nur Mauerstümpfe waren geblieben, an denen das Feuer mit seinen verzehrenden, schwärzenden Zungen geleckt hatte.

Auch wer die schmerzliche Geschichte Balsamos und Lorenzas nicht kannte, hätte sich nicht enthalten können, angesichts dieser Ruinen Trauer zu empfinden. Alles sprach hier von vernichteter Größe, erloschenem Glanz, verlorenem Glück.

Cagliostro indes, nachdem er alles überschaut hatte, meinte, seiner Schwäche genug gefrönt zu haben und mit seinen Erinnerungen abschließen zu können, als sein Blick auf einen kleinen, noch blanken Gegenstand fiel. Er bückte sich und hob mit zitternder Hand aus dem dicken Staub eine Silberspange, die eben erst aus den Haaren einer Frau sich gelöst zu haben schien.

Der Philosoph, der Gelehrte, der Prophet und Menschenverächter, er, der den Himmel herausgefordert, der so viel eigenen Schmerz in sich unterdrückt und den Herzen der anderen so viele Blutstropfen abgefordert hatte, Cagliostro der Atheist, der Scharlatan, der lachende Zweifler, hob diese Spange auf, führte sie an seine Lippen und murmelte unter Tränen: „Lorenza!“

Dann aber, nachdem er die heilige Reliquie glühend geküßt, streckte er den Arm durch das Fenstergitter und schleuderte das zarte Metallstück in den Hof des benachbarten Klosters, ins Gesträuch oder in den Staub, gleichviel.

„Leb wohl, Erinnerung“, sprach er, „von nun an will ich einzig der Zukunft leben und mein Werk auf dieser Erde besorgen. Ja, dieses Grabmal der Verlorenen soll verschwinden und neuen Zwecken weichen. Wieder wird eine Frau hier wohnen, in diesem Hof sich ergehen, vielleicht singen unter diesem Gewölbe, wo Lorenzas letzter Seufzer verhallt ist.“

Von einem Fenster der zweiten Etage stellte er befriedigt fest, daß Jeanne de La Motte von ihrer hohen Wohnung her volle Einsicht in den Bereich der neuen Bewohnerin dieses Hauses haben würde.

Eine gute Stunde nach seiner Heimkehr hatte er alle Anweisungen für den Architekten, der den Umbau durchführen sollte, bis in jede Einzelheit notiert. – Binnen acht Tagen sollten die Arbeiten abgeschlossen sein.

Jeanne als Beschützerin

Zwei Tage nach seinem Besuch bei Boehmer erhielt Herr de Rohan das folgende Billett:

„Seine Eminenz, der Herr Kardinal Rohan, weiß zweifellos, wo er heute abend speist."

Dieses Billett kam, wie es der Kardinal leicht erriet, von Jeanne.

Madame de La Motte hatte unter den fünf Lakaien, die ihr in ihrem kleinen Reich zur Verfügung standen, ihr Augenmerk auf einen Burschen gelenkt, dessen lebhafte schwarze Augen und ins Gelbe spielende Gesichtsfarbe, wie sie Gallenkranken eignet, der scharfen Beobachterin einen tatkräftigen, klugen und erfinderischen Charakter verhießen.

Sie hatte diesen Mann kommen lassen und binnen einer Viertelstunde von seiner Gelehrigkeit und seinem Scharfsinn erreicht, was sie wünschte. Er folgte dem Kardinal überallhin, wohin Seine Eminenz die Schritte lenkte, und so entging ihm auch nicht, daß Herr de Rohan in zwei Tagen zweimal bei den Juwelieren Boehmer & Bossange gewesen war. Jeanne wußte nun genug. Ein Rohan feilschte nicht. Ein Geschäftsmann wie Boehmer ließ sich einen solchen Kunden nicht entgleiten. Das Halsband war also gekauft, von dem Kardinal gekauft, und er hatte seiner Geliebten, seiner Vertrauten, kein Wort davon gesagt. Das war ein bedenkliches Zeichen.

Jeanne runzelte die hübsche Stirn, kniff die zarten Lippen ein und verfaßte jene Einladung, die der Kardinal lächelnd betrachtete und anzunehmen beschloß.

Er schickte einen Korb mit Tokayer und einigen Delikatessen voraus, als ob er bei der Guimard oder der Dangeville speisen sollte. Die Nuance entging Jeanne nicht, und sie ließ von den Dingen absichtlich nichts auftragen.

Nach dem Souper, als man ungestört war, eröffnete sie das Gespräch mit einer gewissen Vertraulichkeit.

„Wahrhaftig, Monseigneur", sagte sie, „ein Umstand bedrückt mich. Es ist mir unlieb, sehen zu müssen, daß Sie mich nicht mehr lieben oder nie geliebt haben."

„Gräfin, was sagen Sie da!"

„Keine Ausflüchte, keine Entschuldigungen, Monseigneur! Das wäre verlorene Zeit."

„Für mich", antwortete galant der Kardinal.

„Nein, für mich", sagte Jeanne kurz. „Übrigens, seien Sie deswegen unbesorgt, Monseigneur, es läßt mich vollkommen kalt."

„Es läßt Sie kalt, ob ich Sie liebe oder nicht liebe?"

„Gewiß."

„Und warum das?"

„Weil auch ich Sie nicht liebe."

„Wissen Sie, Gräfin, daß diese Mitteilung nicht sehr verbindlich ist?"

„Allerdings, wir sagen uns keine Schmeicheleien. Das ist eine Tatsache, wir wollen uns darauf beschränken, sie zur Kenntnis zu nehmen."

„Was für eine Tatsache?"

„Daß ich Sie nie geliebt habe, Monseigneur, so wie auch Sie mich nie geliebt haben."

„Oh, von mir dürfen Sie das nicht behaupten", rief der Fürst in einem Ton, in dem Aufrichtigkeit mitschwang. „Ich empfand zumindest eine große Zuneigung zu Ihnen, Gräfin. Beurteilen Sie mich nicht nach Ihren Gefühlen."

„Hören Sie, Monseigneur, wir wollen einander so hochschätzen, daß wir uns immer die Wahrheit sagen."

„Und was besagt diese Wahrheit?"

„Daß es zwischen uns ein stärkeres Band als die Liebe gibt."

„Welches?"

„Das Interesse."

„Pfui, Gräfin!"

„Nun könnte ich Ihnen antworten wie der normannische Bauer, der, als er seinen Sohn zum Galgen führte, sagte: ‚Wenn dir davor graut, halte dich doch so, daß den anderen nicht vor dir graut.' Pfui über das Interesse, Monseigneur! Wie hübsch Sie das sagen."

„Gut, Gräfin, nehmen wir an, wir hätten beide unser Interesse. Wie kann ich dem Ihrigen dienen, und was können Sie für das meinige tun?"

„Zuallererst habe ich nicht übel Lust, mit Ihnen zu zanken."

„Tun Sie es, Gräfin, Sie tun es gewiß mit Charme."

„Es fehlt Ihnen an Vertrauen und somit an Achtung vor mir."

„Wessen klagen Sie mich an?"

„Wollen Sie leugnen, daß Sie mit aller Geschicklichkeit Einzelheiten über den Geschmack einer gewissen hohen Dame an einem bestimmten Gegenstand von mir erfragt haben, die Ihnen mitzuteilen mir ein besonderes Vergnügen war? Sie haben es unternommen, diesem Geschmack zu dienen, ohne mir etwas davon zu sagen."

„Sie sind eine Sphinx, Gräfin. Ich hatte den Kopf und den Busen einer Frau gesehen, aber die Löwenkrallen waren mir entgangen. Es scheint, daß Sie sie mir jetzt zeigen wollen."

„O nein, gar nichts werde ich Ihnen zeigen, Monseigneur, da Sie keine Lust mehr haben, etwas zu sehen."

„Gräfin!" murmelte der Kardinal.

Jeanne richtete ihren klarsten Blick auf ihn.

„Warum sehen Sie mich so verblüfft an, Monseigneur? Haben Sie gestern auf dem Quai de l'Ecole etwa nicht einen bedeutenden Handel abgeschlossen?“

Ein Rohan lügt nicht, auch nicht vor einer Frau. Der Kardinal schwieg. Und da er errötete – das verzeiht ein Mann einer Frau nie –, beeilte sich Jeanne, seine Hand zu ergreifen.

„Verzeihen Sie mir, mein Prinz“, sagte sie, „lassen Sie mich sagen, worin Sie sich täuschten. Sie haben mich für dumm und schlecht gehalten, nicht wahr?“

„Oh, Gräfin!“

„Sie ...“

„Kein Wort weiter; lassen Sie jetzt mich sprechen. Vielleicht kann ich Sie überzeugen, denn seit heute sehe ich klar, mit wem ich es zu tun habe. Ich glaubte in Ihnen eine schöne Frau, eine geistvolle Frau, eine reizende Geliebte zu finden, aber Sie sind Besseres. Hören Sie.“

Jeanne näherte sich dem Kardinal und ließ ihre Hand in seinen Händen.

„Sie haben eingewilligt, meine Geliebte zu sein, meine Freundin, ohne mich zu lieben. Sie haben es mir selbst gesagt“, fuhr Herr de Rohan fort.

„Und ich wiederhole es Ihnen“, sagte die Gräfin.

„Also haben Sie ein Ziel?“

„Zweifellos.“

„Welches?“

„Muß ich es Ihnen erklären?“

„Nein, ich errate es. Sie wollten mein Glück, und wäre das meinige gesichert, würde ich mich um Ihres kümmern.“

„Richtig. Nur, glauben Sie mir ohne Umschweife, der Weg war mir angenehm, ich bin ihn ohne Widerstreben und ohne Antipathien gegangen.“

„Sie sind eine liebenswürdige Frau, Gräfin, es ist ein Vergnügen, mit Ihnen über Geschäfte zu plauern. Sie sollen also wissen, daß Sie recht geraten haben. Sie wissen, daß ich eine ehrfurchtsvolle Neigung hege?“

„Ich habe sie auf dem Opernball gesehen, mein Fürst.“

„Diese Neigung wird nie geteilt werden. Gott bewahre mich, es je zu glauben.“

„Ach, eine Frau ist nicht immer Königin, und Sie sind, wie ich wohl weiß, einem Kardinal Mazarin ebenbürtig.“

„Der war allerdings ein sehr schöner Mann“, bemerkte Herr de Rohan lachend.

„Und ein ausgezeichneter Erster Minister“, erwiderte Jeanne mit tiefstem Gleichmut.

„Gräfin, Sie denken und sprechen für Ihre Freunde. Ja, es ist wahr, ich wäre gern Premierminister. Alles berechtigt mich dazu:

Geburt, politische Erfahrung, das Wohlwollen einiger ausländischer Herrscher und viel Sympathie von seiten des französischen Volkes."
„Alles", sagte Jeanne, „bis auf eins."
„Bis auf eine Abneigung, wollen Sie sagen?"
„Ja. Die Abneigung der Königin ist für Sie das eigentliche Hindernis. Wen sie liebt, den wird schließlich auch der König lieben. Wen sie haßt, verabscheut er unbesehen."
„Und mich haßt sie?"
„Oh."
„Sprechen wir offen. Ich meine, daß wir halbenwegs nicht stehenbleiben dürfen."
„Nun ja, Monseigneur, sie liebt Sie nicht."
„Dann bin ich verloren. Das Halsband kommt dagegen nicht auf."
„Darin könnten Sie sich täuschen, Monseigneur. Wenn die Königin Sie auch nicht liebt, wird sie zumindest begreifen, daß Sie sie lieben. Verzeihen Sie", fuhr Jeanne, die Abwehr des Kardinals beschwichtigend, fort. „Wir waren uns einig, daß wir die Dinge beim Namen nennen wollen."
„Nun gut, Gräfin. Sie glauben also, Sie sehen mich eines Tages doch noch als Erster Minister?"
„Davon bin ich überzeugt."
„Es wäre undankbar, wenn ich Sie nicht nach Ihren Wünschen fragte."
„Die werde ich Ihnen an dem Tag sagen, Kardinal, an dem Sie imstande sein werden, sie zu befriedigen."
„Das nenne ich Offenheit. Ich werde Sie an diesem Tag erwarten."
Er nahm ihre Hand und drückte sie, wie Jeanne einige Tage zuvor so sehr gewünscht hatte, daß er sie drückte. Aber das war vorbei. Sie zog ihre Hand zurück.
„Trennen wir uns jetzt", sagte sie.
„Das nennen Sie unser Bündnis? Sie geben mir den Abschied?"
„Um wirklich einander zu dienen, wollen wir jeder wir selbst bleiben, Monseigneur."
„Sie haben recht, Gräfin. Verzeihen Sie, daß ich mich noch einmal in Ihnen getäuscht habe. Es soll das letzte Mal gewesen sein."
Er küßte ihr so ehrerbietig die Hand, daß er das spöttische, das teuflische Lächeln der Gräfin nicht sah, als er die Worte sprach: Es soll das letzte Mal gewesen sein.
Jeanne erhob sich und geleitete den Kardinal ins Vorzimmer. Dort hielt er inne.
„Was nun weiter, Gräfin?"
„Ganz einfach."

„Was soll ich tun?“
„Nichts als warten. Ich gehe nach Versailles.“
„Wann?“
„Morgen.“
„Wann erhalte ich Nachricht?“
„Sofort.“
„Nun denn, meine Beschützerin, ich verlasse mich auf Sie.“
„Lassen Sie mich nur machen, Monseigneur.“

Jeanne als Protegierte

Wie im Fieber fuhr Jeanne am nächsten Morgen nach Versailles. Sie fühlte sich als Unterhändlerin in geheimer Mission und malte sich aus, was für sie dabei herausspringen würde. Zwei Mächtige waren auf sie angewiesen, auf sie, die noch vor wenigem die arme Bittstellerin, die Bettlerin gewesen. Sie wähnte sich stark genug, die Welt aus den Angeln zu heben. Dazu gab sie sich vierzehn Tage Frist. Inhaberin einer Rente von hunderttausend Francs würde sie sein, Gattin wenigstens eines Herzogs und Pairs, Vertraute der Königin und kraft ihres Einflusses auf Marie-Antoinette die heimliche Lenkerin der Staatsgeschicke.

Sie hatte keinen Audienzbrief, bezweifelte aber nicht, daß die Etikette sich ihren Wünschen beugen werde. Und sie behielt recht. Wer an sich glaubt, wer stark genug von sich überzeugt ist, zieht den Erfolg magisch an.

Die Königin trat eben aus der Kapelle. Ein kluger Lakai, der sich einschmeicheln wollte, meldete dem Kammerherrn in Hörweite Ihrer Majestät, daß die Gräfin de La Motte-Valois gekommen sei, aber keinen Audienzbrief habe, und schon erging seitens der Königin Order, die Besucherin ins Badehaus zu führen.

Jeanne griff nach ihrer Börse, um dem Lakaien in barer Münze zu danken, aber der bedeutete ihr lächelnd, daß er seines Lohnes gewiß sei. Und die Gräfin begriff, daß eine Protektion die andere wert war. Wer sie protegierte, wurde von ihr protegiert, ob Lakai oder Kardinal.

Bald stand sie vor der Königin. Marie-Antoinette war ernst, vielleicht sogar verstimmt, weil sie die Gräfin durch ihre rasche Bereitwilligkeit allzusehr begünstigt hatte. Die nächsten Worte werden alles entscheiden, sagte sich Jeanne, entweder glättet sich ihre Stirn, oder sie wirft mich hinaus.

Mit wenig Aufwand wußte sie der Majestät anzudeuten, daß sie nichts begehre, daß ihr Kommen vielmehr für die Königin selber von Wichtigkeit sei. Marie-Antoinette bestieg mit Hilfe ihrer Kammerfrauen das Bad, dann schickte sie die Dienerinnen fort. Jeanne hatte freie Bahn. Dennoch war es eine heikle Unternehmung, den Kardinal Rohan und seine aufrichtige Ergebenheit für die Königin abermals ins Gespräch zu bringen, ihn gegen die ironische Abwehr der Majestät vorsichtig zu verteidigen, um keinen Zorn gegen sich selbst zu erregen, und schließlich auf das Halsband hinzulenken. Sowenig zugänglich die Königin diesmal war und so scharf sie wiederum gegen Herrn de Rohan ausholte, Jeanne führte die Unterhandlung so wendig und klug, daß sie über manche wohlbedachte Umschweife ihrem Ziel immer näher kam.

„Sie erwähnten jene Diamanten", sagte die Königin schließlich, unvorsichtig dem Impuls ihrer Begierde folgend. „Gestehen Sie nur, daß Sie an sie gedacht haben?"

Mit der Freude eines Generals auf dem Schlachtfeld, der seinen Feind einen entscheidenden Fehler machen sieht, entgegnete Jeanne strahlend:

„Tag und Nacht, Madame. Sie sind so schön, sie werden Eurer Majestät herrlich stehen."

„Wie kommen Sie darauf? Sie sind doch verkauft, dem portugiesischen Gesandten verkauft?"

Sanft schüttelte Jeanne das Haupt.

„Nein?" fragte die Königin mit merklicher Freude.

„Nein, Madame. Verkauft sind sie zwar, aber nicht an den portugiesischen Gesandten, sondern an Herrn de Rohan."

Die Königin blickte empört auf.

„Erlauben Sie, Majestät", fuhr Jeanne beschwichtigend fort, „was Herr de Rohan getan hat, ist edel; nur ein großes Herz ist einer solchen Regung fähig."

Und nun erläuterte sie der Königin, daß der Kardinal diesen Kauf getätigt habe, nachdem er von ihr, Jeanne de La Motte, erfahren hatte, wie es um dies Halsband und um die finanzielle Situation der Königin bestellt sei. Es habe ihn entrüstet, daß die Königin von Frankreich sich ein Geschmeide versagen sollte, das ihr gebührte; daß sie zum Gespött ausländischer Höfe werden könnte, weil sie nicht in der Lage war, sich dieses Schmuckstück zu leisten. Die Würde der Königin stehe auf dem Spiel, habe er gesagt, man dürfe nicht dulden, daß eine andere Herrscherin mit diesen Diamanten prunke und über Frankreichs Gebieterin triumphiere.

„So sind Sie sicher", fragte die Königin, „daß er das Halsband nicht gekauft hat, um es einer Geliebten zu schenken?"

„Ich weiß", entgegnete Jeanne, „daß er es eher vernichten als an dem Hals einer anderen Frau würde sehen wollen."

Marie-Antoinette versank in Schweigen.

„In der Tat", sagte sie endlich, „Herr de Rohan hat edel gehandelt. Es ist wahr, er hat mir eine zartsinnige Ergebenheit bewiesen. Sprechen Sie Herrn de Rohan meinen Dank aus."

„Nur zu gern, Madame."

„Sagen Sie ihm auch, daß ich von der Freundschaft alles annehme, unter dem Vorbehalt, mich zu revanchieren. Ich nehme also, ich sage nicht dieses Geschenk Herrn de Rohans, wohl aber seine Hilfeleistung an als einen Vorschuß, den er mir gewährt hat. Er hat sein Geld oder seinen Kredit verwendet, um mir zu ermöglichen, daß ich meine Laune befriedige. Ich will ihn dafür schadlos halten. Boehmer hat, wie ich vermute, Barzahlung verlangt?"

„Allerdings, Madame, zweihundertfünfzigtausend Francs."

„Das ist das Taschengeld, das der König mir für drei Monate bewilligt. Ich habe heute eine solche Summe erhalten."

Die Königin schellte. Die Kammerfrauen kamen und hüllten sie in feinen, vorgewärmten Batist.

In Begleitung Jeannes in ihre Gemächer zurückgekehrt, sagte sie zu der Gräfin: „Bitte öffnen Sie dort diese Lade. Da finden Sie ein Portefeuille, das genau die Summe enthält. Zählen Sie nach."

Jeanne gehorchte.

„Bringen Sie das Geld dem Kardinal. Danken Sie ihm und sagen Sie ihm, daß ich es so einrichten werde, daß er sein Geld erhält. Auch die Frage der Zinsen wird gelöst werden. Ich werde das Halsband also bekommen, ohne daß Paris etwas davon erfährt, und wenn es mir auch schwerfallen wird, es zu bezahlen, soll doch der König nicht darunter leiden. Ich gewinne dabei sogar, denn ich habe erfahren, daß ich einen zartsinnigen Freund habe, der mir dient ... und eine zartsinnige Freundin, die mich erraten hat."

Damit reichte sie Jeanne die Hand.

„Sagen Sie Herrn de Rohan auch, daß er in Versailles willkommen ist und daß ich ihm selbst Dank sagen werde."

Jeanne schwebte davon, nicht berauscht, sondern irrsinnig vor Freude und befriedigtem Stolz. Sie preßte die Kassenscheine an sich wie ein Geier seinen Raub.

Geradenwegs fuhr sie von Versailles zum Kardinal, dem sie getreulich das Geld und die Worte der Königin überbrachte.

Der Kardinal bekundete ihr seinen Dank nicht allein in Worten, er hatte an einer Aktienspekulation verdient und überreichte ihr von seinem Gewinn einen Anteil.

„Gut", sagte Jeanne, „wer gibt, darf auch empfangen, Monseigneur. Am meisten freut mich, daß Sie an mich gedacht haben."

Bei Doktor Louis

Gewiß erinnert sich der Leser, in welch beklagenswertem Zustand wir Herrn de Charny verließen. Während man im Vorzimmer der Königin sich um ihn bemühte, trat unvermutet der König hinzu, der seiner Gemahlin einen Besuch machen wollte, und als er den jungen Helden erkannte, befahl er, den Ohnmächtigen sofort seinem Leibarzt, Doktor Louis, zu übergeben.

Doktor Louis ließ den Kranken, der stark zu fiebern begann, in seiner Wohnung in ein Bett legen. Als er den jungen Mann untersuchte, entdeckte er die frische Wunde, die er in entzündetem Zustand fand. Dennoch beunruhigte den Doktor diese Entzündung weniger als die nervliche Verfassung seines Patienten. Charny redete im Fieber so heftig und so wirr, daß der Arzt zu Recht vermutete, nicht die Wunde könne die Ursache dafür sein, sondern ein schwerer seelischer Konflikt müsse diesem Delirium zugrunde liegen.

Anfangs wollte der Doktor nicht auf die wilden Phantasien seines Kranken hören, doch kehrte der Name der Königin so häufig darin wieder, daß er ihnen Beachtung schenken mußte. Schließlich war es dem königlichen Leibarzt strenge Pflicht, die Ehre und den Ruf Ihrer Majestät zu schützen. Welche Peinlichkeiten könnten sich ergeben, wenn Bediente diesen Reden lauschen würden. Und was geschähe, wenn von seiten des Königs jemand geschickt würde oder wenn der König selbst käme, um seinem Schutzbefohlenen einen Krankenbesuch zu machen? Der Doktor geriet in arge Bedrängnis. Er wußte sich schließlich keinen anderen Rat, als den Rat der Königin einzuholen. Da aber sah er sich bereits Madame de Miséry gegenüber, die ins Krankenzimmer eintreten und im Auftrag Ihrer Majestät über das Befinden des jungen Offiziers sich unterrichten wollte.

„Ich gehe selbst zur Königin", fertigte der Doktor die eifrige Dame kurz ab.

Madame de Miséry hatte Not, mit dem Doktor Schritt zu halten.

Die Königin wartete auf Madame de Miséry, auf den Doktor war sie nicht gefaßt.

Ohne allzu große Umständlichkeit machte der wackere Herr Ihrer Majestät klar, daß der junge Mann nicht an einem üblichen Fieber kranke und daß es ihm wünschenswert erscheine, wenn die Majestät seinen Phantasien selbst lausche, um sich von ihrer Bedenklichkeit zu überzeugen.

Marie-Antoinette ließ sich von dem Doktor durch etliche Gänge führen, die sie nicht gekannt, und blieb im Vorzimmer der Krankenstube, während der Arzt eintrat und die Tür angelehnt ließ.

Charny brachte in seinem Fieberwahn die verschiedenen Begegnungen, die er mit der Königin gehabt, bunt durcheinander.

„Eine Deutsche“, wiederholte er immer wieder, nachdem er von jener ersten Begegnung in Paris gesprochen, als er die Königin und Andrée aus der aufgeputschten Menge geführt hatte.

„Eine Deutsche, ja, das wissen wir jetzt“, sagte Doktor Louis.

„Die Königin von Frankreich!“ rief der Kranke. „Ach, das Entsetzen, einen Engel zu lieben, wie wahnsinnig zu lieben, und eine Königin zu finden in Seide und Gold, aber kein Herz, kein Herz ...“

Immer toller steigerte sich diese Redewut, in immer irrwitzigeren Vorstellungen äußerte sich diese hoffnungslose Liebe, dann aber trat ein überraschender Umschwung ein, der Kranke verstummte und sank in Schlaf.

Der Doktor trat zur Königin hinaus. Erregt und bleich stand sie vor ihm.

„Sie haben recht“, sagte sie, „der junge Mann liefe große Gefahr, wenn man ihn hörte. Sorgen Sie dafür, daß ihm niemand zu nahe kommt, und beschleunigen Sie seine Heilung. Geben Sie mir laufend Bericht über sein Ergehen.“

Nachdenklich blickte der Arzt der Königin nach und murmelte kopfschüttelnd: „Es gibt in diesem Schloß Geheimnisse, die nicht in mein Fach schlagen. Nun, wie dem sei, ihre Nähe scheint den Patienten besänftigt zu haben. Hoffen wir, daß diese heilsame sympathetische Wirkung anhält und uns vor ernsteren Schwierigkeiten bewahrt.“

Plötzlich fuhr er zusammen. Etwas wie das Rauschen eines Seidenkleides war draußen zu hören.

„Wer ist denn das wieder?“ brummte Doktor Louis und ging hinaus.

Im Vorzimmer war niemand. Er steckte den Kopf hinaus zum Gang. Dort war es dunkel, aber das Mondlicht ließ eine Frauengestalt erkennen, die sich kläglich in eine Ecke drückte. Hatte man von diesem Gang aus die Reden des Fiebernden hören können? Der Doktor war sich nicht sicher.

Behutsam näherte er sich der Frau und erkannte Fräulein de Taverney, die kaum bei Sinnen schien. Ihre schmerzlich geweiteten Augen starrten ins Leere. Ihre sonst so untadelige, stolze Haltung war dahin, ihre sonst so klare Stimme klang brüchig. Ihrem Stammeln entnahm der Arzt, daß auch sie um den jungen Offizier mehr als gewöhnlich besorgt war. Und wer die Frau gewesen, die vorhin hier war, suchte sie mit brennender Begier zu erforschen. Der Doktor konnte sie mit der Auskunft, daß es Madame de Miséry gewesen sei, schnell beruhigen. Andrée entschuldigte sich für ihr seltsames Gebaren und behauptete, von ihrem Bruder geschickt worden zu sein, da Charny die Wunde von ihm im Duell empfangen habe.

Soll sich der Teufel in den Weibern auskennen, dachte der Doktor, ich bin kein Psychologe. Und laut setzte er hinzu: „Da der König den jungen Mann in seinen Schutz genommen hat, empfehle ich Ihrem Bruder, einige Zeit zu verschwinden für den Fall, daß der Verwundete in Lebensgefahr gerät. Sie wissen, Duelle sind per Edikt verboten, und in diesem Fall wäre der König gewiß sehr streng. Und nun gehen Sie, Mademoiselle, nehmen Sie ein paar Tropfen Laudanum, ich muß mich um den Patienten kümmern. Adieu."

Sacht, aber entschieden schloß er hinter sich die Tür.

Als Andrée am nächsten Morgen um Nachricht kam, erfuhr sie voll Freude, daß die Entzündung zurückgegangen und der Kranke auf dem Weg der Genesung sei.

Für einen Arzt ist nur der Kranke von Interesse, der seiner Hilfe bedarf. Ein Genesender ist ihm schon fast gleichgültig. Doktor Louis war um so mehr interessiert, Olivier de Charny loszuwerden, als die Geheimnisse dieses Patienten ihn belasteten, und nach acht Tagen hielt er es für verantwortlich, ihn fortbringen zu lassen. Aber Charny wehrte sich wie ein Rasender, geriet abermals in fiebrige Wut, seine Wunde platzte wieder auf, und er schrie in Gegenwart der Diener, die ihn aufheben sollten, daß man ihn fortschaffen wolle, um ihn seiner Visionen zu berauben, aber das sei vergeblich, denn die geliebte Frau werde ihm doch rettend erscheinen. Sie sei von so hohem Rang, daß er keinen Menschen zu fürchten brauche. Und so ging das weiter.

Der Doktor schickte die Diener hastig fort. Er versuchte, dem Phantasierenden begütigend zuzureden, wagte ihm aber keine Medikamente einzugeben, weil der Kranke ihm nahe daran schien, in Irrsinn zu verfallen.

„Sie hat ihn toll gemacht", knurrte Doktor Louis, „also muß sie ihn heilen, sanft oder mit Gewalt."

Wieder sprach er bei der Königin wegen seines Patienten vor, und Marie-Antoinette war nach einigem Sträuben, hinter dem sie ihre Bestürzung verbarg, bereit, die heikle Pflicht zu erfüllen.

Vor den Räumen des Doktors traf sie auf Andrée de Taverney. Sie hätte ihr zürnen müssen, da sie an diesem Morgen noch nicht zum Dienst erschienen war, doch entschuldigte sie Andrée, da sie wohl wußte, daß sie bei dem Schritt, den sie hier wagte, der Nachsicht ihrer Vertrauten bedurfte.

Diesmal betrat die Königin das Krankenzimmer, der Doktor und Andrée blieben im Vorraum.

Charny saß in einem Lehnstuhl. Als er die Besucherin erblickte, fuhr er zusammen.

„Die Königin", murmelte er.

„Ja, mein Herr, die Königin", sagte Marie-Antoinette, „die Königin, die weiß, wie heftig Sie sich bemühen, Verstand und Leben zu verlieren, die Königin, die Sie in Ihren Träumen und im Wachen beleidigen, die Königin, die um Ihre Ehre und Ihre Sicherheit besorgt ist! Darum kommt sie zu Ihnen, Monsieur, und Sie sollten sie nicht so empfangen."

Charny hatte sich zitternd und bestürzt erhoben, bei den letzten Worten war er auf die Knie gesunken und verharrte, als Schuldiger niedergebeugt, von körperlichem und seelischem Schmerz so vernichtet, daß er weder aufstehen konnte noch wollte.

„Ist es denn möglich", fuhr die Königin, gerührt von diesem Respekt und diesem Schweigen, fort, „daß ein Edelmann, der einmal als einer der ergebensten galt, wie ein Feind wütet, um den Ruf einer Frau zu zerstören? Denn beachten Sie, Herr de Charny, seit unserer ersten Begegnung war es nicht die Königin, die Ihnen gegenübertrat, das hätten Sie niemals vergessen dürfen."

Charny wollte ein Wort der Verteidigung sagen, aber Marie-Antoinette ließ ihm dazu keine Zeit.

„Was werden meine Feinde tun", sagte sie, „wenn Sie das Beispiel des Verrats geben?"

„Verrat ...", stammelte Charny.

„Wollen Sie wählen, Monsieur? Entweder sind Sie ein Wahnsinniger, dann werde ich Ihnen die Möglichkeit entziehen, Unheil anzurichten, oder Sie sind ein Verräter, dann werde ich Sie bestrafen."

„Madame, sagen Sie nicht, daß ich ein Verräter bin. Im Mund der Könige folgt dieser Beschuldigung das Todesurteil, im Mund einer Frau entehrt sie. Töten Sie mich als Königin; aber als Frau schonen Sie mich."

Marie-Antoinette seufzte. Welches Kind steckte in diesem jungen Mann. Doch wollte sie sich nicht von Rührung bewegen lassen, und so appellierte sie an seinen männlichen Sinn.

„Sprechen wir, ich als Königin, Sie als Mann. Ihre Wunde, sagte mir Doktor Louis, sei an sich ungefährlich, nur Ihr ausschweifender Geist hat Sie in diesen Zustand gebracht. Wann hören Sie auf, Monsieur, dem Doktor das peinliche Schauspiel einer Narrheit zu bieten, die ihn beunruhigt? Wann verlassen Sie das Schloß?"

„Madame", stammelte Charny, „Sie schicken mich fort. Ich gehe, ich gehe ..."

Er machte eine so hastige Bewegung, um davonzueilen, daß er das Gleichgewicht verlor und der Königin, die ihm in den Weg trat, in die Arme sank.

Kaum hatte er diese Berührung gefühlt, als sein Verstand ihn gänzlich verließ und sein Mund sich zu einem verzehrenden Stöhnen öffnete. Die Königin, selber unter dieser Berührung brennend, wollte sich der ungewollten Umarmung entziehen, aber Charny war bereits niedergestürzt, sein Kopf schlug gegen die Stuhllehne, und Blut von seiner Stirn tropfte auf Marie-Antoinettes Hand.

Da vergaß sie alles, nahm seinen leblosen Kopf in ihre Arme und legte ihre eiskalte Hand auf sein Herz.

Die Liebe wirkt Wunder. Charny öffnete die Augen, und die Königin erschrak. Sie wurde sich bewußt, daß sie neuerdings Boden für den Wahn Charnys bereitet hatte. Sie eilte mit den Worten zur Tür: „Herr de Charny, wenn Sie nicht der schlechteste aller Menschen sind, verlassen Sie noch heute abend dieses Schloß."

Die Tür war bereits geöffnet. Andrée sah den jungen Mann auf Knien, die Königin wankend. Olivier de Charnys Augen glänzten vor Stolz und Hoffnung, während die Königin den erloschenen Blick auf den Boden heftete. Ins Herz getroffen, von Haß und Abscheu erschüttert, beugte Andrée nicht den Kopf. Langsam und feierlich wie ein Schatten entfernte sie sich, nachdem die Königin eilig davongegangen war.

Anderntags erbat sie ihren Abschied, um ins Kloster zu gehen.

Ein Finanzminister

Ein Billett Madame de La Mottes hatte die Königin, die nach Andrées Weggang tief betrübt war, wieder aufgeheitert. Es enthielt die Versicherung, daß der Kredit geregelt sei und daß die Ware vertraulich geliefert werde. Lächelnd verbrannte die Königin das Schreiben und sah mit einiger Spannung dem Besuch Herrn de Calonnes, des Finanzministers, entgegen. Von seiner Bereitwilligkeit hing es ab, ob der Schmuck wirklich ihr Eigentum würde.

Mit Herrn de Calonne hat die Geschichte sich ausführlich beschäftigt, aber der Roman, der die großen Perspektiven weniger genau aufzeigt, kann die Phantasie vielleicht mehr durch Details befriedigen.

Herr de Calonne war ein Mann von Witz, von sehr viel Witz sogar. Jener Generation der zweiten Jahrhunderthälfte zugehörig, die weniger den Tränen als der Vernunft anhing, hatte er das Unglück, das über Frankreich schwebte, klar erkannt und sein Interesse mit dem allgemeinen verbunden. Wie Ludwig XV. sagte er sich: Nach uns die Sintflut! und suchte überall Blumen, den unaufhaltsamen Weg in den Abgrund damit zu bestreuen.

Calonne hatte von d'Alembert rechnen, von Diderot logisch schlußfolgern, von Voltaire spotten und von Rousseau träumen gelernt. Er war stark genug, dem volkstümlichen Necker, seinem gescheiterten Vorgänger im Amt, ins Gesicht zu lachen. Necker, dessen Rechenschaftsberichte über die katastrophale Finanzsituation des Landes ganz Frankreich aufgeklärt hatten, wußte Calonne in den Augen derer lächerlich zu machen, die ihn noch eben so sehr gefürchtet hatten. König und Königin, die vor Necker gezittert hatten, gewöhnten sich allmählich daran, ihn von einem eleganten Politiker verspottet zu sehen, der alle Berechnungen summarisch mit dem Witzwort erledigte: „Wozu soll man sich bemühen zu beweisen, daß man nichts beweisen kann?"

In der Tat hatte Necker zuletzt nur mehr bewiesen, daß er außerstande war, die Finanzen zu sanieren; Herr de Calonne übernahm diese Aufgabe, als ob sie für seine Schultern zu leicht wäre.

Was hatte Necker gewollt? Reformen. Sein Reformismus hatte die Geister erschreckt, denn nur wenige konnten dabei gewinnen und diese wenigen auch nur wenig; viele aber verloren dabei um so mehr. Wenn Necker eine gerechtere Steuerbelastung anstrebte, die Ländereien und Einkünfte von Adel und Klerus tributpflichtig machen wollte, rannte er an gegen Mauern, forderte er schonungslos das unter den gegebenen Verhältnissen Unmögliche. Wie kann man Mißstände abstellen, indem man mit denen darüber verhandelt, die an diesen Mißständen interessiert sind? Setzt man einen Feind von der Stunde in Kenntnis, da man seine Festung erstürmen will?

Calonne hatte das begriffen. Statt dem unvermeidlichen Zusammenbruch entgegenzuarbeiten, beschleunigte er ihn. In diesem Sinn war er in der Tat mehr ein Freund der Nation als der Schweizer Necker. Er legte es darauf an, König und Adel binnen zwei Jahren in den Bankrott zu treiben, den man immerhin noch zehn Jahre hätte hinauszögern können, und dann, nach zwei Jahren, zu sagen: Jetzt, ihr Reichen, müßt ihr zahlen, denn die Armen hungern und werden euch fressen, wenn ihr sie nicht nährt.

Wie war es möglich, daß der König diesen kühnen Plan und seine Folgen nicht durchschaute? Wahrscheinlich ahnte er schaudernd, wohin sein Minister ihn führte, schloß aber ohnmächtig die Augen und glaubte, es werde schon alles irgendwie gut gehen. Wer am Ende ist, hofft immer auf Wunder. Und die Königin, hatte sie klareren Durchblick als ihr Gemahl? Diese ganze Halsbandgeschichte beweist ihre tödliche Blindheit.

Herr de Calonne, schön, hochgewachsen, vornehm und überlegen, trat also bei der Königin ein, die mit ihm ein huldreiches Gespräch über tausend Nichtigkeiten anknüpfte, ehe sie die Frage stellte, die sie eigentlich bewegte:

„Wie ist es, lieber Herr de Calonne, haben wir Geld?"

„Geld? Aber gewiß, Madame, wir haben immer Geld."

„Großartig! Ich habe nie einen Menschen gefunden, der in Finanzfragen so einsichtig wäre wie Sie."

„Welche Summe benötigen Eure Majestät?"

„Erklären Sie mir zuerst, woher Sie Geld aufgetrieben haben, da Herr Necker doch stets unfähig war, welches flüssig zu machen?"

„Herr Necker hatte vollkommen recht, Madame. Am 5. November 1783, als ich das Ministerium übernahm, bestand der gesamte Staatsschatz aus genau eintausendzweihundert Francs. Doch hätte Herr Necker, anstatt zu sagen, es ist kein Geld da, kurzerhand Anleihen aufgenommen, wie ich es tat – hundert Millionen im ersten Jahr, hundertfünfundzwanzig im zweiten, im dritten noch einmal achtzig –, dann wäre er wirklich ein Finanzmann gewesen. Jeder Kanzlist kann sagen: Es ist kein Geld in der Kasse. Die wahre Kunst ist aber zu sagen: Wir haben Geld."

Marie-Antoinette lachte.

„Sie sind unvergleichlich, Calonne, ich beglückwünsche Sie. Aber wie wird man diese Schulden bezahlen? Denn bezahlen muß man sie doch einmal, nicht wahr?"

„Madame", entgegnete Calonne mit einem Lächeln, dessen furchtbare Hintergründigkeit zu ermessen der Königin gar nicht in den Sinn kam, „man wird diese Schulden bezahlen. Dafür bürge ich Ihnen."

„Ich verlasse mich auf Sie", sagte Marie-Antoinette. „Gewiß haben Sie neue Ideen?"

„Ich habe eine, die der Nation zwanzig Millionen und der Kasse Eurer Majestät sieben bis acht Millionen einbringen wird."

„Diese Millionen werden hier wie dort willkommen sein. Woher sollen sie uns zufließen?"

„Eure Majestät weiß sicherlich, daß die Goldmünze nicht in allen europäischen Staaten den gleichen Wert hat. In Spanien gilt das Gold zum Beispiel seit fünf, sechs Jahren achtzehn Unzen mehr als in Frankreich. Wer Gold aus Frankreich nach Spanien exportiert, verdient ungefähr vierzehn Unzen je Münze. Wüßten alle Geldleute, was ich weiß, gäbe es binnen Jahresfrist in Frankreich keinen einzigen Louisdor mehr."

„Wie wollen Sie das verhindern?"

„Ganz einfach, ich erhöhe den Wert des Goldes um fünfzehn Prozent. Niemand wird mehr einen Louisdor in den Truhen verwahren, wenn er merkt, daß sein Gold Prozente abwirft. Dann lassen wir die Währung umprägen, und die Goldmünze, die heute dreißig Louis wert ist, wird auf zweiunddreißig umnominiert."

Die Königin fand ihr Interesse an den Finanzfragen des Staates hinreichend befriedigt und nannte, mit einiger Scheu allerdings, die Summe, die sie fürs erste benötigte, also fünfhunderttausend Francs.

„Ach", rief der geniale Calonne, „nach Ihrem Zögern fürchtete ich, es handle sich um eine beträchtlichere Summe."

„Sie können also?"

„Aber gewiß."

„Ohne daß der König ..."

„Oh, das ist unmöglich, Madame; meine Abrechnungen werden monatlich dem König vorgelegt. Doch gibt es kein Beispiel, daß er sie je gelesen hätte. Ich rechne mir diese Tatsache zur Ehre an."

„Wann bekomme ich das Geld?"

„Ich werde es für den Zweiten des Monats bereitstellen. Eure Majestät können es am Dritten abheben."

„Ich habe dabei kein gutes Gewissen", sagte Marie-Antoinette, „ich brauche es nämlich, um einer Laune zu frönen."

„Desto besser! Dann wird dieses Geld zum Teil wenigstens unserer Industrie und unserem Handel zugute kommen."

„Sie haben eine entzückende Art, mich zu trösten, Herr de Calonne. Mir wäre der Gedanke zu schmerzlich, daß das arme Volk diese Laune bezahlen sollte."

„Seien Sie unbesorgt, Majestät, das arme Volk wird sie nicht bezahlen, weil es längst nichts mehr besitzt; und wo nichts ist, verlieren selbst Könige ihr Recht."

Und mit einer Verneigung entschwand er.

Gläubiger und Schuldner

Zitternd vor Erregung schritt Kardinal Rohan zum Boudoir der Königin. Jeanne hatte ihn angemeldet, ihm stumm die Hand gedrückt und sich zurückgezogen.

Drei Schritte vor der Majestät verneigte er sich ehrerbietig. Die Königin reichte ihm zum Zeichen der Versöhnung die Hand.

„Monsieur", sagte sie, „man hat mir von Ihrer Handlungsweise berichtet. Sie tilgt in der Tat viel früheres Unrecht. Seien Sie willkommen."

„Erlauben Sie mir zu versichern, Madame", sagte der Fürst, „daß dieses Unrecht weniger groß wäre, wenn Eure Majestät mir ein Wort der Erklärung erlauben wollten."

„Sie könnten sich nur entlasten", erwiderte Marie-Antoinette freundlich, „indem Sie auf Vergangenes zu sprechen kämen, und das könnten Sie nicht, ohne mich zu verletzen. Indessen wollen wir das kaum gelöschte Feuer nicht von neuem entfachen, wir könnten uns sonst die Finger daran verbrennen. Es behagt mir sehr viel besser, Sie in neuem Licht zu sehen, als den ergebenen Freund, als der Sie sich erwiesen haben."

„Bis zum Tod ergeben."

„Ergeben auch bis zum Ruin, Herr Kardinal? Nein, nicht wahr? Das wäre zuviel. Seien Sie ohne Sorge, glücklicherweise kann alles geregelt werden, wie ich soeben zuverlässig erfuhr. Sie haben für mich gebürgt, ich werde die Wechsel einlösen. Ich danke Ihnen dafür. Vom ersten Termin an ist alles meine Sorge."

„So hätte ich Eurer Majestät nur noch das Halsband zu überreichen", sagte der Kardinal und zog mit einer Verneigung das Etui aus der Tasche.

Die Königin warf keinen Blick darauf, sondern legte es, vor Freude bebend, auf eine Kommode.

Der Kardinal wagte einige höfliche Worte, die gut aufgenommen wurden, doch entging ihm nicht, daß die Königin ihm nicht volle Aufmerksamkeit schenkte. Ihre Gedanken waren bei dem Geschmeide, und in ihrer Zerstreutheit überließ sie ihm sogar ihre Hand, die er entzückt küßte. Dann verabschiedete er sich, um nicht zu stören, und verließ das Gemach begeistert und hoffnungstrunken.

In drei Monaten würde er Minister sein, wenn Jeanne ihm weiterhin so gute Dienste leistete; er würde Klerus und Volk miteinander aussöhnen und damit das bedenklich aufgesplitterte Staatsgefüge wieder festigen. Er würde der wachsenden Unbeliebtheit der Königin entgegenwirken und sie in eine Popularität ohnegleichen verwandeln; er würde von der englischen Politik lernen, er würde ... Ja, ein Wort der Königin, und seine herrlichen Pläne könnten Wirklichkeit werden.

Um die erste Rate für das Halsband, fünfhunderttausend Francs, bereit zu haben, hatte er seine letzten Güter verkauft und all seine Einkünfte und Pfründen für das nächste Jahr verpfändet. Aber die Aussöhnung mit der Königin sollte ihn gar nicht ein so ruinöses Opfer kosten, denn die Königin war imstande, den Schmuck selbst zu bezahlen; ihm aber blieb das Verdienst der Erfindung, das sie ihm sicher danken würde.

In glücklichen Träumen kehrte er nach Paris zurück, nachdem er Jeanne Bericht erstattet und heißen Dank gesagt hatte. Sie wollte jetzt erkunden, welchen Eindruck der Kardinal bei Ihrer Majestät hinterlassen hatte, er aber sah einem Rendezvous entgegen, um das ihn ein Anonymus mit dem folgenden Schreiben ersuchte:

„Monseigneur, jemand wünscht mit Ihnen über die Deckung einer nicht unbedeutenden Summe zu sprechen. Die besagte Person wird sich heute abend bei Ihnen einfinden und um eine Audienz bitten."

Verhieß dieses Schreiben nicht unverhofften Zustrom von Geld? Es käme ihm nicht ungelegen.

Der Unbekannte ließ sich am Abend als der Graf de Cagliostro melden. Doch als er das Audienzzimmer betrat, erstarrte der Kardinal.

„Großer Gott!" rief er aus. „Wen sehe ich?"

„Nicht wahr, Monseigneur", sagte Cagliostro lächelnd, „ich bin gar nicht verändert."

„Ist das möglich", murmelte Herr de Rohan, „Joseph Balsamo

lebt? Es hieß doch, er sei bei jenem Brand damals umgekommen? Joseph Balsamo ...“

„Graf Phönix, ja, Monseigneur, lebendiger als je.“

„Warum haben Sie Ihren Namen abgelegt?“

„Weil er allzu viele betrübliche und peinliche Erinnerungen wachrufen würde. Hätten nicht auch Sie abgelehnt, Joseph Balsamo zu empfangen?“

„Aber nein, gewiß nicht“, stammelte der Kardinal, „Sie haben mir damals einen so großen Dienst erwiesen ... Machen Sie noch immer Gold?“

„Gold? O nein, dazu fehlt mir eine unentbehrliche Ingredienz, die mein weiser Lehrer, der greise Althotas, mit sich in den Tod genommen hat.“

Noch immer staunend und innerlich bebend aus unbestimmbarer Furcht und Faszination vor diesem geheimnisvollen Mann, blickte der Kardinal auf seinen Besucher.

„Ja, Monseigneur“, fuhr dieser fort, „die Zeit der Magie ist vorüber, ich bin kein Weiser mehr, nur noch Weltmann und Gelehrter, und auch Sie sind nicht mehr ein schöner junger Mann, sondern ein schöner Fürst und Prälat. Erinnern Sie sich jenes Tages in meinem Kabinett, als ich Ihnen die Liebe einer blonden Frau versprach! ...“

Der Kardinal erbleichte, dann errötete er. Schrecken und Freude beschleunigten seinen Herzschlag.

„Ich erinnere mich“, sagte er, „aber undeutlich.“

„Wir wollen sehen“, sagte Cagliostro lächelnd, „ob ich noch für einen Magier gelten kann. Warten Sie ...“, und er begann zu sinnen und sich zu versenken, „diese blonde Frau Ihrer verliebten Träume, wo ist sie? Ah, ich sehe sie, ... ja, Sie selbst haben sie heute gesehen, mehr noch, Sie haben sie besucht ...“

Der Kardinal drückte seine eisige Hand auf sein pochendes Herz.

„Monsieur“, sagte er so matt, daß Cagliostro ihn kaum hörte, „ich bitte Sie ...“

„Wollen wir von etwas anderem sprechen?“ fragte der Magier höflich, und er ließ sich ungezwungen auf einem Sofa nieder, ohne die Einladung abzuwarten, die der Kardinal bisher vor lauter Überraschung versäumt hatte. Verblüfft über soviel Freiheit sah der Prälat seinem Besucher zu. Doch sollte er in ganz anderer Weise verblüfft werden, als dieser, mit einemmal sehr ernst werdend, auf jene nicht unbedeutende Summe des Billetts zu sprechen kam. Sie belief sich auf genau fünfhunderttausend Francs, die der Kardinal nicht, wie erhofft, zu erhalten, sondern seinem Gast zu erstatten hatte. Dieses Geld hatte Joseph Balsamo einst dem Fürsten geliehen, doch hatte dieser geglaubt, seiner Schuld ledig zu sein, als er vor zehn Jahren Balsamos Tod erfuhr.

Aschfahl geworden, starrte der Prälat auf die Schuldverschreibung, die er vor so langem ausgestellt und dann gänzlich vergessen hatte und die ihm nun von seinem unerwartet wiederauferstandenen Gläubiger vorgelegt wurde.

„Ich bestätige, von Herrn Joseph Balsamo die Summe von fünfhunderttausend Francs erhalten zu haben, die ich auf erste Einforderung zurückerstatten werde.

Louis de Rohan“

Was sollte er tun? Wie ein Blitzschlag zertrümmerte diese Forderung die schönen Traumgebäude des Kardinals. Er zitterte am ganzen Leibe. Die Unheimlichkeit dieses Überfalls schnürte ihm die Kehle zu. Welcher rätselhafte Zufall hatte es gefügt, daß diese alte Schuld genau den Betrag ausmachte, den er zu seinen großen Zwekken erst vor wenigem zusammengetragen hatte?

Kaltblütig beobachtete Cagliostro sein Gegenüber.

„Seien Sie überzeugt, Monseigneur“, sagte er schließlich, „daß ich das Geld jetzt nicht verlangen würde, wenn ich mich nicht tatsächlich am Ende meiner Mittel sähe und wenn ich nicht wüßte, daß Sie augenblicklich über diese Summe verfügen.“

Der Kardinal blickte Cagliostro entgeistert an.

„Nicht wahr“, fuhr dieser fort, „Sie haben dreißigtausend Livres in Gold, zehntausend in Silber und den Rest in Kassenscheinen in diesem Schrank?“

Herr de Rohan ließ jeden Gedanken fahren, den furchtbaren Hellseher um einen Aufschub zu bitten. Er erhob sich stumm und zahlte.

Abrechnungen

Ludwig XVI. kam übelgelaunt in den Rat. Die Nachrichten aus Rußland waren schlecht. Ein Schiff war im Löwengolf gesunken. Mehrere Provinzen verweigerten die Steuern. Eine schöne Weltkarte, die der König selber poliert und gefirnißt hatte, war unter Wärmeeinwirkung gesprungen, und Europa war in zwei Teile zerrissen. Seine Majestät war jedermann gram, sogar Herrn de Calonne. Vergeblich bot der ihm mit lachender Miene sein schönes parfümiertes Portefeuille dar. Der König kritzelte schweigend und verstimmt auf ein weißes Blatt Papier Schraffuren, was Sturm bedeutete – so wie Männchen und Pferde gut Wetter hießen.

Denn während der Ratssitzungen pflegte der König zu zeichnen. Er sah den Menschen nicht gern ins Gesicht, er war schüchtern; die Feder in seiner Hand gab ihm Sicherheit und eine Haltung. Während er so beschäftigt war, konnte der Redner seine Argumente ausbreiten; der König hob nur dann und wann den Blick, gerade so lange, daß er den Mann, der da sprach, nicht vergaß. Und sprach er selber, nahm das Zeichnen seiner Rede jeglichen Anflug von Prätention, er brauchte keine Gesten zu machen; er konnte je nach Belieben sich unterbrechen oder sich ereifern, die Striche auf dem Papier ersetzten das gestische Beiwerk seiner Worte.

Der König also nahm die Feder zur Hand wie üblich, und die Minister trugen ihre Projekte oder diplomatische Noten vor, ohne daß er ein Wort dazu sagte. Er ließ die Auslandskorrespondenz vorübergehen, als ob er davon nicht das mindeste verstünde. Erst als die Abrechnungen für den Monat an die Reihe kamen, hob er den Kopf.

Herr de Calonne verlas ein Memorandum über die für das kommende Jahr geplanten Anleihen, und der König begann wütend zu schraffieren.

„Immer diese Anleihen“, knurrte er, „und niemand weiß, wie man sie bezahlen soll; das ist ein fatales Problem, Monsieur.“

„Sire, eine Anleihe aufnehmen heißt aus einer Quelle schöpfen; hier läuft das Wasser aus, dort fließt es über. Mehr noch, es verdoppelt sich, empfängt aus unterirdischen Strömen neuen Zufluß. Man sollte nicht fragen: wie bezahlen wir? Das Problem ist: worauf bekommen wir Kredite? Eure Majestät sprachen von einem Problem. Das wahre Problem ist nicht die Rückerstattung, sondern das Auffinden von Gläubigern.“

Der König wußte dem nichts zu erwidern, aber er schraffierte so dicht, daß das Papier schwarz wurde.

Nachdem Calonne seinen Plan vorgelegt und die Zustimmung der Kollegen eingeholt hatte, unterzeichnete Ludwig seufzend.

„Und jetzt“, fuhr Herr de Calonne lächelnd fort, „da wir Geld haben, gehen wir daran, es auszugeben.“

Der König sah den Minister mit einer Grimasse an und machte aus den Schraffuren einen riesigen Tintenbrei.

Herr de Calonne legte ihm ein Budget vor, das Pensionen, Gratifikationen, Schenkungen und Solde enthielt. Ludwig blätterte, bis er die Endsumme fand.

„Eine Million einhunderttausend für lauter Kleinigkeiten?“ fragte er. „Wie ist das möglich?“

„Lesen Sie, Sire, überzeugen Sie sich“, sagte Calonne.

Ludwig überflog unwillig die Zahlen, sein Blick blieb an dem einzigen herausragenden Betrag haften.

„Fünfhunderttausend Francs“, sagte er, „wofür?“

„Eine Vorschußzahlung an Ihre Majestät, die Königin.“

„Vorschuß an die Königin? Die Königin hat ihr Taschengeld erhalten. Der Posten wird gestrichen.“

Der Finanzminister verteidigte die Königin, aber Ludwig blieb fest. Er nahm die Feder, strich eigenhändig Marie-Antoinettes Juwelengeld, dann unterschrieb er, stolz auf seine Sparsamkeit, in blindem Vertrauen alle übrigen Schriftstücke und malte ein wunderhübsches Zebra in einen Kranz von Nullen.

Marie-Antoinette und Madame de La Motte

Die Königin bestellte Madame de La Motte zu sich und unterrichtete sie betrübt über ihr Mißgeschick.

„Fahren Sie schnell nach Paris", sagte sie, „und sagen Sie dem Kardinal, daß ich die fünfhunderttausend Francs für die erste Rate von ihm annehme, bis ich sie zurückzahlen kann."

„Ach, Madame", erwiderte Jeanne, „dann sind wir verloren. Der Kardinal hat kein Geld mehr. Eine vergessene Schuldforderung ist präsentiert worden, er konnte nicht anders. Es war sein letztes Geld."

Die Königin fuhr auf, als wäre sie beschimpft worden. Dann versank sie in Schweigen.

„Das ist eine furchtbare Lektion", sagte sie schließlich, „ich werde bestraft, weil ich Geheimnisse vor dem König hatte und mein Begehren unbedingt befriedigen wollte. Ich brauchte dieses Halsband ja gar nicht."

„Gewiß, Madame, aber wenn eine Königin nur ihre Bedürfnisse, nicht aber ihre Neigungen befriedigen darf ..."

„Ich hätte zuerst an die Ruhe und den Frieden meines Hauses denken müssen. Diese Niederlage soll mich lehren, welchen Peinlichkeiten ich mich nur zu leicht hätte aussetzen können. Nein, opfern wir unsere Eitelkeit auf dem Altar der Pflicht. Dieses Halsband, so schön es war, ist von nun an für mich nur mehr ein Haufen Steine, und mit Steinen tut man, was die Kinder tun, wenn sie damit gespielt haben, man wirft sie weg oder vergißt sie."

„Was wollen Majestät damit sagen?"

„Daß Sie, liebe Gräfin, das Etui mit dem Schmuck, das Herr de Rohan mir überreicht hat, den Juwelieren Boehmer & Bossange zurückbringen sollen."

„Aber Eure Majestät haben zweihundertfünfzigtausend Francs angezahlt!"

„Desto besser, so gewinne ich eine Viertelmillion zurück und bin mit meinen Finanzen im Einklang."

„Madame", rief die Gräfin, „die Viertelmillion werden Sie verlieren! Es ist sehr wahrscheinlich, daß die Juweliere über das Geld schon verfügt haben und sich weigern, es wieder herauszugeben."

„Dann überlasse ich es ihnen als Angeld, wenn sie nur von dem Vertrag zurücktreten. Mit zweihundertfünfzigtausend Francs Reugeld sind sie gut bedient, sie werden sich nicht beklagen, und niemand wird von der Geschichte etwas erfahren. Tragen Sie das Halsband fort, Gräfin, und danken Sie Herrn de Rohan für seinen guten Willen. Er ist ein verständiger Mann und ein Priester, er wird meine Handlung billigen."

Die Königin verfügte so gebieterisch, daß Jeanne keinen weiteren Einspruch wagte. Sie versprach, zuerst nach Hause zu fahren, ehe sie die Juweliere aufsuchte, um nicht den Argwohn der Polizei zu erregen, und barg das Etui in ihrer Mantille.

Anderntags erhielt die Königin ein Schreiben von Jeanne, dem der Empfangsschein der Juweliere beigefügt war. Dieses wichtige Dokument lautete:

„Die Unterzeichneten bestätigen, das Diamantenhalsband, das Ihrer Majestät der Königin zum Preis von einer Million sechshunderttausend Francs verkauft worden war, zurückgenommen zu haben, da die Diamanten Ihrer Majestät nicht mehr gefielen. Die uns geleistete Anzahlung von zweihundertfünfzigtausend Francs ist uns als Entschädigung und Reugeld überlassen worden."

Beruhigt verschloß die Königin diese Quittung in einer Schublade und dachte nicht weiter daran.

Daß der König jenen Betrag auf Herrn de Calonnes Liste gestrichen hatte, war schon anderntags in Paris das Tagesgespräch. Der Kardinal Rohan geriet in schwere Besorgnis. Als er zwei Tage später den Juwelieren Boehmer & Bossange einen Besuch machte, um zu hören, ob die Zahlung der ersten Rate, für die er sich verbürgt hatte, seitens Ihrer Majestät dennoch erfolgt war, vernahm er, daß die Herren zwar kein Geld, dafür aber ein Schriftstück der Königin erhalten hatten, worin sie um einen Zahlungsaufschub gebeten wurden. Es war eine Schuldverschreibung, die sie vollkommen zufriedenstellte. Boehmer & Bossange versicherten dem Kardinal, daß sie sich geehrt fühlten, von Ihrer Majestät der Königin einen solchen Vertrauensbeweis empfangen zu haben. Sie gelobten, das unbedingte Stillschweigen über diese Affäre, zu dem die Königin sie verpflichtet habe, getreulich einzuhalten, und erfreut schied der Kardinal von den Juwelieren.

Jeanne de La Motte aber war nach ihrem Besuch bei der Königin nach Hause gefahren, wie es ihr befohlen war, dann hatte sie nach stundenlangem Brüten eine unscheinbare Robe angelegt und war zu später Abendzeit in einem Fiaker zum Haus des Zeitungsschreibers Réteaux de La Villette geeilt.

Die Gefangene

Oliva hatte die Annehmlichkeiten ihres neuen Kerkers zu Anfang entzückt genossen, allmählich aber langweilte sie sich. Eine Frau wie Oliva konnte sich nicht vorstellen, daß man sie einer Gefahr und ihrem Liebhaber entzogen und in eine luxuriöse Behausung einquartiert hatte, ohne von ihr etwas anderes als Liebe zu wollen. Doch der Graf, so fürsorglich er bemüht war, ihre Wünsche zu erfüllen, betrug sich gegen sie mit so gleichbleibendem Respekt, daß sie ihn nicht begriff. Von ihrem Beschützer wußte sie unterdessen, daß auch Beausire sich vor der Polizei verstecken mußte und daß von ihm keine Befreiung aus ihrer Einsamkeit zu erwarten war.

Zur Entschädigung für ihre früheren Spaziergänge, bei denen sie mit wohligem Behagen so viele bewundernde und begehrliche Blicke auf sich gezogen hatte, stand ihr im Oberstock eine Terrasse zur Verfügung.

Bequem gelagert, nahm sie hier zum Frühstück ihre Schokolade, die ihr die Zofe gebracht hatte, und las eine Zeitung, dann betrachtete sie durch das Balkongitter die Baumwipfel der Boulevards, die Häuser des Quartier Popincourt und die Kamine, einen wogenden Ozean von Rauch, der sich über die Stadt breitete.

Bald wurde sie kühner und beugte sich, der Gefahr zum Trotz, daß Herr de Crosnes Spürhunde sie erspähen konnten, über das Geländer, um in die Straße hinabzublicken oder ihre weitere Umgebung anzuschauen.

Da sah sie die Nußbäume von Ménilmontant, die hohen Bäume des Friedhofs, die zahllosen bunten Häuser, rings von Grün umschmiegt, die von Charonne bis zu den Buttes Chaumont den Hügel überzogen.

Da und dort, auf schmalen Wegen sah sie winzige Lebewesen, Bauern, die ihre Esel vor sich her trieben, Kinder, die auf den Feldern arbeiteten, Winzerinnen, die in den Weinbergen schafften. Dieses ländliche Idyll entzückte Nicole, die in dem so sehr ersehnten Paris nach der schönen Landschaft von Taverney sich doch stets zurückgesehnt hatte.

Endlich hatte sie auch die liebliche Landschaft satt und wandte ihre Aufmerksamkeit den Häusern der Umgebung zu, die sie aus sicherer Position, in ihren Blumen verborgen, betrachten konnte. Die meisten Fenster waren geschlossen, mochten die Mieter verzogen oder aufs Land gereist sein. Manchmal hängte ein einsam dort hausender Diener den Vogelkäfig nach draußen. Mehr war nicht zu beobachten, und Oliva-Nicole hätte sich zu Tode gelangweilt, wäre ihr nicht im dritten Haus zur Linken ein Fenster mit gelbseidenen Vorhängen aufgefallen, hinter dem ein weicher Lehnstuhl, gleichsam ein Symbol des Wohllebens, einen Träumer oder eine Träumerin zu erwarten schien.

Oliva meinte, in diesem Zimmer regelmäßige Bewegungen eines ruhelosen Schattens zu erkennen. Sie begrenzte ihre ganze Ungeduld auf dieses Fenster. Endlich nahm eine Frau in dem Lehnstuhl Platz. Sie hatte ihren Kopf der Haarkünstlerin überlassen, die eineinhalb Stunden benötigte, um auf ihrem Schädel eines der babylonischen Gebäude aufzurichten, in dem es nicht einmal an Mineralien und Vegetabilien fehlte und die sogar von Tieren bewohnt gewesen wären, hätte der Friseur Ihrer Majestät, der kunstreiche Léonard, das Beispiel gegeben und hätte eine Frau jener Zeit eingewilligt, auf ihrem Kopf eine Arche Noah herumzutragen.

Als die Frau frisiert, gepudert, mit Spitzen und Putz geschmückt war, hatte sie sich wieder in ihren Lehnstuhl zurückgelegt, nachdem der Kopf durch harte Kissen gestützt worden war, die das Gleichgewicht des ungeheuerlichen Aufbaus zu halten vermochten.

Jetzt glich die regungslose Frau jenen indischen hockenden Götzen, die in ihrer Reglosigkeit nur die Augen in den Höhlen bewegen. Oliva bemerkte, wie hübsch die Dame war, sie sah den zarten Fuß, der, auf das Fensterbord gestellt, in einem kleinen rosa Seidenpantoffel stak, den rundlichen Arm und den Busen, der das Korsett und den Pudermantel wölbte.

Was ihr aber besonders auffiel, war die Tiefe dieses beständig und herrisch auf einen einzigen Gedanken gerichteten Blicks. Diese Frau, die unsere Leser sicherlich bereits erkannt haben, ahnte nicht, daß sie beobachtet wurde. Nie waren die Fenster des Hauses Cagliostro geöffnet worden. Ungestört konnte sie sich in ihre Gedanken vergraben, und die naive Oliva bildete sich ein, daß diese schöne, in sich versunkene Person über eine unglückliche Liebe nachsinne.

Rasch hatte sie sich einen ganzen Roman ausgesponnen, dessen Heldin ihre schöne Gefährtin in der Langenweile war, und all ihre Sympathie eilte auf Feenflügeln der Fremden entgegen. Doch die Dame mit dem Haargebäude rührte sich nicht, sie schien an ihren Lehnstuhl festgewachsen. Zwei Stunden vergingen, ohne daß ihre Haltung auch nur um einen Grad sich verändert hätte.

Oliva war verzweifelt, daß ihr Blick nicht die mindeste Wirkung auf jene Dame ausübte, und ihre zärtliche Anteilnahme verkehrte sich in Haß. Mein Gott, wie hochmütig, wie eitel mußte diese Person sein! Schmollend wandte sie sich von ihr ab und kehrte sich ihren Blumen zu, liebenswürdigeren Gespielinnen in ihrer Verlassenheit. Nicole konnte ja nicht wissen, daß jene vermeintliche Stolze niemand anders war als Jeanne de Valois, die, in ihrer einstigen Wohnung versteckt, seit dem Vorabend nach einer Idee suchte, wie sie verhindern könnte, daß Marie-Antoinette und der Kardinal einander noch jemals begegneten, daß aber der Kardinal, ohne die Königin je zu sehen, fest überzeugt werden mußte, daß er sie sehe.

Als sie das Halsband unterschlagen und mit Hilfe des Herrn Réteaux de Villette die Königin, den Kardinal und die Juweliere in Sicherheit gewiegt hatte, war ihr Plan, sich mit einem Edelsteinhändler in Verbindung zu setzen, einzelne Diamanten im Wert von hunderttausend Francs zu verkaufen und damit nach England oder Rußland zu fliehen. Fünf, sechs Jahre würde sie mit einem solchen Vermögen aufs beste leben können. Nach Ablauf dieser Frist konnte man in aller Ruhe die übrigen Steine nach und nach veräußern.

Indessen ging nicht alles nach ihren Wünschen. Schon die ersten Fachleute gaben Zeichen einer solchen Verwunderung, daß die Gräfin sich schnell zurückzog. Ein Juwelier bot eine erbärmliche Summe, ein anderer erklärte, er habe Steine von solcher Schönheit nur in Boehmers Halsband gesehen. Jeanne wußte, daß ihr der Pranger und lebenslängliches Gefängnis drohten, wenn sie nur einen Schritt weiter ging. Also verschloß sie das Geschmeide sorgsam und bereitete sich auf einen erbitterten Kampf vor. Als letzter Ausweg blieb ihr immer noch die Flucht.

Es war keine leichte Aufgabe, das nimmermüde Verlangen des Kardinals, stets Neues von der Königin und ihrer Dankbarkeit zu erfahren, recht lange hinzuhalten, ohne daß er auf eine neuerliche Begegnung mit Marie-Antoinette drang. Zu befürchten stand außerdem, daß die geschwätzige Königin sich ihres Opfers rühmte und daß die Nachricht davon den Kardinal wie die Juweliere erreichte. Jeanne mußte also schnell handeln, wollte sie nicht untergehen. Die Falle mußte so gestellt werden, daß, selbst wenn der Diebstahl entdeckt würde, sowohl die Königin als auch der Kardinal sich zum Schweigen gezwungen sähen.

Das sind gewiß ernste Gedanken und triftige Entschuldigungen für eine Frau, die mehrere Stunden lang nicht den Kopf bewegt.

Hätte Nicole etwas von diesen schwerwiegenden Überlegungen geahnt, sie hätte sich nicht so enttäuscht und zornig mit ihren Blumen befaßt und hätte auch nicht aus Versehen einen Balsaminentopf vom Balkon gestoßen, der mit schrecklichem Getöse auf dem Pflaster der öden Straße zersprang. Doch eben dieses Ereignis weckte die fremde Dame aus ihrem Brüten. Ihr Blick suchte den Urheber des Lärms, und sie entdeckte oben auf der Gartenterrasse des Hauses Cagliostro Oliva, die sich erschrocken übers Geländer beugte. Die Augen der beiden Nachbarinnen begegneten einander, und Jeanne begriff, daß sie hier fand, was sie so verzehrend gesucht hatte.

Die schöne Nachbarin empfing von Jeanne zu ihrer Beglückung nun die freundlichsten Blicke, zärtliche Kußhände, man rief sich vorsichtig sogar Worte zu. Bald schoß Jeanne mittels einer Armbrust an ein Bleistück gebundene Briefchen zu Oliva hinüber. Oliva ließ einen Faden zur Straße hinab und band beschriebene Papierkügelchen daran. Und eines Abends, als Cagliostro sie besuchte, nahm sie von seinem Schlüssel heimlich einen Wachsabdruck. Einer nächtlichen Spazierfahrt der neuen Freundinnen stand nichts mehr im Wege.

Das Stelldichein

Kaum war Herr de Charny auf seinen Gütern eingetroffen, als ihn die Unruhe ergriff, nach Versailles zurückzukehren. Wenigstens in der Nähe der Königin wollte er sein, wenn er auch nicht vor sie hintreten durfte. Seine Wunde heilte schnell. Nach drei Tagen unternahm er Ausflüge auf einem sanften, raschen Pferd. Durch Vermittlung seines Kammerdieners hatte er am Rand des Parks von Versailles ein abgeschiedenes Haus mieten lassen, das der Königliche Oberjägermeister bewohnt hatte, ehe er sich die Kehle durchschnitt. Herrn Charny in seiner romantischen Verliebtheit behagte dieses Haus über die Maßen. Er suchte es auf, sooft er konnte.

Binnen vierzehn Tagen kannte er alle Gewohnheiten der Schloßbewohner und der Wachen, wußte die Stunde, da die Vögel am Teich zu trinken pflegten und die Damhirsche scheu zur Quelle kamen. Er wußte, wann die Königin mit ihren Damen spazierenging, er erkannte sie auf eine Viertelmeile an ihrer Haltung, ihrem Gang, er kannte alle ihre Kleider. Nachts beobachtete er die glänzenden Lichter in den Fenstern der Königin, sah ihren Schatten und zehrte liebestrunken und überspannt von seinen Erinnerungen und Hoffnungen.

Eines Nachts hörte er das Geräusch eines Schlüssels, der sich kreischend in einem Schloß bewegte. Er eilte an seinen Beobachtungsposten und lauschte. Vom Versailler Kirchturm schlug es zwölf. Jenes widerspenstige Schloß gehörte zu einer kleinen Parkpforte, die etwa fünfundzwanzig Schritt von Charnys Haus entfernt war und nur an großen Jagdtagen geöffnet wurde, um Körbe mit dem erlegten Wildbret hinauszuschaffen.

Charny bemerkte, daß die Leute, die diese Pforte öffneten, nicht sprachen. Lautlos und rasch kamen zwei Frauen auf die Allee, die seinem Fenster gegenüberlag. Das Mondlicht beleuchtete sie, und Olivier de Charny hätte fast aufgeschrien, denn er erkannte Marie-Antoinette. Sie hielt eine Rose in der Hand.

Mit bebendem Herzen, hinter Gesträuch verborgen und auf dem Rasen laufend, um Geräusche zu vermeiden, folgte Olivier den Frauen.

Ach, warum war sie nicht allein? Er hätte sich ihr genähert und ihr auf Knien geschworen: Ich liebe Sie. Ach, warum war sie nicht in Gefahr? Er hätte sein Leben darangesetzt, sie zu retten!

Jetzt entfernte sich ihre Begleiterin, und die Königin lehnte sich an einen Baum, wobei sie sich dicht in ihren Mantel hüllte.

Schon wollte Charny auf sie zueilen; aber er überlegte, daß ihn immerhin noch dreißig Schritte von ihr trennten. Sie würde ihn aus der Ferne nicht erkennen und aus Angst vielleicht um Hilfe rufen. Man würde den Park durchsuchen und den Eindringling, wohl gar seinen Zufluchtsort entdecken.

Er bezähmte sich also, und das war gut, denn gleich darauf kehrte die Gefährtin der Königin zurück und führte einen Mann von edler Haltung heran, der sich unter einem weiten Mantel und einem breiten Hut verbarg.

Der bloße Anblick dieses Herrn machte den eifersüchtigen Charny vor Haß und Erbitterung erzittern, doch wirkte der Mann nicht wie ein Triumphierender, vielmehr schien er zu taumeln, während er sich zögernd und ehrfürchtig der Königin näherte und sich tief vor ihr verbeugte.

Charny blickte verblüfft. Was tat die Königin hier zur Nachtzeit? War dieser geheimnisvolle Kavalier womöglich ein Kurier aus Potsdam oder Schönbrunn, ein Edelmann, der eine Geheimbotschaft überbrachte, einer jener Deutschen, die Ludwig XVI. in Versailles nicht mehr sehen wollte, seit Josef II. sich erlaubt hatte, seinem Schwager, dem allerchristlichsten König, philosophische Ratschläge zu erteilen?

Charnys heiße Stirn kühlte sich ab bei diesem Gedanken. Auch sah er befriedigt, daß der Kavalier bald verabschiedet wurde. Im Fortgehen aber verlor die Königin jene Rose, und der Herr hob sie auf und küßte sie mit fast wahnsinniger Leidenschaft.

Charny verlor beinahe den Verstand. War das die geheime Diplomatie der Königin? Waren das ihre Staatsgeheimnisse?

Noch ehe er weiter denken konnte, war der Spuk verschwunden.

„Kommen Sie, Monseigneur“, hatte er die begleitende Dame zu dem Herrn sagen hören.

Weib und Königin

Olivier de Charny war in der folgenden Nacht wieder auf der Lauer gewesen und hatte, vor Wut, Schmerz und Eifersucht berstend, ein neuerliches Stelldichein der gleichen Personen beobachtet. Diesmal war der Kavalier vor der Königin niedergesunken und hatte mit glühender Inbrunst ihre Hände geküßt, die sie ihm willig überlassen hatte. In der Nacht darauf aber war die Königin mit jenem Herrn sogar in den Apollobädern verschwunden. Charny hatte seinen Augen nicht trauen wollen, und unsägliche Qualen waren über ihn hereingebrochen. In seiner unschuldigen Geradheit hätte er nie zu glauben gewagt, daß das Verbrechen so weit gehen könnte.

In einem Anfall von blindwütiger Raserei hatte er sich auf die Begleiterin der Königin stürzen wollen, die vor den Bädern, an einer laubumrankten Säule lehnend, Wache hielt. Aber die Sinne waren ihm geschwunden, röchelnd war er ins Moos gesunken, und als er zu sich kam, hatte er nur mehr frische Fußspuren im Rasen und hinter der Parkmauer die Hufeindrücke eines Pferdes ausmachen können.

Entschlossen, seiner Qual ein rasches Ende zu bereiten, ließ er sich morgens in ein schwarzes Samtgewand kleiden und eilte nach dem Schloß Trianon.

Es war zehn Uhr. Die Königin trat gerade aus der Kapelle, wo sie die Messe gehört hatte. Überall, wo sie vorbeikam, neigten sich ehrfurchtsvoll die Köpfe und Degen. Schön war die Königin mit ihrem lächelnden Mund, ihren müden, aber von sanfter Klarheit strahlenden Augen.

Plötzlich bemerkte sie unter den Umstehenden Charny und errötete leicht.

Er hatte den Kopf nicht geneigt. Bleich wie ein Gestorbener und starr blickte er sie an, und sie las in seinen Augen neues Unheil.

„Ich glaubte Sie auf Ihren Gütern, Herr de Charny?“ richtete sie das Wort an ihn.

„Ich bin wieder zurück, Madame“, entgegnete er knapp.

Erstaunt lauschte die Königin dem Unterton seiner Rede nach.

„Guten Morgen, Gräfin“, begrüßte sie Madame de La Motte und blinzelte ihr vertraulich zu. Charny zitterte. Aufmerksam betrachtete er diese Frau.

Jeanne war unruhig geworden und wandte sich ab. Wie ein Irrsinniger folgte ihr Charny, um ihr noch einmal ins Gesicht zu blicken.

Die Königin fuhr fort, nach rechts und links zu grüßen, ließ aber die beiden nicht aus den Augen.

„Sollte er den Verstand verloren haben?“ überlegte sie. „Armer Junge.“

Sie trat wieder zu ihm.

„Wie befinden Sie sich, Herr de Charny“, fragte sie sanft.

„Sehr gut, Madame, aber Gott sei Dank doch nicht so gut wie Eure Majestät.“

Dabei verneigte er sich auf eine Art, die Marie-Antoinette noch mehr erschreckte als seine sonderbaren Worte.

Es steckt etwas dahinter, dachte Jeanne.

„Wo wohnen Sie jetzt?“ fragte die Königin.

„In Versailles, Madame, seit drei Nächten.“

Die Königin zeigte keinerlei Bewegung. Jeanne überlief es kalt.

„Haben Sie mir etwas zu sagen?“ fragte die Königin den jungen Mann.

„Ach, Madame, ich hätte Eurer Majestät nur zu viel zu sagen!“

„Dann kommen Sie!“

Die Königin kehrte in ihre Gemächer zurück. Durch Gebärden bedeutete sie ihrem Gefolge, daß sie nicht gestört zu werden wünschte.

Charny war zu erregt, um den ruhigen Fragen der Königin ebenso ruhig zu entgegnen. Immer ungebärdiger werdend, schleuderte er seine Anklage gegen sie heraus, sich überstürzend, berichtete er alles, was er gesehen hatte.

Marie-Antoinette war zu Eis erstarrt. So unschuldig sie sich fühlte, so leichtsinnig sie war, sie spürte dennoch unbestimmt, daß etwas Dunkles, Unfaßbares um sie war. Die mysteriöse Doppelgängerin war erneut gegen sie ins Spiel getreten, sie war also noch immer nicht verhaftet worden. Was hatte man gegen sie vor? Wer steckte hinter dieser anhaltenden Verfolgung? Und wie sollte sie diesem verzweifelten jungen Mann, der sie glühend liebte und an dessen Achtung ihr so viel lag, überzeugen, daß er, wie auf dem Opernball, nicht sie, sondern nur eine andere Frau gesehen haben konnte?

Sie bat ihn, sie schwor, Tränen traten ihr in die Augen, doch Charny vergrub den Kopf in beide Hände und blieb stumm.

„Sie lieben mich“, sagte sie bitter, „und doch halten Sie mich für treulos. Sie wissen, daß eine Unbekannte ihre Ähnlichkeit mit mir mißbraucht, aber Sie zweifeln an mir. Erinnere dich, Olivier, erinnere dich und glaube mir, daß ich keine ehrlose Frau bin.“

Und bei den letzten Worten hatte sie seine Hände genommen und so inständig auf ihn eingesprochen, daß er aufstöhnte. Ihre Berührung, ihr Atem hatten ihn berauscht. Und ihre Worte, verrieten sie nicht, daß auch sie ihn liebte? Er blickte in ihre Augen, aber Marie-Antoinette entzog sich dem Feuer, das sie zu verbrennen drohte, indem sie sich abwandte und langsam auf und ab zu gehen begann.

„Herr de Charny“, sagte die Königin endlich, „Sie sind mir eine Genugtuung schuldig. Hören Sie, was ich verlange. Gehen Sie heute nacht noch einmal in den Park. Entlarven Sie diese Leute, koste es, was es wolle. Wie Sie es tun, ist Ihre Sache. Beweisen Sie mir so Ihre Liebe, erobern Sie sich selbst den Beweis meiner Unschuld. Ich werde kommen und Ihnen durch meine Gegenwart bezeugen, daß Sie sich geirrt haben. Gewiß, das ist tollkühn, aber ich weiß mir keinen anderen Rat. Gehen Sie jetzt und lassen Sie keinen Menschen etwas von unserem Vorhaben erraten.“

Charny küßte ihre Hände und ging. Im zweiten Vorzimmer sah er unter den wartenden Damen die Gräfin, die ihn durchdringend musterte.

Madame de La Motte verbrachte den übrigen Tag in Versailles wie auf glühenden Kohlen. Die Königin ließ im Kreis ihrer Vertrauten nichts erkennen, was Jeannes Argwohn bestätigte oder widerlegte. Dennoch stand ihr Entschluß fest. Sobald sie für heute entlassen würde, mußte sie zu Herrn de Rohan fahren und dem verliebten Narren begreiflich machen, daß er die Königin wegen der Gefahr der Entdeckung nicht mehr sehen könne. Sie mußte ihm suggerieren, daß er ihr schreiben dürfe, wenn er seine Briefe ihr, Jeanne, anvertraute. Diese Briefe würden den Kardinal außerstande setzen, jemals gegen Madame de La Motte Klage zu erheben, wenn sie ihn zwingen würde, das Halsband zu bezahlen.

Im übrigen mußte Oliva verschwinden.

So kam es, daß Charny und die Königin zur Nacht vergeblich auf eine Wiederholung jener Parkszenen warteten.

Die Flucht

Die Glocken von Saint-Paul schlugen elf Uhr, und der Uferwind trug die gemessenen Klänge zur Rue Saint-Claude herüber, als Jeanne mit einer Postkutsche, die mit vier kräftigen Pferden bespannt war, in die Rue Saint-Louis einfuhr. Ein Mann, der auf dem Bock saß und in einen Mantel gehüllt war, bezeichnete dem Postillon das Haus, vor dem er warten sollte. Dann wandte er sich nach seiner Herrin um.

„Gut, Herr Réteaux“, sagte Jeanne, „eine halbe Stunde wird genügen. Ich hole jemand, den Sie für doppeltes Trinkgeld nach meinem Landgut in Amiens führen lassen. Sie übergeben die Person meinem Pächter Fontaine, der weiß, was er zu tun hat. Die Dame wird von einem Narren verfolgt. Sollte sich Ihnen jemand in den Weg stellen, dann schießen Sie. Sie haben zwanzig Louisdors Entschädigung verlangt, ich gebe Ihnen hundert und zahle Ihnen überdies die Reise nach London. Erwarten Sie mich dort. Ich komme bald nach. Hier ist das Geld, und nun gute Reise!“

Réteaux küßte der Gräfin die Hand. Dann stieg er in den Wagen, während Jeanne leichtfüßig in die Rue Saint-Claude zu ihrer Wohnung lief.

In dem harmlosen Viertel lag schon alles in tiefem Schlaf. Jeanne zündete eine Kerze an und hielt sie eine Zeit zum Balkon hinaus. Gleich würde Oliva das Haus verlassen. So war es verabredet.

Oliva zur Flucht zu bewegen war Madame de la Motte nicht schwergefallen. Die Leichtgläubige vertraute ihrer Freundin zu sehr, um Böses zu vermuten. Von ihrem großzügigen, aber gleichbleibend höflichen Beschützer hatte sie nichts weiter zu erwarten, das wußte sie. Ihr goldener Käfig hatte Reiz für sie gehabt, solange jene nächtlichen Spiele dauerten. Mit dieser Abwechslung aber sollte es aus sein. Dann lieber fort aufs Land, wo sie freier leben und versuchen konnte, ihren Liebsten wiederzufinden. Hier würde sie doch nur versauern. Und Jeanne war erfreut, daß ihr Opfer ihr so wenig Widerstand entgegensetzte.

Jeanne schaute zu Olivas Wohnung hinüber. Alle Fenster waren verhängt und dunkel.

„Das Mädchen ist vorsichtig“, murmelte Jeanne, „sie kommt sogar herunter, ohne Licht zu machen.“

Ihrer Sache gewiß, kehrte sie zurück auf die Straße. Aber niemand kam. Offenbar hatte sich Oliva mit lästigem Gepäck beladen.

Wie ärgerlich, dachte Jeanne, wir verlieren Zeit, weil sie sich nicht von ihren Lumpen trennen kann.

Eine Viertelstunde verging. Jeanne lief zum Boulevard, um von dort zu sehen, ob Olivas Fenster jetzt erleuchtet wären. Tatsächlich meinte sie, hinter den Vorhängen eines Fensters einen Lichtschein wahrzunehmen.

Ob sie mein Signal nicht gesehen hat? fragte sie sich, und wieder lief sie hinauf in ihre Wohnung und erneuerte das Zeichen mit der Kerze.

Nichts rührte sich dort drüben, und Jeanne kam die Sorge an, daß etwas schiefgegangen sei. Aber sie muß heute fort, dachte sie, lebendig oder tot. Wie eine verfolgte Löwin stürzte sie die Treppe hinunter und eilte zum Tor des Hauses Cagliostro. Sie hielt den Schlüssel bereit, zögerte aber, sich unbekannter Gefahr auszuliefern. Erst das Stampfen der Pferde, die an der Straßenecke warteten, trieb sie vorwärts.

Sie schloß auf, durcheilte den Hof und die unteren Räumlichkeiten. Von Oliva in die Geheimnisse des Hauses eingeweiht, fand sie die Treppe und stand bald vor Nicoles Wohnung.

Durch einen Türspalt gewahrte sie gedämpftes Licht. Leichte Geräusche waren zu vernehmen. Jeanne hielt den Atem an und lauschte. Niemand sprach. Oliva war also allein. Sie hatte sich nur verzögert.

Jeanne klopfte.

Schritte näherten sich, die Tür ging auf, und grelles Licht von einem dreiarmigen Leuchter fiel auf Jeanne.

„Ah, die Frau Gräfin de La Motte“, sagte eine männliche Stimme.

„Herr de Cagliostro!“ stammelte Jeanne entsetzt.

„Erlauben Sie, Madame, daß ich läute und meinen Pförtner bestrafe, weil er so ungezogen war, eine Dame Ihres Ranges nicht gebührlich ins Haus zu führen."

„Ach, strafen Sie ihn nicht", bat Jeanne, die die Falle nicht ahnte.

„Aber er war es doch, der Sie eingelassen hat, nicht wahr? Er neigt zum Trunk, der Flegel. Gewiß hat er nicht einmal gemerkt, daß er Sie einließ. Doch damit genug. Jetzt seien Sie so gütig, mir zu sagen, welchem Umstand ich die Ehre Ihres Besuches verdanke, Madame?"

Obgleich nun entschuldigt für ihr unerlaubtes Eindringen in dieses Haus, war Jeanne, die sonst so geistesgegenwärtige Jeanne, nicht in der Lage, dem Grafen einen plausiblen Grund zu nennen. Sie stotterte Unzusammenhängendes vom Kardinal Rohan, und Cagliostro war grausam genug, sie zappeln zu lassen wie einen armen kleinen Fisch an der Angel.

Schließlich beendete er ihre hilflosen Ausreden, indem er ihr auf den Kopf zu sagte, daß es in diesem Hause gar keinen Pförtner gab, daß sie einen Nachschlüssel benutzt hatte, den er ihr aus der Tasche zog, und daß sie in Wahrheit die Frau suche, die er aus Güte hier verborgen habe.

„Und wenn dem so wäre?" entgegnete Jeanne leise. „Wäre das ein Verbrechen? Ist es einer Frau nicht erlaubt, eine andere zu besuchen? Rufen Sie sie doch, damit sie Ihnen bestätigen kann, daß unsere Freundschaft das Licht nicht zu scheuen braucht."

„Madame, Sie sagen das, weil Sie genau wissen, daß sie nicht mehr hier ist", erwiderte Cagliostro.

„Wie? Sie ist nicht mehr hier?"

„Sie selbst haben an ihrer Entführung mitgewirkt."

„Ich? An ihrer Entführung?"

Cagliostro nahm ein Blatt vom Tisch und zeigte es der Gräfin. „Hier ist der Beweis", sagte er.

Und Jeanne las:

„Mein edler Herr Beschützer, verzeihen Sie mir, daß ich Sie verlasse. Ich liebe Beausire, wie Sie wissen. Er holt mich ab, und ich folge ihm. Leben Sie wohl und empfangen Sie meine große Dankbarkeit."

„Beausire!" rief Jeanne verblüfft. „Er kannte doch ihre Adresse gar nicht!"

„Doch, Madame", sagte Cagliostro, „dieses Papier fand ich auf der Treppe; es wird Herrn Beausire aus der Tasche gefallen sein."

Dieses Billett lautete:

„Herr Beausire findet Fräulein Oliva in der Rue Saint-Claude an der Ecke des Boulevards. Er möge sie sofort mit sich nehmen. Diesen Rat erteilt ihm eine aufrichtige Freundin. Es eilt!"

„Ja, und nun hat er sie mitgenommen", sagte Cagliostro ruhig.
„Und wer hat diese Zeilen geschrieben?" fragte Jeanne.
„Offenbar Sie, die aufrichtige Freundin." Cagliostro lächelte undurchdringlich.
Jeanne gab sich durch eine Übermacht geschlagen und floh. Ihr fein gesponnenes Netz hatte den ersten Riß bekommen.

Der Brief und die Quittung

Unterdessen war der Tag heran, an dem die Zahlung fällig war, die das Schreiben der Königin den Juwelieren Boehmer & Bossange versprochen hatte. Da Ihre Majestät sich strengste Diskretion ausbedungen hatte, warteten die Kaufleute den ganzen Tag geduldig, daß man ihnen das Geld ins Haus brächte. Aber die Quittung über fünfhunderttausend Francs, die sie für diesen Fall bereithielten, blieb unbenutzt.
Die Morgenröte des folgenden Tages befreite Boehmer & Bossange von ihren schimärischen Hoffnungen. Sie fuhren nach Versailles; Bossange sollte Boehmer im Wagen erwarten. Es war kein leichtes, ohne Audienzbrief vorgelassen zu werden. Aber Boehmer kannte die Bräuche und verteilte in den Vorzimmern Kleinigkeiten, was ihm die Erlaubnis eintrug, um zwei Uhr vor der Königin zu erscheinen.
Marie-Antoinette konnte sich nicht erklären, was Boehmer von ihr wollte.
„Wollen Sie mir wieder Juwelen anbieten?" fragte sie lächelnd den Kaufmann. „Sie wissen doch, ich habe kein Geld."
Boehmer schwitzte. Er glaubte, es sei jemand hinter den Vorhängen verborgen und Ihre Majestät wage deshalb nicht, offen zu sprechen. Betreten blickte er sich nach allen Seiten um.
„Was suchen Sie denn nur?" fragte ihn die Königin verwundert. „Gibt es schon wieder Geheimnisse? Schon wieder irgendein unvergleichliches Stück? Fürchten Sie sich doch nicht, niemand kann uns hören, mein lieber Herr Boehmer."
„Wenn dem so ist", hob Boehmer ermutigt an, „dann möchte ich mir zu bemerken erlauben, daß Eure Majestät uns gestern vergessen haben."
„Vergessen? Wieso denn?"
„Insofern, als gestern der Termin ..."
„Was für ein Termin?"
„Ich bitte Eure Majestät um Verzeihung, daß ich ... Ich weiß wohl, daß es eine Unbescheidenheit ist, und vielleicht ist die Köni-

gin nicht vorbereitet. Das wäre ein großes Unglück, aber schließlich …"

„Boehmer, ich begreife von alledem kein Wort. Erklären Sie sich deutlicher."

„Nun, Eure Majestät haben vergessen, daß gestern die erste Rate für das Halsband fällig war", kam Boehmer endlich schüchtern heraus.

Marie-Antoinette begriff noch immer nicht, Boehmer erklärte den Fall; Marie-Antoinette geriet außer sich, und Boehmer schlotterte, blieb aber fest bei seiner Behauptung. Marie-Antoinette wies ihren Empfangsschein vor, Boehmer leugnete, diese Quittung ausgestellt und unterzeichnet zu haben. Er präsentierte seinerseits das Schriftstück Ihrer Majestät. Marie-Antoinette las es.

„Das ist nicht meine Schrift!" sagte sie.

„Es ist unterzeichnet", stöhnte Boehmer.

„Marie-Antoinette von Frankreich … Sie sind wohl verrückt? Darf ich ‚von Frankreich' unterschreiben? Ich bin Erzherzogin von Österreich, mein Herr. Die Falle ist zu plump, sagen Sie das Ihren Fälschern."

„Meinen Fälschern?" stammelte der Juwelier, einer Ohnmacht nahe. „Eure Majestät verdächtigen mich, Boehmer?"

„Und Sie verdächtigen mich, Marie-Antoinette?"

Die Königin und der Juwelier blickten einander an, und beide zwangen sich zu klarer Überlegung. Boehmer holte Bossange zur Verstärkung. Die Königin befragte die Herren, wann und durch wen sie ihr Schriftstück erhalten hatten, und schloß, daß sie sowohl als die Juweliere hintergangen worden waren. Sie läutete und verlangte, ungesäumt die Gräfin de La Motte zu sehen, aber die Gräfin war bei Hofe nicht erschienen. Noch wollte die Königin ihre Vertraute in dieser Sache nicht offen verdächtigen, aber sie versprach den Juwelieren, sie der Person zu konfrontieren, der sie das Halsband zur Rückgabe überantwortet hatte. Inzwischen sollten die Herren zum Kardinal Rohan gehen. Er werde sicherlich in allem Klarheit schaffen, sagte sie ruhig, doch war ihre Ruhe vorgetäuscht, und sie sandte Bote auf Bote zu Madame de La Motte.

Der Kardinal fiel ebenso aus den Wolken wie die Königin, als Boehmer & Bossange ihm den Fall darstellten. Auch er erkannte das vorgebliche Schriftstück Ihrer Majestät sofort für eine Fälschung, als er die Unterschrift *Marie-Antoinette von Frankreich* las. Doch verbot er den Juwelieren streng, seine Freundin, Madame de La Motte, mit einem Verdacht zu belasten. Sein ganzer Zorn richtete sich gegen die Königin, denn ihre Antworten auf seine leidenschaftlichen Briefe waren mit jedem Mal kühler, strenger und zuletzt gänzlich abweisend ausgefallen. Marie-Antoinette erschien dem tief beleidigten Mann wortbrüchig, ehrlos und frivol. Selbstverständlich verbarg der Fürst seine Gefühle vor den Kaufleuten, aber sein Bescheid lautete, er werde morgen, bevor er um elf Uhr in der Kapelle von Versailles das Hochamt halte, die Königin fragen, ob sie das Halsband besitze. Die Juweliere möchten sich dann in der Nähe halten.

„Sie werden ja sehen, was sie antwortet", sagte er. „Wenn sie vor mir leugnet ... Nun, meine Herren, ich bin ein Rohan, dann bezahle ich."

Diese Worte hatte er mit einer Grandezza gesprochen, die sich in schlichter Prosa gar nicht wiedergeben läßt. Ihr Sinn war Zweifel an der Königin.

Berichte, Gerüchte und ein Abschied

Der nächste Tag war Himmelfahrt. König Ludwig hatte keine Muße, sich über das strahlende Wetter zu freuen und sich auf die Messe vorzubereiten. Seit dem frühen Morgen wurden ihm Geheimberichte und Gerüchte vorgetragen. Herr de Breteuil, der Siegelbewahrer des Reiches und langjährige erbitterte Feind des Kardinals Rohan, hatte gegen diesen ein ganzes Dossier zusammengestellt, das ihn bezichtigte, das Halsband unterschlagen, Schriftstücke gefälscht zu haben und sich zu rühmen, daß die Königin seine Geliebte sei.

Der Graf de Provence, Bruder des Königs und nachmaliger König Ludwig XVIII., wartete mit Meldungen seiner verschiedenen Beobachter auf, nach denen die Königin an vier aufeinanderfolgenden Tagen zur Nachtzeit im Park von Versailles gesehen worden war. Die Angaben über die bedenklichen Handlungen Ihrer Majestät stimmten mit dem überein, was Olivier de Charny der Königin vorgeworfen hatte. In den Berichten über die ersten drei Nächte war die begleitende Dame als Madame de La Motte erkannt worden, während der beteiligte Herr nicht identifiziert war. Der Beobachter der vierten Nacht nannte Herrn de Charny.

Der sonst so gutmütige Ludwig eilte mit wutverzerrtem Gesicht zu den Gemächern der Königin.

Gerüchte verbreiteten sich in Versailles wie der Wind. Olivier de Charny, von seinen wiedererwachten, jetzt neu bestätigten Zweifeln gemartert und von unmäßigen Ängsten um die gefährdete Königin getrieben, hatte unterdessen um eine Audienz ersucht und Marie-Antoinette über alle umlaufenden Reden unterrichtet.

Die Königin lauschte ihm schweigend und wie erstarrt in einem Lehnstuhl. Charny war bleicher und erregter denn je.

„Sie sehen, Madame", sagte er düster, „alles hat sich gegen unsere

Freundschaft verschworen. Nach diesem Skandal gibt es keine Ruhe mehr für mich, keinen Frieden mehr für Sie. Die öffentliche Meinung wird Sie zerreißen, selbst wenn Sie sich rechtfertigen könnten."

„Sie sollten auf Ihre Güter zurückkehren, Herr de Charny, oder gehen Sie auf eins der Schiffe Ihres Onkels und suchen Sie anderswo, was Sie in meiner Nähe nie mehr finden werden: Hoffnung und Glück. Gehen Sie, die Gefahr ist ernst. Ihnen droht Ruin, Verleumdung und Kerker."

„Nein, ich will bleiben und Sie verteidigen, wo und wie ich kann. Sie haben mir meine Zweifel vorgeworfen, Madame, vergeben Sie mir und zerschmettern Sie mich jetzt nicht, indem Sie an meiner Treue zweifeln. Schicken Sie Ihren Diener nicht fort, der Sie verehrt, der trotz allem an Sie glaubt und der Ihnen seine Liebe bis zum Tode treu beweisen wird."

Marie-Antoinette löste sich aus ihrer Starre. Ihre Augen füllten sich mit Tränen.

„Ist das wahr, Olivier? Findet die verfluchte, verlorene Königin, die Frau, über die man zu Gericht sitzen wird, die von der öffentlichen Meinung bereits verurteilt ist und die von ihrem Gatten wahrscheinlich verjagt werden wird, noch ein Herz, das sie liebt?"

Charny fiel vor Marie-Antoinette nieder und küßte inbrünstig die Füße der Königin.

In dem Augenblick öffnete sich die Tür, und der König, wie vom Blitz getroffen, verharrte auf der Schwelle.

Charny erhob sich langsam und verneigte sich ehrfurchtsvoll.

„Herr de Charny", sagte Ludwig mit unheimlicher Selbstbeherrschung, „es ist für einen Edelmann wenig ehrenvoll, bei einem Diebstahl ertappt zu werden."

„Diebstahl?" wiederholte die Königin, und sie glaubte, die furchtbaren Anschuldigungen, das Halsband betreffend, würden nun auch diesen Unschuldigen besudeln.

„Diebstahl, jawohl", sagte Ludwig, von den Berichten seines Bruders vollends verstört, „vor der Frau eines anderen zu knien ist ein Diebstahl; und ist diese Frau die Königin, nennt man diesen Diebstahl ein Majestätsverbrechen. Die Bastille erwartet Sie, mein Herr."

„Sire", entgegnete Marie-Antoinette. „Sie hegen, wie mir scheint, schlimmen Argwohn und böse Vermutungen. Überlassen Sie sich ihnen nicht, sonst sind wir verloren. Ich kenne das Herz des Herrn de Charny und werde nicht dulden, daß man ihn anklagt, ohne daß ich ihn verteidigte."

„Wollen Sie leugnen, Madame, daß der Graf sich soeben in einer recht unüblichen Haltung vor Ihnen befand? Um niederzuknien, muß man ..."

„Muß man ein Untertan sein", schnitt Marie-Antoinette dem König das Wort ab, „der um eine Gnade bittet, die ich nicht bewilligen konnte."

„Eine Gnade?" fragte der König, unsicher geworden.

Und die Königin, einmal auf dem Weg, ihren teuersten Freund und ihre eigene Ehre zu verteidigen, erfand die rettende Geschichte, daß Charny Andrée de Taverney liebe und zu heiraten wünsche, daß sein Wunsch aber unmöglich sei, da Andrée ins Kloster gegangen war.

Der König fühlte sich besser. Vielleicht habe Fräulein von Taverney die Gelübde noch nicht abgelegt, sagte er, die Königin möge das erkunden lassen und Charny zu seinem Lebensglück verhelfen.

Charny küßte der Königin stumm die Hand, und als er aufstand, um zu gehen, las er in ihren Augen den heißen Schmerz über diesen Abschied für immer.

Inzwischen wurde Prinz Louis, Großalmosenier des Reiches, Seine Eminenz der Kardinal von Rohan, bereits im priesterlichen Ornat, auf Befehl des Königs verhaftet und in die Bastille gebracht.

Nach Madame de La Motte, die verschwunden blieb, wurde gefahndet.

Saint-Denis

Die Königin blieb allein und in Verzweiflung zurück. So viele Schläge hatten sie getroffen, daß sie nicht mehr zu entscheiden vermochte, welcher Schmerz der härteste war.

Nach einer Stunde in tiefster Niedergeschlagenheit sagte sie sich, daß sie handeln müsse. Das Gerücht belastete sie und Charny mit den Begebnissen jener drei Nächte, denen sie in der vierten vergebens auf der Spur gewesen war. Der König würde die von ihr erfundene Geschichte dagegenhalten. Doch mußte dies aufs schnellste mit Tatsachen untermauert werden, damit man sie glaubte.

Daß Andrée die Gelübde bereits abgelegt hatte, war in der Tat unwahrscheinlich, dafür war sie zu kurze Zeit im Kloster. Würde dieses stolze Mädchen aber ihre Freiheit und ihre Zukunft daransetzen, um die Königin zu retten, die sie vor wenigem fast als Feindin verlassen hatte?

Was würde geschehen, wenn Andrée ablehnte? Dann brach das ganze Lügengespinst zusammen. Dann war die Königin eine klägliche Intrigantin, Charny ein Lügner, und die jetzt umlaufenden Verleumdungen wurden zur Anklage.

Es wurde drei Uhr. Die Stunde der zeremoniellen Empfänge kam heran. Heiter und mit einer Liebenswürdigkeit, die ihrem bekannten Stolz keinen Abbruch tat, empfing die Königin ihre Gäste. Sie war bestrebt, jenen, die sie für ihre Feinde hielt, mit einer Festigkeit zu begegnen, die eine Schuldige nicht aufzubringen pflegt.

Nie hatte man sich so zu Hofe gedrängt, nie hatte die Neugier so unverhohlen die Züge einer gefährdeten Königin geprüft. Marie-Antoinette hielt allen Blicken stand, und ihre Feinde sahen sich beschämt, ihre Freunde feierten sie enthusiastisch. Sie bestand diesen Kampf so schön und hoheitsvoll, daß der König, nicht allein um die Würde seines Hauses aufrechtzuerhalten, sondern aus ehrlicher Dankbarkeit, sie vor aller Augen beglückwünschte.

Als die Empfänge vorüber waren, schwand das Lächeln von ihren Lippen. Was war dieser Sieg am Hof gegen die Feindseligkeiten, die in der Stadt seit langem schwelten und die jetzt so reichlich neue Nahrung erhielten? Wann endlich würde man jene Doppelgängerin aufspüren, wann Madame de La Motte verhaften, um in all die dunklen Vorkommnisse der letzten Wochen Licht zu bringen? Konnte nicht auch der Kardinal, so wie sie selbst, durch jene beiden Frauen schändlich hinters Licht geführt worden sein?

Fürs nächste galt es, Andrée aufzusuchen und sie bei ihrer einstigen Freundschaft anzuflehen, daß sie der Ehre der Königin sich zum Opfer brächte.

Von einer Hofdame begleitet, fuhr Marie-Antoinette nach Saint-Denis. Im Kloster herrschte tiefe Stille. Es war die Stunde der Meditation, bevor zur Abendandacht geläutet wurde.

Man meldete Andrée, daß die Königin nach ihr verlange, und Andrée eilte zum Sprechzimmer. Kaum war sie hundert Schritt gegangen, als sie durch die Freude, die sie ungewollt empfunden, sich gedemütigt fühlte.

Warum zittert mein Herz? fragte sie sich. Was darf es mich kümmern, daß die Königin das Kloster Saint-Denis besucht? Stolz? Die Königin ist nicht meinetwegen gekommen. Glück? Ich liebe die Königin nicht mehr.

Dennoch fühlte sie ihr Herz erneut höher klopfen, als sie Marie-Antoinette im Kreis der Nonnen sah, die sich auf eine Bitte der Majestät sogleich entfernten.

Um das Gespräch anzuknüpfen, äußerte die Königin ihre Verwunderung, die einstige Gefährtin in der strengen Klostertracht zu sehen, die ihr als eine Mahnung erscheine, ernst wie das Grab.

„Wer könnte sich erdreisten“, erwiderte Andrée, „Eurer Majestät Mahnungen zu erteilen. Sogar der Tod mahnt die Königin erst, wenn er die Hand nach ihr ausstreckt.“

„Wie das?“ fragte Marie-Antoinette, über Andrées Ton betroffen.

„Eine Königin muß in dieser Welt nur das Unvermeidliche erdulden. Sie genießt alle Erleichterungen des Lebens; sie nimmt den anderen, was ihnen das Leben hätte verschönen können. Und das ist ihr Recht. Die anderen sind für die Herrschenden ja nur Untertanen, deren Leben, Ehre und Glück ihnen gehören."

Marie-Antoinette blickte Andrée mit staunenden Augen an. Nie hatte man ihr derartiges gesagt. Welche Bitternis hatte dieses Mädchen von ihr fortgetrieben? Konnte sie eine so starke Gegnerschaft überwinden? Sie wagte es dennoch, Andrée von der Rückkehr ins Leben, an den Hof und von der sich bietenden Heirat zu sprechen.

Andrée lehnte all dies entschieden ab, und die Königin in ihrer wachsenden Angst sah sich gezwungen, nun zu Bitten und zu Geständnissen über ihre verzweifelte Lage überzugehen. Im letzten Augenblick aber fragte Andrée: „Madame, nennen Sie mir wenigstens den Namen des Mannes, der mich zur Gefährtin nehmen wollte. Ich habe in meinem Leben so viele Demütigungen erlitten, daß der Name dieses großmütigen Menschen der Balsam sein mag, mit dem ich die Wunden meines Stolzes künftig bestreichen werde."

Und dabei lächelte sie mit einer Ironie, die schmerzlich anzusehen war.

„Es ist Herr de Charny", sagte die Königin.

„Olivier de Charny?" rief Andrée, und binnen Sekunden wich ihre gemessene Haltung einer so unmäßigen, so jubelnden Freude, daß Marie-Antoinette der Atem stockte. Glühende Stiche trafen ihr Herz; und sie lehnte sich in ihren Stuhl zurück, während Andrée wie wahnsinnig ihre Hände, ihre Knie, ihr Kleid mit Küssen bedeckte.

Die Braut

Der alte Baron de Taverney war guter Dinge von Versailles zurückgekehrt. Er hatte sich mit dem neuesten Klatsch vollgesogen, hatte mit allen über alle gelacht und seine boshaften Bemerkungen gemacht. Wieder spann der närrische alte Mann seine ehrgeizigen Lieblingsideen. Für ihn war der geheimnisvolle Liebhaber der Königin im Park niemand anders als sein Sohn Philippe. Nur wagte er es nicht mehr, diesem seine unumstößliche Überzeugung kundzutun, um nicht einer harten Abfuhr sich auszusetzen.

Philippe hatte sich nach seinen enttäuschenden Erlebnissen bei Hofe entschlossen, an der Weltumsegelung des Herrn de La Peyrouse teilzunehmen, und rüstete zur Reise. Nach den jüngsten Ereignissen hatte er es noch eiliger fortzukommen, denn er wollte die Entehrung der Königin nicht miterleben. Sein ganzer Haß richtete sich gegen seinen glücklichen Rivalen Charny.

Um so tiefer verwundert war er, als völlig unerwartet seine Schwester aus dem Kloster heimkehrte – die Königin hatte Andrée gleich von dort mitgebracht – und ihm strahlend vor Glück mitteilte, daß Charny um sie geworben habe.

Kaum war Andrée heimgekommen und hatte das düstere Haus mit ihrer neuerblühten Schönheit und ihrer Freude erfüllt, als der Graf de Charny gemeldet wurde.

Andrée eilte in ihr Zimmer, um die Klostertracht gegen ein Festkleid zu vertauschen. Von einem Nebenraum her belauschte Philippe die Unterredung des Grafen mit seinem Vater. Tatsächlich bat Charny den Baron um die Hand seiner Tochter, und als der Alte, der sich über diesen Antrag hoch geehrt erklärte, hinausging, um die Familienpapiere zu holen und den jungen Mann über die Mitgift der Braut zu unterrichten, betrat Philippe den Salon, wo Charny wartete.

„Wie können Sie es wagen, Herr Graf", sagte er voll Erbitterung, „meine Schwester zur Frau zu verlangen?"

Charny errötete und wich zurück.

„Wollen Sie auf diese Weise", fuhr Philippe fort, „Ihre Liebschaft mit jener Frau maskieren, die Ihre Liebe erwidert? Oder hoffen Sie, als Gatte einer Frau, die bei Ihrer Geliebten jederzeit Zutritt hat, dem Gegenstand Ihrer Verehrung näherzukommen?"

Charny taumelte. Philippe betrachtete ihn mit vernichtendem Blick. Charny, dessen Gesicht sich mit tödlicher Blässe überzogen hatte, zwang sich zur Ruhe.

„Mein Herr", sagte er, „auch wenn Sie mich der Niedertracht bezichtigen, bitte ich Sie, gerade Sie, um die Hand Ihrer Schwester. Wenn ich diesen Schritt um meinetwillen, aus feiger Berechnung täte, wäre ich ein Elender, der Ihre Verachtung verdient, aber ich tue ihn, um die Königin zu retten. Die Königin ist in Gefahr."

Und er erklärte Philippe, was an diesem Morgen geschehen war und daß er die Königin nicht Lügen strafen könne.

Seine Rede wurde durch ein dumpfes Geräusch aus dem Nebenraum unterbrochen. Beide, Philippe und Charny, stürzten dorthin. Andrée, die zusammengebrochen war, lag in ihrem Brautkleid wie leblos am Boden.

Die Viper

Madame de La Motte, wir erinnern uns, war die Entführung Olivas mißglückt, und so viele gemietete Spione sie aussandte, die Verschwundene aufzuspüren, der Erfolg blieb ihr versagt. Sie geriet darüber in unbeschreibliche Angst, und da ihr Befehl auf Befehl überbracht wurde, bei der Königin zu erscheinen, beschloß sie, einige Tage unterzutauchen, um ihre Lage gründlich zu durchdenken.

Verschleiert und bei Nacht begab sie sich nach Bar-sur-Aube, wo sie ein kleines Absteigequartier unterhielt. In dieser Abgeschiedenheit genügten ihr zwei Tage, ihre Ängste zu bändigen, neue Kraft zu finden und das Gebäude ihrer Verleumdungen zu befestigen.

Die Polizei konnte dem Hof von ihrem Aufenthalt in Bar-sur-Aube erst Mitteilung machen, als Jeanne bereits zum Kampf gerüstet war.

Durch ihre Flucht hatte sie die Verhaftung des Kardinals verspätet erfahren. Jede andere Frau hätte jetzt aufgegeben, aber Jeanne begriff nur, daß sie nun niemanden mehr zu schonen brauchte. Die Königin, so rechnete sie kaltblütig, hat es verschmäht, sich mit dem Kardinal im stillen zu vergleichen und die Juweliere zu bezahlen, das heißt, sie hat contra angesagt. Sie unterschätzt die Kräfte, die mir zu Gebote stehen.

So weit war Jeanne, als ein Offizier der Geheimpolizei bei ihr erschien und mitteilte, daß er sie an den Hof zu führen habe.

Man stelle sich nun Marie-Antoinette vor, ihren unsäglichen Groll, ihren kaum verhohlenen Zorn, ihr Triumphgefühl, als dieser Dämon vor sie hintrat, den sie noch nicht zur Genüge kannte, dessen verhängnisvollen Einfluß auf ihr Geschick sie jedoch mit geheimem Grauen ahnte. Endlich mußte die Wahrheit ans Licht kommen, endlich würden alle die abscheulichen, rätselvollen Verstrikkungen gelöst werden, endlich setzte die Königin der Schlange, die sie gebissen hatte, den Fuß auf den Kopf!

Das Herz voller Geheimnisse, den Kopf voll von Ideen, als letzten Motor die Verzweiflung, so stand Jeanne vor ihrer Gegnerin.

Mit langsamer, feierlicher Verbeugung waren auf Geheiß der Königin zwei ihrer Frauen eingetreten, um mit gesenkten Lidern und geschlossenen Lippen dem Verhör beizuwohnen. Die beiden Zeugen, dachte Jeanne, wird sie wohl schnell hinausschicken müssen.

„Ah, da sind Sie endlich!" rief Marie-Antoinette. „Sie verstecken sich also?"

„Ich hätte mich versteckt? Aber nein, Madame", erwiderte Jeanne mit ihrer sanftesten Stimme, „wenn ich mich hätte verstecken wollen, hätte man mich nicht gefunden."

„Sie sind aber doch geflohen? Oder wie nennen Sie Ihre überstürzte Abreise?"

„Ich habe Paris verlassen, das ist wahr, Madame."

„Ohne meine Erlaubnis?"

„Ich befürchtete, Eure Majestät würde mir den kleinen Urlaub nicht bewilligen, den ich benötigte, um in Bar-sur-Aube gewisse Angelegenheiten zu erledigen. Ich war seit zehn Tagen dort, als der Befehl Eurer Majestät mich erreichte. Übrigens muß ich gestehen, daß ich mich nicht so unentbehrlich wähnte ... nur darum habe ich versäumt, Eure Majestät von meiner Abwesenheit in Kenntnis zu setzen."

„Sie haben recht, Madame", sagte Marie-Antoinette mit schneidender Schärfe, „wie hätte ich Ihnen einen Urlaub zu bewilligen – nehmen Sie denn hier ein Amt ein?"

Jeanne mußte ihren Stolz bezähmen, ehe sie demütig antwortete: „Madame, ich nehme hier kein Amt ein, aber Eure Majestät hatten mich mit einem so kostbaren Vertrauen beehrt, daß ich mich durch meine Dankbarkeit mehr verpflichtet glaubte, als es andere durch ihre Pflicht sein mögen."

„Was dieses Vertrauen betrifft", sagte die Königin verächtlich, „wollen wir die Rechnung gleich in Ordnung bringen."

Und da die Königin, um sich zu beruhigen, eine geringe Pause machte, ehe sie das eigentliche Verhör begann, nutzte Jeanne die Frist.

„Mein Gott", rief sie, „wie streng sprechen Eure Majestät mit mir. Ich zittere ..."

„Damit sind Sie noch nicht am Ende", versetzte Marie-Antoinette, „wissen Sie, daß Herr de Rohan in der Bastille ist?"

„Man hat es mir gesagt."

„Und Sie erraten, warum?"

Jeanne blickte die Königin fest an, dann sah sie zu den beiden Hofdamen hin, als ob diese sie störten.

„Ich weiß es nicht, Madame", sagte sie.

„Aber Sie werden immerhin wissen, daß Sie mir von jenem Halsband gesprochen haben, nicht wahr?"

„Allerdings, Madame."

„Habe ich das Arrangement, das Sie mir vorschlugen, abgelehnt oder angenommen?"

„Eure Majestät haben es abgelehnt."

Die Königin war befriedigt.

„Eure Majestät hat mir eine Anzahlung von zweihundertfünfzigtausend Francs eingehändigt", fuhr Jeanne fort. „Und als Herr de Calonne kein Geld flüssig machen konnte, übergaben Sie mir das Etui, um es den Juwelieren Boehmer & Bossange zurückzubringen."

„Und was haben Sie getan?"

Jeanne war sich der Bedeutung der Worte, die sie jetzt sagte, voll bewußt.

„Ich habe die Juwelen dem Herrn Kardinal gegeben", antwortete sie langsam.

„Dem Herrn Kardinal? Und warum nicht den Juwelieren?"

„Um Vergebung, Madame, aber da Herr de Rohan an dem Gegenstand, der Eurer Majestät gefiel, so interessiert war, fürchtete ich ihn zu verletzen, wenn ich ihm nicht die Gelegenheit bot, in der Angelegenheit selbst zu entscheiden."

„Und wie kommt es, daß Sie von den Juwelieren eine Quittung erhalten haben?"

„Herr de Rohan hat mir diese Quittung übergeben."

„Und jener Brief, den Sie den Juwelieren als ein Schriftstück von meiner Hand überbrachten?"

„Herr de Rohan bat mich, ihn zu überbringen."

„Demnach wäre immer wieder und an allem Herr de Rohan allein schuld!" rief die Königin zornig aus.

„Ich weiß nicht, was Eure Majestät damit sagen will", erwiderte Jeanne.

„Ich sage, daß die Quittung der Juweliere falsch ist!"

„Falsch, Madame?"

„Und die angebliche Schuldverschreibung von mir ist ebenso falsch."

„Oh!" rief Jeanne, noch tiefer erstaunt als vorher.

„Man wird Sie Herrn de Rohan konfrontieren, um endlich Klarheit in dieser Sache zu schaffen."

„Mich konfrontieren?" sagte Jeanne unschuldig. „Aber wozu sollte ich dem Herrn Kardinal konfrontiert werden?"

„Weil er Ihnen dringend zu beweisen wünscht, daß Sie ihn hintergangen haben."

„Wenn dem so ist, verlange *ich* die Konfrontation."

„Sie wird stattfinden, dessen versichere ich Sie, Madame. Sie leugnen also zu wissen, wo das Halsband ist?"

„Woher sollte ich das wissen?"

„Sie leugnen auch, Herrn de Rohan bei gewissen Intrigen geholfen zu haben?"

„Eure Majestät hat das Recht, mir Ihre Gnade zu entziehen, aber nicht, mich zu beleidigen. Ich bin eine Valois, Madame."

„Der Herr Kardinal hat gewisse Verleumdungen verbreiten lassen, die er ernsthaft behauptet, beweisen zu können."

„Ich verstehe nicht."

„Der Kardinal hat erklärt, daß er mir Briefe geschrieben habe."

Jeanne blickte der Königin ins Gesicht und gab keine Antwort.

„Verstehen Sie mich nicht?" fragte die Königin.

„Ich verstehe, ja, Majestät."

„Und was antworten Sie darauf?"

„Ich werde antworten, wenn ich Herrn de Rohan gegenüberstehe."

„Wenn Sie etwas wissen, dann helfen Sie uns, indem Sie es uns sagen."

„Majestät, Sie erniedrigen mich ohne Grund."

„Das ist keine Antwort."

„Und doch werde ich hier keine andere geben“, sagte Jeanne und blickte erneut nach den beiden Hofdamen.

Die Königin begriff, aber trotz ihrer Neugier gab sie nicht nach. Aus Jeannes Andeutungen, aus ihrer zugleich demütigen und frechen Haltung sprach die Sicherheit, die nur dem Besitz eines Geheimnisses entspringt. Dieses Geheimnis hätte sie durch Nachgiebigkeit wohl erkaufen können, aber sie verwarf dieses Mittel als ihrer unwürdig.

„Herr de Rohan wurde in die Bastille geschickt, weil er zuviel reden wollte“, sagte Marie-Antoinette. „Hüten Sie sich, Madame, daß Ihnen nicht ein Gleiches widerfährt, weil Sie schweigen.“

Jeanne grub sich die Nägel ins Fleisch, aber sie lächelte.

„Ein reines Gewissen scheut die Verfolgung nicht“, sagte sie. „Kann die Bastille mich eines Verbrechens überführen, das ich nicht begangen habe?“

Die Königin blickte zornflammend.

„Wollen Sie endlich sprechen?“

„Ich habe nichts zu sagen, Madame, außer Ihnen allein.“

„Ach, wären wir so weit? Sie wollen geschlossene Türen? Sie scheuen den Skandal des Geständnisses, nachdem Sie mich dem öffentlichen Verdacht ausgesetzt haben?“

Jeanne hob den Kopf sehr gerade.

„Sprechen wir nicht mehr davon“, sagte sie stolz. „Was ich tat, habe ich für Sie getan.“

„Welch eine Unverschämtheit! Madame de La Motte, Sie schlafen heute nacht in der Bastille.“

„Mag sein, Madame, doch ehe ich einschlafe, werde ich wie jeden Abend zu Gott beten, er möge die Ehre und das Glück Eurer Majestät erhalten“, sagte die Angeklagte.

Die Königin erhob sich wütend, eilte ins Nebenzimmer und schlug die Türen hinter sich zu.

Ihr Spiel kenne ich auswendig, dachte Jeanne, ich glaube, ich habe gewonnen.

Herr de Crosne triumphiert

Der Prozeß wurde mit all dem Eifer vorbereitet, den ruinierte Kaufleute, beschuldigte Adlige und angstgequälte Richter aufwenden, in deren Hände die Ehre und das Leben einer Königin gelegt worden sind.

Ein Aufschrei ging durch ganz Frankreich. An seinem unterschiedlichen Klang konnte die Königin ihre Parteigänger und ihre Feinde erkennen.

Seit Herr de Rohan in der Bastille war, verlangte er, Madame de La Motte gegenübergestellt zu werden. Jetzt, da auch Jeanne gefangen saß, sollte diese Genugtuung ihm gewährt werden. Der Fürst lebte in der Bastille wie ein großer Herr in einem Haus, das er gemietet hat. Außer der Freiheit wurde ihm alles bewilligt.

In Anbetracht des Standes der Personen, die in diesen Prozeß verwickelt waren, haftete diesem von Anbeginn der Geruch der Erbärmlichkeit an. Man wunderte sich, wie ein Rohan des Diebstahls bezichtigt werden konnte. Darum bezeigten der Gouverneur und die Offiziere der Bastille dem Kardinal alle Ehrfurcht und Sympathie, die man dem Unglück entgegenbringt. Für sie war er kein Angeklagter, sondern ein Opfer höfischer Intrigen. Und diese Ansicht verbreitete sich schnell auch in der Öffentlichkeit. Man ergriff sogar begeistert für ihn Partei. Herr de Rohan, einer der Vornehmsten des Reiches, verstand nicht, daß die Liebe des Volkes einzig deshalb sich ihm zuwandte, weil er von noch Höheren verfolgt wurde. Fürst Louis de Rohan, das letzte Opfer des Despotismus, war in Wahrheit und ohne es zu ahnen, einer der ersten Revolutionäre in Frankreich.

Seine Aussprache mit Madame de La Motte brachte indes nicht das ersehnte Ergebnis. Die Gräfin verlangte, mit dem Kardinal unter vier Augen zu sprechen. Dies wurde ihr verweigert, doch sollte der Rechtsbeistand des Kardinals mit der Gräfin allein reden können.

Nach dem Verbleib des Halsbands gefragt, antwortete sie diesem, sie wisse darüber nichts, doch hätte man es ihr mit Fug und Recht schenken können. Die Dienste, die sie der Königin und dem Kardinal geleistet habe, seien wohl anderthalb Millionen wert.

Als dem Kardinal diese Worte überbracht wurden, erblaßte er tödlich und begriff, daß er in die Schlinge gegangen war. Er erwog einen Verzicht auf weitere Verteidigung, um die Königin nicht zu ruinieren, aber seine Freunde und Verwandten drängten ihn, den Kampf auszutragen. Sie gaben ihm zu bedenken, daß seine Ehre auf dem Spiel stand und daß seine Unschuld ohne einen formellen Freispruch nicht bestätigt werden konnte. Sollte aber seine Unschuld erwiesen werden, mußten die Beziehungen des Kardinals zu Marie-Antoinette öffentlich erörtert werden.

Jeanne erklärte, daß sie niemals die Königin anklagen werde, ebensowenig den Kardinal; doch wenn man fortfahre, ihr die Verantwortung für das Halsband aufzulasten, würde sie beweisen, daß die Königin wie der Kardinal interessiert seien, sie der Lüge zu beschuldigen.

Als man diese Äußerungen Herrn de Rohan mitteilte, erklärte der Fürst, er verstehe das Betragen Jeannes bis zu einem gewissen Punkt, das der Königin aber gar nicht. Diese Äußerung kam Marie-Antoinette zu Ohren und brachte sie außer Rand und Band. Sie forderte, daß die Aufmerksamkeit der Untersuchungsrichter sich vornehmlich diesen geheimnisvollen Punkten zuwende. So wurden nun doch jene nächtlichen Zusammenkünfte ans Tageslicht gezogen und der öffentlichen Neugier und Spekulation preisgegeben.

Sooft man Jeanne in die Enge trieb, entgegnete sie dasselbe: „Man möge mich in Ruhe lassen, wenn man nicht will, daß ich zuviel sage!“

Diese Andeutungen verschafften ihr beinahe den Ruf einer Heldin und verwirrten die Fäden der Untersuchung immer aufs neue. Kein Untersuchungsrichter mochte mit der gefährlichen Frau zu tun haben.

Heraus kam bei alledem, daß die Königin keine Verteidiger mehr fand. Alle früheren Verleumdungen und Beschuldigungen, die sie lange tapfer bekämpft hatte, schienen durch die Ergebnisse der Untersuchungen bestätigt. Jetzt war es nicht mehr die Frage, ob die Königin das Halsband unterschlagen hatte, man verlangte zu wissen, ob sie es durch jemanden hatte stehlen lassen, der in die Umstände ihres Ehebruchs eingeweiht war.

So weit hatte es Madame de La Motte gebracht. Schon glaubte die Königin, ihr bleibe kein anderer Ausweg als die Schmach, da traf die Nachricht ein, daß die Polizei das Fräulein Oliva gefaßt hatte.

Man errät, mit welch vergnügtem Händereiben Herr de Crosne der Königin eine Überraschung versprach und mit welcher Freude sie diese Ankündigung aufnahm. Sie hatte seit geraumer Zeit nur mehr düstere Mienen um sich gesehen.

Mit einem hermetisch verschlossenen Wagen, der seiner Kutsche folgte, fuhr Herr de Crosne nach Versailles. Die Königin wies ihn an, ihr seine Überraschung in der Bibliothek ihres Lieblingsschlosses Trianon vorzuführen, wo sie durch ein Guckloch in der Wand sehen konnte, ohne selbst gesehen zu werden.

Wenig später stand die Königin mit klopfendem Herzen an ihrem Beobachtungsposten. Da wurde eine verschleierte Gestalt in den Nebenraum geführt. Der begleitende Beamte zog der Person den Schleier ab; und die Königin verhielt nur mit Mühe einen Schrei der Überraschung. Oliva trug eins der Lieblingskleider Marie-Antoinettes, ein grünes Kleid mit breiten, schwarzen Moirébändern. Die hohe Frisur, die grünseidenen Pantoffeln mit den Stökkelabsätzen, auch alles Beiwerk waren genau nach dem Vorbild der Königin gewählt. Entgeistert betrachtete sie ihr leibhaftiges Spiegelbild.

„Nun, was sagen Majestät zu dieser Ähnlichkeit?“ fragte Herr de Crosne hochbefriedigt.

Die Königin bezeugte dem Polizeichef ihre große Dankbarkeit. Jetzt konnte die Aufklärung aller Mysterien vonstatten gehen, meinte sie und wünschte, daß der König und ganz besonders ihr böswilliger Schwager, der Graf de Provence, schnellstens sähen, was sie soeben gesehen hatte.

„Weiß Herr de Rohan bereits um Ihren Fund?"

„Herr de Rohan ist vollkommen ahnungslos."

„Nun, jetzt ist es erwiesen", sagte die Königin, „diese Frau ist der ganze Irrtum des Kardinals."

„Wenn sie der Irrtum des Kardinals ist, so ist sie auch das Verbrechen anderer."

„Suchen Sie gut, Monsieur, die Ehre der französischen Dynastie liegt in Ihren Händen."

„Eure Majestät möge überzeugt sein, daß sie da gut aufgehoben ist."

„Was wissen Sie von Madame de La Motte?"

„Noch weiß auch sie nicht, daß ich diese Frau gefunden habe. Bislang behauptet sie, der Graf de Cagliostro habe dem Kardinal den Kopf verdreht. Herr de Cagliostro wird heute bei mir erscheinen und mir Rede stehen."

Der Prozeß

Der Graf de Cagliostro war geschickt genug, dem Polizeichef nichts über seine eigenen Spiele mit Olivas hoher Ähnlichkeit zu enthüllen. Er erklärte, das Fräulein aus reiner Menschenfreundlichkeit bei sich aufgenommen zu haben, um sie vor den verderblichen Einflüssen ihres bisherigen Lebenskreises zu bewahren. Zu wissen, daß Madame de La Motte die leichtfertige, einsam lebende junge Frau zu sträflichen Unternehmungen verleitet hatte, bestritt er, doch war er bereit, die vielen Briefchen der Gräfin an Oliva als Beweisstücke vorzulegen und zu bezeugen, daß Jeanne ihre Entführung vorbereitet hatte.

Unterdessen wurde bekannt, daß die Diamanten in England zum Verkauf geboten worden waren und daß Réteaux de la Villette im Zusammenhang damit verhaftet worden war.

Mit Réteaux konfrontiert, vernahm Jeanne zu ihrem Entsetzen, wie der Mann demütig gestand, ein elender Fälscher zu sein, die Quittung über den Empfang der Diamanten wie auch das Schriftstück, das der Königin unterstellt worden war, hergestellt zu haben, und dies alles im Auftrag von Madame de La Motte.

Die Gräfin war außer sich. Sie behauptete, Herrn Réteaux nie gesehen zu haben, doch nun traten neue Zeugen gegen sie auf den Plan. Ein Droschkenkutscher, den die Polizei aufgetrieben hatte, identifizierte Réteaux und Jeanne als seine Fahrgäste an jenem Abend, da die Entführung hatte stattfinden sollen.

Ein anderer Zeuge, ein Diener des Grafen de Cagliostro, hatte Réteaux an demselben Abend blaß und wartend auf dem Kutschbock sitzen sehen, nachdem die Gräfin ausgestiegen und zu ihrem Haus geeilt war.

Als der Name Cagliostro fiel, sprang Jeanne auf und stieß wütende Beschuldigungen gegen den Grafen hervor. Er habe durch schändliche Zaubereien den Kardinal Rohan verhext und ihm die „sträflichen Gedanken gegen Ihre Königliche Majestät“ eingegeben.

Der Kardinal verteidigte sich, indem er auch Cagliostro entlastete. Der Graf verlangte seinerseits, in Haft genommen zu werden, um seine Unschuld dartun zu können, und sein Gesuch wurde bewilligt. Ankläger und Richter gerieten in Feuer, wie das beim ersten Aufleuchten der Wahrheit zu geschehen pflegt. Und die öffentliche Meinung nahm sofort für den Kardinal und Cagliostro gegen die Königin Partei.

Jetzt ließ die unselige Königin die Berichte veröffentlichen, die dem König über ihre nächtlichen Ausflüge derzeit erstattet worden waren, und forderte Herrn de Crosne formell auf, das Seine dazu zu sagen.

Gerade als Jeanne am lautesten verkündete, niemals hätten derartige Ausflüge mit ihrem Willen und Wissen stattgefunden, alle Berichte, die solches besagten, seien erlogene Machwerke, nie sei sie zu nächtlicher Stunde im Park von Versailles gewesen, da wurde Oliva in den Prozeß eingeführt, und dieses lebendige Zeugnis machte das gesamte Lügengebäude der Gräfin zuschanden.

Wie war es möglich, daß diese Frau unter den Trümmern nicht begraben wurde? Wie konnte sie sich von diesem Schlag erheben, schrecklicher und böser als je? Wir können dieses Phänomen nur auf ihre erstaunliche Lebenskraft und auf die Feindschaft zurückführen, mit der man allenthalben der Königin begegnete.

Als Oliva in ihrer naiven Angst alle Einzelheiten bekannte und selbst die nötigen Beweise lieferte, nahm Jeanne Zuflucht zu einem verzweifelten Mittel: sie gestand.

Sie gestand, denn sie wußte, daß sie eine ganze riesige Partei hinter sich hatte, wenn sie endlich das Leugnen aufgab. Sie gestand, weil sie, indem sie die Königin belastete, alle Feinde der Königin zu Verbündeten gewann.

So wurden in diesem Prozeß zum x-tenmal die Rollen gewechselt. Jetzt erschien der Kardinal als ein Narr, den man an der Nase herumgeführt hatte, Oliva als Hure ohne Poesie und Witz, Jeanne als Intrigantin. Eine bessere Rolle ließ sich bei der Lage der Dinge für sie nicht mehr finden.

Die gemeinste Rolle aber wurde der Königin zugedacht. Jeanne erklärte nunmehr, diese Promenaden hätten ja mit Wissen der Königin stattgefunden. Hinter Sträuchern versteckt, habe sie den lächerlichen Szenen zugesehen und sich halbtot gelacht, wenn sie die verliebten Reden des Kardinals an eine Dirne mit anhörte.

Die Königin gab sich geschlagen. Sie konnte die Falschheit dieser Anschuldigungen nicht beweisen, und Oliva wußte auf Befragung auch nicht anzugeben, ob hinter den Büschen jemand versteckt gewesen sei.

Durch mindestens zwanzig glaubwürdige Zeugen war Jeanne de La Motte des Diebstahls überführt, aber sie konnte sich nicht entschließen, sich als gemeine Diebin verurteilen zu lassen. Sie wollte ihre Schande durch die Schande der Königin decken. Über dem unerhörten Aufsehen, das die Verfehlungen der Königin machte, würde sie vergessen werden. Darauf gründete sie ihre Zuversicht. Immer wenn sie in die Enge getrieben wurde, drohte sie damit, die leidenschaftlichen Briefe des Kardinals an die Königin hervorzuholen, die beide hohen Persönlichkeiten kompromittieren mußten. Dazu kam es nicht, aber schon die Drohungen begriff man begierig als Beweise gegen Marie-Antoinette. Und so verfiel Jeanne auf ihre letzte List, nämlich mit geheimnisvoller Miene durchblicken zu lassen, daß sie bis jetzt die Königin noch geschont habe, daß sie aber alles enthüllen werde, wenn man sie zum Äußersten treibe.

Das Schemelchen

Jeanne de La Motte hatte sich in ihren Berechnungen geirrt. Sosehr sie in der Öffentlichkeit gegen die verhaßte Königin Stimmung machte, so hart sprachen im Gerichtssaal die Beweise gegen sie. Und sie mußte bald sehen, daß sie über ihre Richter nichts mehr vermochte. Alle ihre Andeutungen, Unterstellungen und Drohungen fruchteten nicht mehr. Ihr Verbrechen lag allzu klar am Tage.

Der Kardinal, der sich stets nur zu der Halsbandaffäre geäußert, aber zu allem, was seine Liebe zur Königin betraf, beharrlich geschwiegen hatte, war durch das Auftauchen Olivas in die peinlichste Lage gebracht worden. Tief beschämt, hatte er nur immer wieder beteuert, seine Liebe habe der wahren Königin gegolten, andere Aussagen waren ihm bis zuletzt nicht abzuringen. Sein vornehmes Schweigen, das den vielen widersprüchlichen Behauptungen Jeannes lange Zeit freies Spiel ermöglicht hatte, bewirkte in der breiten Öffentlichkeit, daß sein Heldenruhm als Verfolgter des Hofes trotz der lächerlichen Rolle, die er in jenen Parkabenteuern einnahm, nicht entscheidend beeinträchtigt wurde. Hinter den Kulissen des

Prozesses jedoch fragte man sich, ob der Kardinal nicht zu Recht verhaftet und von seiten der Königin der Unverschämtheit bezichtigt worden war. Hatte Herr de Rohan im Namen der Königin gehandelt? War er der Geheimbeauftragte gewesen, der Marie-Antoinette preisgab, als ihre Machenschaften ans Licht kamen? In jedem Fall konnte also auch der Kardinal nicht völlig schuldlos aus diesem Prozeß hervorgehen.

Unfehlbar stand nur Cagliostro da. Kaum war er in die Bastille gesperrt worden, nutzte er die willkommene Gelegenheit, auf den Untergang der Monarchie hinzuwirken, die er seit Jahren in geheimer Arbeit unterminiert hatte. Sicher, daß man ihn keines Verbrechens überführen könnte, bereitete er das Material vor zu dem berühmten, aus London datierten Brief, der einen Monat später erscheinen sollte und der in der Tat der erste Stoß des Sturmbocks war, der bald darauf die alten Mauern der Bastille zertrümmern und die Revolution eröffnen sollte.

„Ja, heute sage ich in voller Freiheit", hieß es in diesem Brief, „was ich zuvor als Gefangener gesagt habe, nämlich daß es kein Verbrechen gibt, das durch einen sechsmonatigen Aufenthalt in der Bastille nicht abgebüßt wäre. Fragt mich jemand, ob ich jemals nach Frankreich zurückkehren werde, so antworte ich offen: gewiß, sobald die Bastille eine öffentliche Promenade geworden ist. Gott gebe es! Habt ihr doch alles, Franzosen, um glücklich zu sein: fruchtbaren Boden, ein mildes Klima, ein heißes Herz, bezaubernde Heiterkeit, Anmut und Genie; seid ihr doch unvergleichlich in der Kunst, jedermann zu gefallen, unerreicht in allen anderen Künsten, und fehlt euch, Freunde, doch nur ein einziges, um vollends glücklich zu werden: die Sicherheit, daß ihr die Nacht im eigenen Bette schlaft, wenn ihr schuldlos seid."

So kam denn nach langen Debatten und vielen Konfrontationen endlich der Tag, da das Gericht seinen Spruch fällen sollte.

Die Angeklagten waren, mit Ausnahme des Herrn de Rohan, in die Conciergerie übergeführt worden, um dem Sitzungssaal näher zu sein, der bereits um sieben Uhr morgens geöffnet wurde.

Nach den Plädoyers, die nichts wesentlich Neues ergaben, ergriff der Generalprokurator das Wort. Er sprach als Wortführer des Hofes im Namen der mißdeuteten und beleidigten königlichen Würde und plädierte für die Unverletzlichkeit der Majestät. Er schlug alle Behauptungen nieder, daß die Königin in dieser Halsbandaffäre auch nur den mindesten Fehler begangen habe. Die Hauptschuld fiel nach seiner Darstellung auf den Kardinal.

Er beantragte die Verurteilung des Réteaux de Villette zu den Galeeren, die Verurteilung der Jeanne de La Motte zu Brandmarkung, Auspeitschung und lebenslänglichem Kerker, die Ortsverweisung Olivas und Freispruch für Cagliostro. Dem Kardinal solle aufgegeben werden, seine beleidigende Vermessenheit gegen die Königliche Majestät einzubekennen, und darauf solle er vom Hof verbannt und aller seiner Ämter und Würden verlustig erklärt werden.

Dieser Antrag ging so weit, daß der Gerichtshof ihm nicht einmütig zustimmen wollte. Der Wille des Königs sprach sich darin so machtvoll aus, daß er zu dieser Zeit nicht mehr unwidersprochen blieb. Hätte der gleiche Prozeß ein Vierteljahrhundert früher stattgefunden, wären die Richter unzweifelhaft über die Forderungen des Generalprokurators noch hinausgegangen, um ihren Eifer und Respekt für das damals noch unantastbare Prinzip des Throns zu bekunden. Jetzt aber war nur eine Minderheit der Räte für die Anschauungen des Generalprokurators zu gewinnen.

Man schritt zum letzten Verhör, einer fast zwecklosen Formalität, wenn man bedenkt, daß von den Angeklagten nicht zu hoffen stand, daß sie nach so langem, erbittertem Kampf ihre Taktik im letzten Augenblick ändern würden.

Wie üblich, sollten sie vor den Richtern auf jenem Holzschemel Platz nehmen, der durch die Berührung mit den vielen Verbrechern, die von hier aus zum Schafott geschritten waren, bereits eine Schändung bedeutete. Überdies war der Sitz so niedrig, daß man ihn nur als demütigend und entehrend für den Angeklagten empfinden konnte.

Diesen Schemel besetzte als erster weinend und jammernd Réteaux de Villette, der seine Schuld bekannte und bereute. Aber für ihn interessierte sich niemand weiter. Er wurde schnell in seine Zelle zurückgeführt.

Darauf erschien Madame de La Motte in schlichter Gewandung, das Gesicht von einem weißen Schleier umhüllt.

Die Bewegung, die bei ihrem Auftreten durch die Menge lief, beunruhigte sie. Als der Gerichtsschreiber sie zu dem kleinen Schemel führte, der dem Block auf einem Schafott nicht unähnlich sah, erbleichte sie und blickte zornsprühend um sich, als ob sie die Richter einschüchtern wollte, die es wagten, ihr, einer Valois, ihr, die das Schicksal der Königin von Frankreich in ihren Händen gehalten, eine solche Schmach zuzumuten. Doch begegnete sie ringsum nur entschlossenem Willen und erbarmungsloser Neugier. So bemeisterte sie ihre Empörung und setzte sich.

Auch bei diesem Verhör formulierte sie alle ihre Antworten so, daß die Feinde der Königin aus ihrem Wortlaut Nutzen ziehen konnten. Sie vermied präzise Angaben, soweit sie nicht ihre Unschuld bekräftigen konnten, und nötigte den Präsidenten schließlich zu einer Frage nach jenen Briefen, die nach ihren wiederholten Angaben die Königin und der Kardinal gewechselt hätten.

Von ihrer Antwort erhoffte sie sich die letzte rettende Wirkung, indem sie das Interesse von ihrer Person noch einmal auf die beiden hohen Persönlichkeiten ablenkte.

Sie beteuerte zunächst, daß sie die Königin nicht bloßzustellen gesonnen sei und daß nur der Kardinal diese Frage vollgültig zu beantworten vermöchte.

„Fordern Sie ihn doch auf“, sagte sie, „diese Briefe oder wenigstens die Abschriften vorzuweisen, dann wird Ihre Neugierde befriedigt sein. Ich für mein Teil will mich nicht weiter darüber äußern, doch finde ich die einen zu frei und zu vertraulich von einer Fürstin an einen Untertan, die anderen zu wenig ehrerbietig von einem Untertan an seine Königin.“

Das eisige Schweigen aber, mit dem dieser letzte Angriff aufgenommen wurde, bewies Jeanne, daß sie an eine undurchdringliche Mauer anrannte. So schwer das Königtum und der Hochadel durch diesen Prozeß beschädigt worden waren, zeigte sich die Obrigkeit doch nicht gewillt, weiteren Einbrüchen offiziell die Tore zu öffnen. Jeanne verbuchte ihren Fehlschlag, wiegte sich aber, als sie den Schemel verließ, noch in der süßen Hoffnung, daß nach ihr ein Rohan den schmachvollen Sitz einnehmen werde.

Indessen mußte sie sehen, als sie kurz vor dem Ausgang sich umwandte, daß der Schemel auf Geheiß des Gerichtshofes gegen einen Lehnstuhl ausgetauscht wurde.

Aufstöhnend stürzte sie aus dem Saal.

Gemessenen Schrittes trat der Kardinal herein. Er war in seiner Equipage vorgefahren, und man hatte das Haupttor für ihn geöffnet. Zwei Gerichtsdiener und zwei Schreiber begleiteten ihn. Der Gouverneur der Bastille ging an seiner Seite.

Sein Erscheinen wurde mit beifälligem und achtungsvollem Gemurmel begrüßt.

Fürst Louis de Rohan war blaß und sehr erregt. Er trug ein zeremonielles Kleid und bezeigte den Richtern seine Achtung und Ergebenheit.

Als er das Wort ergriff, erregte seine vibrierende Stimme das Mitgefühl der Anwesenden. Er sprach langsam, verbreitete sich eher über seine Empfindungen des Bedauerns, als daß er Beweise geltend machte, und als seine Rede schließlich stockte, erzielte er damit eine größere Wirkung als mit allen Verteidigungsreden und bündigen Schlüssen.

Für Oliva dann wurde der Lehnstuhl wieder durch den Schemel ersetzt. Nicht wenige Zuschauer erbebten bis ins Innerste, als sie das Ebenbild der Königin, dieses Phantom Marie-Antoinettes, den Sitz der Schande einnehmen sahen.

Zum Schluß kam Cagliostro, der gar nicht erst aufgefordert wurde, sich zu setzen. Zum einen galt er für unschuldig, zum anderen fürchtete der Gerichtshof offenbar Cagliostros Äußerungen.

Nach einem kurzen Scheinverhör fand man, daß den formalen Ansprüchen der Prozeßordnung Genüge getan war.

Dann erklärte der Gerichtshof die Plädoyers und Verhöre für abgeschlossen. Die Menge zerstreute sich in der Absicht, im Laufe der Nacht zurückzukehren und das Urteil anzuhören.

Die Exekution

Jeanne hatte in der Frühe von dem Oberschließer der Conciergerie erfahren, daß der Kardinal und Cagliostro freigesprochen waren, daß Réteaux de Villette auf die Galeeren geschickt werden sollte und daß Oliva mit einer Ortsverweisung davongekommen war. Wie ihr eigenes Urteil lautete, hatte er ihr nicht verraten.

Nach einer Nacht zwischen Bangigkeit und Hoffen erwartete sie jetzt fast gleichmütig den Gerichtsschreiber, der ihr ihren Spruch verlesen sollte.

Endlich hörte sie Schritte auf dem Gang, dann trat der Schließer ein und forderte sie auf, ihm zu folgen.

Was würde sie hören müssen? Sicherlich verwies man sie außer Landes. Schließlich mußte die Königin interessiert sein, sich eine so gefährliche Frau vom Halse zu schaffen. Ja, wenn sie in aller Stille ins Ausland abgeschoben würde, wäre das für alle Beteiligten die glücklichste Lösung. Herr de Rohan war freigekommen, nun denn, immerhin trug auch sie einen ruhmvollen Namen.

Unter solchen Gedanken war sie hinter dem Schließer bis vor eine Tür gelangt, die in einen dunklen Raum führte. Geräuschvoll wurde die massive Tür abgeschlossen, und Jeanne erschauerte. Bläuliches Licht gab dem Gelaß das Aussehen einer Gruft. Jeanne fühlte, wie die Feuchtigkeit und Kälte des Kerkers auf sie eindrangen. Die Augen des Schließers schienen ihr gespenstisch zu glimmen. Ihre Zuversicht schwand, und sie begann Schlimmes zu ahnen.

Nach langem Warten öffnete sich eine zweite Tür, hinter der Stufen auf einen kärglich beleuchteten Gang führten. An seinem anderen Ende erkannte Jeanne einen Platz, wo sich Leute drängten. Zu seiten der Treppenstufen blitzten vier Bajonette.

Jetzt kamen drei Männer über den Gang und betraten, die Stufen herabschreitend, den Raum. Mit dumpfem Laut wurde die Tür hinter ihnen geschlossen.

Jeanne, deren Unruhe sich in kaltes Grausen verwandelt hatte, suchte bei dem Schließer Schutz. Doch der Mann lehnte sich an die Wand und gab mit einer Gebärde zu verstehen, daß er nur ein passiver Zuschauer des kommenden Geschehens sein werde.

Einer der drei Männer hatte den Hut aufbehalten und drehte einige Schriftstücke nervös in den Händen. Die beiden anderen mieden Jeannes Blick.

„Madame“, begann der Mann mit dem Hut, „Sie sind Jeanne de Saint-Remy-de-Valois, Gattin des Grafen Marie-Antoine-Nicolas de La Motte?“

„Ja, meine Herrn.“

„Sie sind geboren am 22. Juli 1756 zu Fontenette und wohnen in Paris, Rue Saint-Claude?“

„Ja, meine Herrn. Aber warum fragen Sie mich das?“

„Ich bedaure, Madame, daß Sie mich nicht erkennen. Ich bin der Gerichtsschreiber. Ich habe Ihnen den Spruch vorzulesen, der in der Sitzung vom 31. Mai 1786 gegen Sie gefällt worden ist.“

Jeanne begriff. Jetzt erst betrachtete sie die beiden anderen Männer aufmerksam und gewahrte mit Schaudern das eisengraue Gewand des einen und die Pelzmütze des anderen. Eine seltsame Schürze, die der letztere trug, schien an einigen Stellen Brandflecke zu haben.

„Knien Sie nieder, Madame“, befahl der Gerichtsschreiber.

„Ich soll niederknien? Ich, eine Valois?“

„Der Befehl erheischt es“, antwortete der Schreiber mit einer Verneigung.

„Was fällt Ihnen ein, mein Herr?“ entrüstete sich Jeanne. „Soll ich Sie das Gesetz kennen lehren? Man kniet nur nieder, wenn man zu einer entehrenden Strafe verurteilt worden ist.“

„Sie werden den Spruch hören, sobald Sie niedergekniet sind.“

„Niemals!“

„Wenn die Verurteilte sich weigert niederzuknien, wird Gewalt angewendet.“

„Gewalt gegen eine Frau?“

„Niemand zwingt eine Frau, Verbrechen zu begehen.“

Und da Jeanne sich beharrlich weigerte, verlas der Gerichtsschreiber den Artikel seiner Instruktionen, worin Zwang gegen die Widerspenstige befohlen wurde, damit der Gerechtigkeit Genüge geschehe.

Jeanne wich bis in eine Ecke des dunklen Kerkers zurück, aber die beiden Begleiter des Schreibers näherten sich ihr mit schwerer Ruhe wie zwei Kriegsmaschinen. Sie packten die vor Entsetzen Schreiende mit geübten Griffen, schleiften sie in die Mitte des Raumes und drückten sie in die Knie. Jetzt verlas der Gerichtsmann das Urteil, doch schrie Jeanne so laut, daß seine Worte unverstanden verhallten.

Nach beendigter Lesung faltete er seine Papiere zusammen und steckte sie ein. Jeanne schwieg betroffen.

„Das Urteil“, fuhr der Schreiber fort, „wird unverzüglich auf dem

Exekutionsplatz des Justizpalastes vollstreckt. Meister, ich überantworte Ihnen diese Frau", wandte er sich an den Mann mit der Schürze.

„Wer ist der Mann?" flüsterte Jeanne in unmäßigem Schrecken.

„Der Henker", antwortete der Gerichtsschreiber und zog seine Manschetten zurecht.

Kaum hatte er ausgesprochen, als die beiden Männer sich Jeannes bemächtigten und sie, trotz ihres Schreiens und Sträubens, die Stufen hinauf und durch den Gang schleppten, bis sie zu einem kleinen Hof gelangten, wo Soldaten die Menge der herbeigeströmten Zuschauer zurückdrängten. Es mochten zwei- bis dreitausend Neugierige sein.

Auf einer etwa acht Fuß hohen Estrade war ein schwarzes Gerüst aufgerichtet worden, mit eisernen Ringen versehen. An einem Pfahl war ein Schriftblatt – offenbar auf höheren Befehl – so hoch angebracht, daß es unlesbar blieb.

Als die Tür des Gerichtshauses aufgestoßen wurde, geriet die Menge in Bewegung. Von allen Seiten wurden Rufe laut. Die einen bedachten die Verurteilte, die anderen die Richter mit bösen Beschimpfungen.

Aber Herr de Crosne hatte vorgesorgt. Um Sympathiekundgebungen nicht für die Diebin und Fälscherin, wohl aber für die Streiterin gegen Marie-Antoinette in den Hintergrund zu verbannen, hatte man die vorderen Reihen sämtlich mit zuverlässigen Leuten besetzt. Neben Polizeiagenten mit gewaltiger Statur sah man die eifrigsten Parteigängerinnen des Kardinals Rohan, die „Nieder mit der La Motte!" schrien.

Jeanne, der die Wut neue Kräfte verlieh, erhob ihre metallische Stimme.

„Wißt ihr überhaupt, wer ich bin?" übertönte sie die Rufe. „Wißt ihr, daß ich vom Blut eurer Könige stamme? Wißt ihr, daß man in mir nicht eine Schuldige trifft, sondern eine Rivalin, und nicht nur eine Rivalin, sondern eine Mitschuldige?"

Die Menge schwieg, ihre Neugier war geweckt.

„Jawohl", schrie Jeanne, „eine Mitschuldige! Eine, die die Geheimnisse der ..."

Hier wurde sie von den Rufern der ersten Reihen niedergebrüllt, und der Gerichtsschreiber ermahnte Jeanne, nicht so fortzufahren.

Sie wandte sich um und sah den Henker, der eine Peitsche in der Hand hielt.

Jeanne vergaß ihre Rede, ihren Haß, ihr Verlangen, die Menge aufzuputschen. Sie sah nur mehr die Schande und fürchtete den Schmerz, die ihr drohten.

„Gnade! Gnade!" schrie sie mit zerreißender Stimme und klammerte sich an die Knie des Exekutors.

Der aber hob den Arm und ließ die Peitsche mild auf ihre Schultern fallen.

Da sie spürte, daß man sie schonen wollte, schnellte sie empor wie ein wildes Tier und suchte den peitschenden Arm zu umklammern. Da aber riß der Henker ihr Kleid an der rechten Schulter auf und ergriff das rotglühende Eisen, das sein Gehilfe ihm reichte.

„Feige Franzosen", schrie Jeanne mit gellender Stimme, „warum verteidigt ihr mich nicht! Meine ganze Schuld ist, daß ich zuviel über die Königin weiß!"

Weiter kam sie nicht. Polizisten erklommen das Gerüst und knebelten die Rasende. Von allen Seiten niedergezwungen, wurde sie wehrlos der Vollstreckung ausgesetzt. Dennoch, mit übermenschlichem Widerstandswillen bäumte sie sich ein letztes Mal auf, und das glühende Eisen, das sich auf ihre Schulter niedersenkte, traf ihre rechte Brust. Das Instrument grub seinen rauchenden, stinkenden Abdruck in das lebendige Fleisch und entriß dem Opfer trotz des Knebels ein Brüllen, wie es mit keinem Wort sich beschreiben läßt.

Jeanne brach zusammen. Ihren Lippen entrang sich kein Laut mehr, ihre Glieder zuckten nicht einmal mehr. Sie wurde wie leblos hinausgetragen.

Die Menge, ob sie diesen Strafvollzug billigte oder darüber entsetzt war, ob sie diese Frau verachtet oder für ihren Widerstand bewundert hatte, war verstummt und räumte hastig den Platz.

Die Hochzeit

An demselben Tag zur Mittagsstunde sah man in Versailles der Hochzeitsmesse für Olivier de Charny und Andrée de Taverney entgegen.

Durch das Spalier der Höflinge, die in den Galerien warteten, schritt der König, lächelte den einen zu und maß die anderen mit einem strengen Blick, je nach der Partei, die sie in dem nun endlich beschlossenen Prozeß gewählt hatten.

So gelangte er in den viereckigen Salon, wo die Königin, festlich geschmückt und bleich unter ihrer Schminke, im Kreis ihrer Damen und Herren saß. Das Gespräch tröpfelte, wie es geschieht, wenn die Aufmerksamkeit aller Beteiligten nur geheuchelt ist.

Als der König hereintrat, eilte man, Herrn de Charny zu holen. Die Königin wandte der Tür den Rücken und preßte die Hand auf ihr Herz. Die Braut war noch nicht eingetroffen.

„Eure Majestät möge die Verzögerung entschuldigen", sagte

Charny zum König, „Mademoiselle de Taverney hat seit dem Tod ihres Vaters das Bett gehütet. Sie befindet sich noch immer nicht sehr wohl. Doch wäre sie bereits hier, wenn nicht eine Ohnmacht sie neuerlich befallen hätte."

„Nun, ich denke", sagte Ludwig, „daß ein guter Gatte sie über den Verlust des Vaters trösten wird. Herr de Breteuil", wandte er sich an den Siegelbewahrer, „haben Sie den Verbannungsbefehl gegen Cagliostro ausgefertigt?"

„Ja, Sire."

Es war so still im Raum, daß man den Atem eines Vogels gehört hätte.

„Und diese La Motte", fuhr Ludwig fort, „die sich brüstete, eine Valois zu sein, ist heute ihrer Strafe unterzogen worden, nicht wahr?"

„Zur Stunde muß der Befehl bereits vollstreckt sein", antwortete der Siegelbewahrer.

„Es wird den Herrn Kardinal empfindlich treffen, daß seine Komplizin gebrandmarkt worden ist", sagte der König streng und blickte Beifall heischend um sich.

Kein Laut der Zustimmung erhob sich. Der König stand mit dieser Schmähung des Mannes, den das Pariser Gericht soeben freigelassen hatte, allein.

Nun erschien an der Hand ihres Bruders, in feierlicher Starre einherschreitend, als ginge sie in den Tod, Andrée, weiß gewandet wie eine Braut, weiß von Angesicht wie ein Geist.

Alle Damen nahmen Aufstellung hinter der Königin, alle Herren hinter dem König. Der Gouverneur de Suffren reichte seinem Neffen die Hand und führte ihn der Braut entgegen. Dann mischte er sich unter die Gruppe der nahen Freunde und Verwandten.

Philippe, die Schwester zur Seite, ging aufrecht seinen Weg bis vor den König, ohne daß sein Blick sich Olivier zugewendet hätte, ohne daß er Andrée durch einen Händedruck aus ihrer Betäubung geweckt und ihr bedeutet hätte, daß ihr Bräutigam gekommen war.

Vor dem König angelangt, öffnete Andrée weit ihre Augen und sah, daß Ludwig ihr gutmütig zulächelte.

„Mademoiselle", sagte er und nahm ihre Hand, „Sie haben auf meine Bitte hin eingewilligt, Ihre Heirat zu vollziehen, noch ehe Ihre Trauerzeit abgelaufen ist. Ich danke Ihnen. Mehr wird Ihr künftiger Gatte es Ihnen danken. Das Glück uns so treu ergebener Edelleute, wie Sie, Mademoiselle, und Herr de Charny es sind, liegt mir am Herzen. Ich hätte es bedauert, Ihrer Hochzeit fernbleiben zu müssen, denn wie Sie wissen, trete ich morgen mit der Königin eine Reise durch das Land an. So aber haben Sie mir die Freude gewährt, Ihren Heiratsvertrag zu unterzeichnen und der Zeremonie in meiner Kapelle beizuwohnen. Begrüßen Sie die Königin, Mademoiselle, und danken Sie ihr, denn Ihre Majestät hat es stets gut mit Ihnen gemeint."

Er führte Andrée nun selber zu Marie-Antoinette, die aufgestanden war. Aber ihre Knie zitterten, und ihre Hände waren eisig. Sie wagte kaum aufzublicken und gewahrte nur etwas Weißes, das sich ihr näherte und sich verneigte.

„In die Kapelle, meine Herrn!" rief der König.

Schweigend folgte die Eskorte den Majestäten. Die Messe begann. Über ihr Betpult geneigt, den Kopf in die Hände gelegt, hörte die Königin sie an.

Olivier de Charny, auf dem aller Blicke ruhten, wirkte ernst und gefaßt wie an Bord inmitten der Feuergarben britischer Geschütze, nur litt er weit mehr.

Philippe ließ seine Schwester nicht aus den Augen, und da er sie beben und schwanken sah, hätte er ihr mit einem Wort, einer tröstenden Geste gerne Ermutigung gegeben.

Aber Andrée verleugnete sich nicht. Wohl roch sie einige Male an ihrem Fläschchen und hielt sich mit Mühe aufrecht wie ein flakkerndes Licht, aber sie bezwang kraft ihres Willens den Gram, der sie verzehrte, seit sie an jenem unseligen Abend das Gespräch Charnys mit ihrem Bruder erlauscht hatte. Sie betete nicht, sie sandte keine Wünsche für die Zukunft zum Himmel; sie erhoffte nichts mehr von Gott und nichts mehr von den Menschen.

Endlich richtete der Priester das Wort an das Brautpaar. Andrée sprach ihr Ja in einem Ton, der die Königin traf wie ein stechender Schmerz. Dann steckte Charny seiner Frau den goldenen Ring an den Finger, ohne daß Andrée seine Hand gefühlt hätte.

Der König stand auf, die Messe war zu Ende. In der Galerie begrüßten die Höflinge das junge Paar. Herr de Suffren nahm die Hand der Jungvermählten und versprach ihr im Namen Oliviers alles erdenkliche Glück und geleitete sie in den Salon, wo der König sie erwartete. Ludwig küßte Andrée auf die Stirn, nachdem er seine Wünsche ausgesprochen, und schickte sie zur Königin.

Der Hof zerstreute sich. Philippe nahm den Arm seiner Schwester und sprach ihr Mut zu diesem letzten schweren Gang zu.

Sie fand Marie-Antoinette in ihrem Zimmer. Obwohl es schon Juni war, brannte ein Feuer im Kamin. Die Königin saß in ihrem Lehnstuhl. Als Andrée hereintrat, erhob sie sich wortlos und überreichte ihr einen offenen Brief.

„Andrée, Sie haben mich gerettet. Ihnen danke ich meine Ehre; mein Leben gehört Ihnen. Im Namen dieser Ehre, die Sie so teuer erkauft haben, schwöre ich Ihnen, daß Sie mich in Zukunft Ihre Schwester nennen dürfen. Versuchen Sie es, ich werde nicht erröten.

Ich lege dieses Schriftstück in Ihre Hände; es ist das Unterpfand meiner Dankbarkeit; es ist die Mitgift, die ich Ihnen gebe.

Ihr Herz ist das edelste, das ich kenne; es wird mein Angebot zu würdigen wissen.

Marie-Antoinette von Lothringen-Österreich"

Andrée hob den Blick. Sie sah die Königin in Tränen, ihrer Antwort harrend.

Langsam ging sie zum Kamin und warf den Brief ins Feuer. Dann verneigte sie sich tief und verließ den Raum stumm, wie sie gekommen war.

Die Königin wollte ihr nacheilen, dann aber trat sie resigniert ans Fenster und blickte in den Hof.

Charny, bleich wie ein Bräutigam des Todes, führte seine junge Frau zu den Reisewagen, die dort warteten. Andrée bestieg den ersten, nachdem sie von ihrem Bruder Abschied genommen und Charnys Verneigung ernst erwidert hatte. Dann fuhr sie ab. Sie kehrte zurück an den Ort ihrer Jugend.

Charny tauschte mit Philippe einen Händedruck, und die Kutsche trug ihn nach seinen Gütern in der Picardie davon.

Philippe sah den sich entfernenden Wagen eine Zeitlang nach, dann wandte er sich um und warf einen letzten Blick auf das Schloß, ehe er, wie Andrée, wie Charny, in den Wirbeln des heranbrausenden Sturms verschwand, der den Thron dieses versunkenen Zeitalters entwurzeln sollte.

Inhalt

BdW

Bibliothek der Weltliteratur

Aus allen Nationalliteraturen
Werke von welthistorischem Rang
in Einzelausgaben

Neuerscheinungen 1990

Egon Erwin Kisch: Der rasende Reporter

Friedrich Hölderlin: Gedichte · Hyperion · Briefe

Alexej Tolstoi: Peter der Erste

Nachauflagen

Martin Andersen Nexö: Ditte Menschenkind

Antike Tragödien · Aischylos · Sophokles · Euripides

Daniel Defoe: Robinson Crusoe

Fjodor Dostojewski: Schuld und Sühne

Johann Wolfgang Goethe: Faust

Hans Jakob Christoffel von Grimmelshausen
Der abenteuerliche Simplicissimus Teutsch

Heinrich Heine: Gedichte

Sinclair Lewis: Babbitt

Thomas Mann: Buddenbrooks. Verfall einer Familie

Alexander Puschkin: Meisterwerke

BdW

Bibliothek der Weltliteratur

Aus allen Nationalliteraturen
Werke von welthistorischem Rang
in Einzelausgaben

Nachauflagen 1990

Gustave Flaubert
Madame Bovary

Stendhal
Rot und Schwarz

Anton Tschechow
Meistererzählungen

Henrik Ibsen
Dramen

Marcel Proust

Combray

Aus dem Französischen übersetzt
von Eva Rechel-Mertens
Mit einem Essay von Manfred Naumann
Taschenbibliothek der Weltliteratur
271 Seiten · Broschur
ISBN 3-351-00248-3
Best.-Nr. 613 380 2
Bestellwort: Proust, Combray TdW

Mit „Combray" eröffnet sich der erste Band der „Suche nach der verlorenen Zeit", und erzählt wird die Geschichte der Kindheit ihres Helden, Marcel.
„Combray" stellt nicht nur einen der schönsten Teile des berühmten Zyklus dar, sondern enthält auch bereits das gesamte ästhetische und geistige Programm, von dem die revolutionierende Wirkung Prousts auf den modernen Roman ausging.
„Diese überaus erstaunliche Woge von Erinnerungen, die natürlich eine enorme Rolle im Schaffen jedes Schriftstellers spielt, ist bei Proust mächtig und tragisch, er liebt nicht nur seine ‚temps perdus', er weiß, daß sie für ihn gerade nicht ‚perdus' sind, daß er sie aufs neue vor sich auslegen kann wie riesige Teppiche, wie Schals, daß er diese Qualen und Genüsse, Höhenflüge und Stürze abermals durchmachen kann.
Wie der Geizige Ritter sitzt er zwischen den Truhen seiner Erinnerungen, und ihn erfaßt eine Wonne, die der von Puschkin beschriebenen so nahe ist. Der Reichtum seiner Erinnerungen – das ist denn auch sein Werk. Seine Macht ist hier wirklich gewaltig ..."

Anatoli Lunatscharski

Aufbau-Verlag Berlin und Weimar

Leo Perutz

Der Marques de Bolibar

bb-Taschenbuch 590
216 Seiten · Broschur
ISBN 3-351-00439-7
Best.-Nr. 613 908 3

In Leo Perutz' 1919 entstandenem Roman wird der Befreiungskampf der spanischen Guerillas gegen die Große Armee Napoleons geschildert.
Im Mittelpunkt steht der Untergang des hessischen Regiments „Nassau“, das in den Reihen von Napoleons Armee in Spanien kämpft. In der asturischen Stadt La Bisbal gerät die Truppe in den Hinterhalt der Guerillas. Die Situation scheint für die Eingeschlossenen aussichtslos, da weder Munition noch Proviant zur Verteidigung der bedeutungslosen Stadt ausreichen. Es gelingt den Belagerten, das Haupt der Rebellen, den Marques de Bolibar, gefangenzunehmen und hinzurichten. Der dem Tode überlieferte Marques hinterläßt den Feinden sein „Vermächtnis“: ihre Vernichtung werden sie selbst herbeiführen. Die Kampfkraft der führungslosen Rebellen unterschätzend, ignorieren die Offiziere jede Gefahr. Übermütig, sorglos und arrogant buhlen die jungen Leutnants um die Geliebte ihres Obersten, die Katastrophe nicht ahnend, der sie entgegentreiben …

Aufbau-Verlag Berlin und Weimar